Nonnenweier

Flussabwärts nach Amerika

PETRA POSTERT

Fluss abwärts nach Amerika

TULIPAN VERLAG

Für alle, die auf der Suche nach
Freiheit sind

I. Der Schlüssel

FLUSS

Die Aale schlafen, die Hechte haben einen Mordshunger und sind schon seit dem frühen Morgen auf Beutefang, der Fluss hält still und horcht. Er hat die Pfiffe gehört. Ist da der Junge? Jetzt wieder. Die Pfiffe schießen wie Pfeile. Niemand im Dorf kann so durchdringend pfeifen wie der Junge. Aber ist er es auch? Er hat ihn heute noch gar nicht gesehen.

Im engen Bogen umfließt der Fluss das Dorf. Von oben betrachtet könnte man meinen, er halte es schützend in seinem Arm. Die Leute im Dorf aber würden sagen, so ist es nicht. Der Fluss sei launisch, ein furchtbar unberechenbares Wesen. Und immer rechneten sie mit dem Schlimmsten. In manchen Jahren hat er ihre Ernten ertränkt und Häuser zerstört, andernorts, gar nicht weit von hier, hat er gleich die ganze Siedlung samt Mensch und Vieh verschlungen. Sie könnten sich fernhalten vom Fluss, einfach fortgehen von hier. Aber mit seinen Wassern, seinen Fischgründen hält er sie auch am Leben. Sogar wertvolles Gold führt er in seinem sandigen Geschiebe, kleinste Plättchen, die in den Pfannen der Goldwäscher funkeln wie die Sterne am Himmel. Güte und Grausamkeit. So und nicht anders kennen sie ihren Fluss. Und er kennt sie auch, kennt ihre Gesichter, ihre Stimmen, lauscht ihrem Leben seit eh und je. Und vergisst nichts. Einmal hat er ein Kind hierhergebracht, einen winzigen Jungen. Die alte Hanne meint, der Fluss gebe seither auf ihn acht. Der Fluss heißt Rhein, der Junge Jacob. Und es ist Mitte Mai im Jahr 1790. Im Sonnenlicht glitzernd strömt der Fluss dahin und hält Ausschau nach dem Jungen.

JACOB

Das Schwein ist weg. Es ist ja nicht ungewöhnlich, dass es allein umherstreift, allein nach Futter sucht, dass Jacob nicht dauernd sein Grunzen und Schmatzen hört, während er Holz sammelt, Fische fängt oder am Flussufer am Feuer sitzt. Aber es ist ungewöhnlich, dass es nicht kommt, wenn er nach ihm pfeift. Und Jacob hat gepfiffen, viele Male schon und in alle Himmelsrichtungen. Nun sucht Jacob nach ihm. Ziellos. Ruft. Pfeift. Die Sonne steigt höher, die Zeit verstreicht, das Schwein bleibt verschwunden. Und dann meint er plötzlich ein Grunzen zu hören. Ganz sicher ist er zwar nicht, aber er rennt sofort los, bricht durchs Dickicht, rennt und rennt, stößt sich den Kopf an einem Ast, kurz wird ihm schwarz vor Augen, aber er reibt sich nur die Stirn und rennt weiter. Morsches Holz unter seinen Füßen. Steine. Stämme. Eine tiefe Kuhle. Weiter, weiter. Glitscht über eine fette Schnecke, verliert das Gleichgewicht. Fällt nicht.

Und sieht das Mädchen.

Und bleibt stehen.

Der Wald hier ist nicht mehr so dicht, der Farn wächst hoch. Das Licht fällt in breiten Streifen durch die Bäume. Wie ein himmlisches Wesen erstrahlt das Mädchen im hellsten Schein. Moosbewachsene Hügelchen, die sich wie grüne Wellen unter seinen Füßen über den Erdboden ziehen. Insekten, die es surrend umtanzen. Und vor dem Mädchen sitzt wie gebannt das Schwein. Es wendet noch nicht mal den Kopf, als Jacob jetzt langsam näher kommt, auch dann nicht, als es seine Stimme hört. »Das ist mein Schwein!«, ruft Jacob lauter als nötig. Als das Mädchen zu ihm hersieht, bleibt er wieder stehen und stützt sich mit einer Hand am Baum neben sich ab. Vom schnellen Laufen und dem Stoß am Kopf ist ihm etwas schwindelig.

Das Mädchen scheint gar nicht überrascht, dass da plötzlich ein Junge ist, es verzieht nur spöttisch seinen Mund. »Dein Schwein«, sagt es mit erwachsener Stimme, dabei ist es sicher nicht älter als Jacob. Es trägt gute Schuhe, lederne Schuhe, sie sind geschnürt und halbhoch.

Jacob sieht die Schuhe sofort, denn gute Schuhe hat nicht jeder. Diese aber passen gar nicht zu dem, was das Mädchen sonst anhat. Alles andere an ihm wirkt verwahrlost. Die Jacke ist löchrig und viel zu groß, der Rock fleckig und zu kurz, man sieht die knochigen, schmutzigen Knie. Das Mädchen greift in den Korb an seinem Arm und streckt dem Schwein etwas hin. Aber bevor Jacob erkennen kann, was es ist, hat das Tier es verschlungen. Er schnalzt mit der Zunge und sieht, wie dem Schwein ein Zucken über den Rücken läuft. Aber es bleibt sitzen. Wenigstens blickt es jetzt mal zu ihm hin. Und dann gleich wieder zu dem Mädchen. Ungeduldig schnalzt Jacob noch mal, pfeift leise. Vergeblich. Was ist los mit dem Schwein? Hat das Mädchen es verhext? Entschlossen geht er auf die beiden zu.

»Wo hast du die anderen?«, fragt das Mädchen.

»Welche anderen?«

»Schweine.«

Jacob braucht einen Moment, bis er versteht, was das Mädchen meint. »Ich bin kein Schweinehirte«, sagt er.

»Was bist du dann?«

Jacob weiß nicht, was er darauf antworten soll, und so schweigt er.

»Von wo bist du?«, fragt das Mädchen weiter.

Jacob sagt noch immer nichts. Die forsche Art, wie es ihn ansieht, verwirrt ihn.

»Bist von Weisweil?«

»Nein«, sagt er.

»Rheinhausen?«

Er schüttelt den Kopf.

»Nonnenweier?«

»Woher bist du denn?«, fragt er.

»Das geht dich nichts an«, kommt es zurück.

Jacob beugt sich zum Schwein hinunter, schrappt mit den Fingern über die festen Borsten an seiner Flanke und ärgert sich. Im Augenwinkel sieht er, dass der Korb des Mädchens halb mit Pilzen gefüllt ist, und jetzt ist ihm auch manches klar. Pilze zeigen gelegentlich erstaunliche Wirkung, bestimmt auch bei Schweinen. Vielleicht war ihm deshalb sein Pfeifen egal. Manche Pilzsorten verwirren einem die Sinne für eine Zeit, schicken einem gemeine Träume am helllichten Tag. Und wieder andere bringen den Tod. Und noch etwas fällt Jacob ein. Die ersten drei Pilze, die du findest, lege in einen hohlen Baumstumpf, sonst … sonst … Ja, was blühte einem sonst? Regeln sind meist dazu da, ein Unheil abzuwenden. Drei Pilze im Baumstumpf. Jacob hat die Regel vergessen. Die Frauen im Dorf, sie könnten es sagen.

»Bist von Friesenheim?«, fragt das Mädchen. »Bist von da? Von Friesenheim?«

Warum lässt es nicht locker? Jacob richtet sich wieder auf und blickt das Mädchen fest an. Sein Gesicht ist schmal, der Mund energisch und die Augen haben die Farbe des Flusses kurz vor dem Sturm. ›Dieses Mädchen schert sich nicht um Regeln‹, denkt Jacob. Es ist anders als die Mädchen, die er kennt, die Mädchen im Dorf. Unbändig. Verwildert.

»Was ist?«, fragt es misstrauisch.

Jacob antwortet wieder nicht, aber er hält dem strengen Blick stand. Einen langen Moment sehen sie sich schweigend an. Dann streicht das Mädchen eine der zahllosen Haarsträhnen, die sich aus seinem Zopf gelöst haben, langsam hinters Ohr. Eine Amsel trällert über ihnen im Baum. Die Stelle an Jacobs Stirn, die er sich gestoßen hat, pocht und tut weh. Die Hand des Mädchens ist wieder im Korb. Das Schwein reckt die Schnauze. Aber dann schnuppert es nur an dem Pilz, den das Mädchen ihm anbietet, fressen mag es ihn nicht.

»Nimm«, sagt das Mädchen und wedelt mit dem Pilz.

»Nein«, erwidert Jacob und nimmt den Pilz selbst. Es ist ein gedrungenes, kräftiges, fast weißes Gewächs. Jacob streicht erst über die feinen Lamellen an der Hutunterseite, dann bricht er den Pilz entzwei. Er riecht daran, lässt ihn zu Boden fallen und zertritt ihn.

»Nein!«, ruft das Mädchen empört.

»Willst du mein Schwein vergiften?«, entgegnet Jacob, greift nach dem Korb und geht dann mit seinen Fingern sacht und sehr konzentriert durch die Pilze. »Der ist gut, der ist gut«, murmelt er, während er die Pilze in einer Ecke des Korbes türmt. Einen nimmt er heraus. »Schau mal, der ist gut.« Er nimmt einen zweiten, riecht daran. »Der nicht.« Wirft ihn hinter sich. Prüft weiter. Noch zwei Pilze landen im Moos. Und ein dritter. Da entreißt ihm das Mädchen den Korb und presst ihn an seine Brust. »Bist du dumm?«, regt Jacob sich auf. »Die sind doch giftig! Gut möglich, dass du verreckst, wenn du die isst.«

»Du kannst mir viel erzählen!«, zischt das Mädchen. »Und überhaupt: Was kümmert's dich?«

Jacob schnauft verächtlich. Ja, dieses Mädchen ist wirklich dumm. Er bückt sich nach dem Pilz, den er gerade weggeworfen hat, und hält ihn dem Mädchen dicht vors Gesicht. »Dann probier ihn doch!«, sagt er herausfordernd.

»Jetzt?«

»Jetzt.«

Das Mädchen starrt ihn an.

»Stirbst du, habe ich recht gehabt. Bleibst du am Leben, lag ich falsch.«

Das Mädchen bewegt die Lippen, als wolle es etwas sagen, bleibt aber stumm. Jacob muss sich zusammenreißen, dass er nicht lacht. Überlegt es gerade wirklich, den giftigen Pilz zu essen? Dem Mädchen ist das Blut in den Kopf geschossen, seine Nasenflügel beben. Und dann holt es aus, schlägt Jacob den Pilz aus der Hand, dreht sich um und rennt davon. Jacob ist so verdutzt, dass er sich erst nicht rühren kann, aber dann läuft er dem Mädchen hinterher und ruft nach ihm. Ruft, dass es zurückkommen soll. Aber das Mädchen reagiert nicht, es dreht sich nicht mal mehr um. Jacob bleibt stehen. Einen Pilz noch in seiner Hand, einen guten. Er betrachtet ihn, er schmeckt ihn schon. Das Schwein neben ihm blickt erwartungsvoll an ihm hoch. Der Pilz heißt Maipilz. Täuscht er sich auch nicht? Jacob mag den leisen Nervenkitzel. Dann beißt er hinein. Das mürbe, feste Pilzfleisch, es zerfällt auf seiner Zunge. Köstlich. Das Schwein bekommt den Rest. Zwischen den Bäumen sieht Jacob das Mädchen immer noch. Sein geflochtener Zopf schwingt auf seinem Rücken wie ein dickes Tau hin und her.

FLUSS

Die ersten drei Pilze, die du findest, lege in den hohlen Stumpf eines Baumes. So hältst du dir den Zorn der Waldgeister vom Leib. Und willst du ganz sichergehen, bete danach noch ein Vaterunser. Sagten schon immer die Alten den Jungen, die Frauen den Mädchen. Raunten, wisperten, befahlen es. Die Körbe am Arm, die Rücken gebeugt. Frühling, Sommer, Herbst. Im Zwielicht des Waldes die Finger im Tau. *Wer häufig lügt oder nicht getauft ist, der findet die meisten Pilze. Wer häufig lügt und dazu nicht getauft ist, findet noch viel mehr. Und stehen Pilze auffällig im Kreis herum, haben zuvor dort die Hexen getanzt. Hörst du, die Hexen! Und willst du nicht krank werden oder eines schweren Todes sterben, betrete niemals, niemals, niemals diesen Ort.*

Diese Frühlingsnacht ist feucht und nicht zu kühl. In dieser Nacht hört der Fluss das leise Ploppen der Pilze. Die ganze Nacht geht es um. Plopp und Plopp und Plopp. Klingt wie das Zerplatzen von Blasen, wenn sie sich aus dem Waldboden heben, die jungen Boten einer geheimnisvollen, unterirdischen Welt.

Morchel, Steinpilz, Pfifferling.

Schopftintling.

Großer Schmierling.

Filziger Milchling.

Säufernase.

Das konnten die Menschen immer schon gut. Den Dingen Namen geben. Alles und jedes bezeichnen. Ihre Welt aber verstehen sie deshalb noch lange nicht.

Grünspan-Träuschling.

Gelbgestiefelter Schleimkopf.

Gurkenschnitzling.

Zitterzahn.

Krause Glucke.

Totentrompete.

Flockenstieliger Hexenröhrling.

Wasche deine Pilze zum Beispiel in Wein, gare sie in heißer Asche, bestreue sie mit Salz und Pfeffer und bringe sie nach dem Fleisch warm auf den Tisch.

Dem Fluss braucht niemand Pilze zu servieren. Er labt und berauscht sich allein am Klang ihrer Namen. Wacht nach durchschwelgter Nacht benebelt auf und kommt sich vor, als habe er Dutzende Fliegenpilze auf einmal verschlungen.

JACOB

Gerade noch war es ein guter Tag. Sorglos und satt. Am Morgen haben sie das andere Schwein geschlachtet. Die halbe Nachbarschaft war da und hat geholfen. Und zu Mittag gab es draußen Blutsuppe für alle. In der Brühe gekochte Pfote, Ohren, Niere und etwas von der Schnauze. Backpflaumen und Lorbeer. Dann mit Mehl und etwas Essig das Blut hineingerührt. Gerührt, gerührt, damit es nicht klumpt. Und dann: gelöffelt. Endlich mal wieder Blutsuppe! Und frisches, warmes Brot dazu. »Iss, Junge«, hat der Vater gesagt und wieder die Kelle gefüllt. Jacob hat drei Schüsseln geschafft. Es war ein Fest. Später hat einer die Schweinsblase aufgepustet und Jacob und ein paar andere Jungen und Mädchen haben sie geschnappt und geworfen und gekickt. Die Sonne schien und die milde Luft war gefüllt mit dem Lachen und Schwatzen der Leute.

Jetzt aber stürmt Jacob aus dem Haus, als seien die Hunde hinter ihm her. ›Lauf!‹ Er kann gerade nichts anderes denken als das. ›Lauf!‹ Am Ende der Gasse biegt er nach links ab, dann gleich wieder nach rechts, Jacob rennt weiter, vorbei am Hof des Schmiedes, vorbei an den anderen Höfen und den Häusern dazwischen, die sich klein und krumm aneinanderschmiegen, dann vorbei am Backhaus und den schwatzenden Frauen davor. Im Laufen wischt er sich übers Gesicht und fragt sich, woher die Tränen auf einmal kommen. Er weint doch gar nicht. Jacob rennt und rennt am Bach entlang, aus dem Dorf hinaus und vorbei an der Mühle, wo der Müller gerade den Esel vor den Karren spannt. »Grüß dich, Jacob!«, ruft er ihm zu, aber Jacob grüßt nicht zurück, weil er schon am Müller vorbei ist und keuchend weiterhetzt, über die Äcker und Weiden, weiter und weiter zum Wald. Der Wald hier ist Wildnis. Wasser, Bäume, Dickicht, Sumpf. Aber Jacob kennt sich aus, besser als die meisten im Dorf kennt er sich aus und findet schnell zu der Stelle am Fluss, wo er gestern seinen Kahn gelassen hat. Er tritt ihn vom Ufer weg, springt hinein und lässt sich erst mal treiben. Benommen blickt er aufs Wasser, immer noch ist er außer Atem. Was hat er denn Böses getan? Doch nur die Jacke probiert. War das schlimm? Der Blick des Vaters ließ alles in ihm zittern.

Die Jacke.

Die dunkle Zunftjacke mit den silbrigen Knöpfen.

Als am Nachmittag alle müde vom Schlachtfest nach Hause gegangen waren, hatte der Vater sie aus der Truhe geholt und gebürstet. Am nächsten Tag würde früh morgens die große Zunftversammlung stattfinden, bei der alle Fischer ihre Jacken tragen. Der Vater hängte seine an den Haken, dann ging er noch mal allein zum Fluss, nach den Aalreusen sehen.

Die Jacke.

Am Haken.

Sie zog Jacob magisch an. Erst ist er um sie herumgeschlichen, dann hat er den Stoff angefasst und dann konnte er nicht anders, als sie überzuziehen. Das hat er noch nie gewagt. Die Jacke war ihm viel zu groß, schwer hing sie an ihm, der Kragen kratzte in seinem Nacken. Jacob war ganz feierlich zumute, ehrfürchtig hat er an sich hinabgeblickt und sich gefühlt wie ein richtiger, zünftiger Fischer – ein Fischer, der er niemals sein kann. Denn nur ehelich geborene Söhne erlaubt die Fischerordnung in der Zunft. Jacob aber ist ein Findelkind. Der Fischer Bartholomäus Rapp ist sein Ziehvater. Niemand weiß, wer seine Eltern sind, und er kann froh sein, dass er lebt. Jacob hat über die Ärmel gestrichen, in alle Taschen gegriffen, auch in die kleinste an der Innenseite der Jacke, wo der Schlüssel steckte. Er hat ihn herausgenommen und betrachtet.

Der Schlüssel ist wertvoll und kunstvoll gemacht, zwei Fische bilden den Ring. Er ist einer von zweien zur jahrhundertealten Zunftlade, einer prächtig verzierten Truhe, in der die Fischer ihre Schriften und Dokumente, ihre Zinnbecher, Silberkannen und ihr ganzes Geldvermögen aufbewahren. Das Schloss an der Truhe besitzt einen besonderen Schließmechanismus, nur mit beiden Schlüsseln gleichzeitig lässt er sich öffnen. Den einen Schlüssel verwahrt der Zunftmeister, den zweiten der Schlüsselmeister. Bartholomäus Rapp ist der Schlüsselmeister der Fischerzunft. Bartholomäus, der schweigsame Schnauzbärtige. Bartholomäus, der Verlässliche.

Als Jacob plötzlich die harten Schritte auf den Holzdielen hörte, ließ er den Schlüssel schnell in seiner Hosentasche verschwinden und schlüpfte aus der Jacke. Dann warf er sie zurück an den Haken, auf den der Vater mit strengem Arm zeigte, und flüchtete nach draußen. Jacob hatte eine unsichtbare Grenze überschritten. Dass es sie gab, wusste er schon immer, aber dass sie mitten durch ihre Stube verlief und der Vater sie jederzeit verteidigen würde, das hatte er gerade erst begriffen.

›Ich werde ihn wohl um Verzeihung bitten müssen‹, denkt Jacob jetzt auf dem Wasser. ›Ja, das muss ich wohl.‹ Vor Jacob verengt sich der Flussarm, die Ufer rücken zusammen und werden steil und hoch und die Äste der Bäume bilden über ihm ein kuppelförmiges Dach. Sonnenlicht bricht durch die Zweige und fällt in hellen Flecken aufs Wasser. Der mächtige Ast einer Silberweide streckt sich tief und weit über den Fluss und Jacob muss sich ducken, damit er nicht hängen bleibt. In seiner Hosentasche drückt der Schlüssel und erinnert ihn daran, dass er ihn später unbedingt zurück in die Jacke stecken muss. Aber jetzt nimmt er ihn heraus, wiegt ihn in seiner Hand und stellt sich vor, was aus ihm, Jacob, einmal werden könnte. Totengräber vielleicht. Kesselflicker. Oder Gaukler? Nur eine unehrliche Arbeit, eine Arbeit ohne den Schutz einer Gilde oder Zunft kommt für ihn infrage. Hirte ginge auch. Oder Hausierer. So ist es nun mal eingerichtet. Jacob seufzt tief. Wie aber wäre es, einfach selbst entscheiden zu können, was man tun will? Wie wäre es, sein Leben selbst in die Hand zu nehmen? Wie Georg, sein Bruder. Frei zu sein! Jacob lehnt sich zurück, blickt zum Himmel, und während die Schatten der Bäume über ihn hinweggleiten, träumt er sich davon. Bevor Georg fortging, hat er diese Weite in seinem Innern nie gefühlt. Alles war, wie es war. Und so wie es war, erschien es ihm sinnvoll geordnet und gut. Es gibt ein fernes, freies Land, hat Georg ihm mal erzählt, wo jeder tun und lassen kann, was er will. Dort lebten manche Menschen mitten in der Wildnis, wären nur mit Teppichen bekleidet und könnten schneller laufen als ein Pferd. Amerika heißt das Land. Den Fluss hinunter und dann übers Meer, viele Wochen dauert die Reise. Warum schmeckt das Meer salzig, ein Fluss aber nicht?

Warum gibt Gott verschwenderisch viel von der einen Sache in das eine, nichts oder wenig davon in das andere?

Warum hier viel und dort wenig oder nichts?

Warum?

Jacob hat viele Fragen, seit Georg fort ist. Wenn er sich einfach weitertreiben ließe, überlegt er, heute, morgen und die Tage danach, käme er dann wirklich ans Meer? Der Fluss hat ihn ins Dorf gebracht. Würde er ihn bis an sein Ende tragen? Aber will er überhaupt woanders hin? Er ist noch nie woanders gewesen und eigentlich hat er es doch gut im Dorf. Der Flussarm weitet sich, das Wasser fließt nun langsamer und das Boot bewegt sich kaum noch vorwärts. Jacob richtet sich auf, beugt sich über den Bootsrand und betrachtet nachdenklich sein Spiegelbild im ruhigen Wasser. Er schüttelt seine dichten, wirren Haare, spitzt die Lippen. ›Das bin ich‹, denkt er und neigt seinen Kopf zur Seite. ›Was kann ich sein?‹

Da klatscht ein großer Kieselstein vor ihm in den Fluss, groß wie eine Faust. Mit Schwung kam er geflogen und das Wasser spritzt Jacob ins Gesicht. Vor Schreck lässt er den Schlüssel fallen. Ins Wasser fällt er und sinkt. Und Jacobs Welt steht still. Kurz hört er auf zu atmen, die Wolken hören auf zu ziehen, die Vögel verstummen und der Fluss ist ein See. Jacob schreit auf, sein Arm schießt dem Schlüssel hinterher. Tief. Tiefer. Jacob greift Wasser. Wasser, nur Wasser. Gefährlich weit beugt er sich aus dem Boot, das sich tief zur Seite neigt. Und dann fällt er kopfüber hinein. Kalt ist das Wasser, sehr kalt, aber Jacob spürt es kaum. Er reißt die Augen auf, und obwohl er fast nichts erkennen kann im trüben Fluss, schwimmt er mit kräftigen Zügen zum Grund, greift wie von Sinnen um sich, greift Schlamm, Pflanzen, Steine. Braune Wolken steigen auf, Dreck steigt in seine Nase. Er sieht nichts mehr, der Schlüssel könnte überall sein. Es hat keinen Zweck. Jacob stößt sich vom Boden ab, schnaubend taucht er wieder auf. Packt mit einer Hand sein Boot. Da steht jemand am Ufer. Jacob wischt sich übers Gesicht, blinzelt, wischt noch mal. Das Mädchen! Das Pilzmädchen! Es hat ihn auch erkannt, es lacht und winkt zu ihm herüber.

Und Jacob packt der Zorn. »Du saudummes Ding!«, brüllt er. Verdutzt lässt das Mädchen seinen Arm sinken. »Verzieh dich! Hau ab!« Das Mädchen rührt sich nicht. »Hast du nicht gehört? Hau ab!« Er schlägt mit der Faust aufs Wasser. Da dreht es sich um und rennt davon.

FLUSS

Der Fluss ist unruhig und hellwach. Wo ist der Junge auf einmal hin? Nachdem er das Boot an Land gezogen hatte, saß er doch die ganze Zeit am Ufer, die nassen Kleider zum Trocknen ausgebreitet neben sich. Und dann war er plötzlich verschwunden. Ist er zu Hause? Es ist ja schon dunkel. Die Eule, die gerade in der Erle gelandet ist, spannt noch einmal ihre Schwingen und blickt dann stumm und ohne Regung in die beginnende Nacht. Sie weiß es bestimmt. Eulen sehen alles und wissen noch viel mehr, selbst in den schwärzesten Nächten entgeht ihnen nichts, aber Eulen sprechen nicht mit Flüssen und Flüsse nicht mit Eulen. Der Fluss könnte näher ans Dorf heran. Er könnte kurz über die Ufer treten, über die Felder schwappen bis in die kleinen Gassen hinein, selbst nachsehen, ob der Junge zu Hause ist, und sich dann schnell wieder zurückziehen in sein Bett. Es wäre ein Leichtes, aber es gäbe ziemlich viel Aufregung. Darum lässt er es sein.

JACOB

Wie ein scheues Tier hockt Jacob oben im Baum. Ewig hockt er schon hier und starrt hinunter aufs Wasser. Die Stelle dort drüben, wo sich das Wasser leicht kräuselt, genau diese Stelle lässt er nicht aus den Augen, weil er dort vor Stunden mit dem Kahn gewesen ist, weil er dort, auf dem Grund, den Schlüssel vermutet. Wäre der Fluss heute gnädig, schickte er ihm einen flinken Hecht, eine Brachse, eine Schleie, einen Maifisch oder einen Stör mit dem Schlüssel im Maul. Der Fluss ist ja voll mit Fischen, aber er wird Jacob keinen schicken. Vielleicht wird er den Schlüssel irgendwann einmal anschwemmen, so wie er immer irgendetwas anschwemmt. Irgendwann kann das wirklich passieren, morgen schon oder übermorgen oder erst in so vielen Jahren, so weit, wie keiner hier zählen kann. Aber darauf kann Jacob nicht warten. Warum bloß hat er den Schlüssel aus der Hose genommen? Mitten auf dem Wasser! So ein Leichtsinn, so eine Dummheit! Jacob verflucht sich selbst. Und das Mädchen verflucht er auch. Aber eigentlich, das muss er zugeben, trifft es keine Schuld. Er hat den Schlüssel aus der Jacke des Vaters genommen. Ihm ist er in den Fluss gefallen. Jacob fühlt ihn noch in seiner Hand, das kühle Metall. Morgen früh bei der Zunftversammlung wird der Vater den Schlüssel brauchen. Morgen früh wird die Zunftlade geöffnet.

Im Zunfthaus.

Vor aller Augen.

Feierlich.

Andächtig.

Rechts und links eine brennende Kerze.

Der Zunftmeister wird als Erster seinen Schlüssel ins Schloss stecken, ihn drehen und dabei wird es laut Klack machen. Danach wird er dem Schlüsselmeister, Jacobs Vater, ernst zunicken. Und dieser wird wie immer und ganz selbstverständlich in die kleine Tasche an der Innenseite seiner Jacke greifen. Vor aller Augen. Mit den Fingern wird er bis tief in die Ecken der Tasche fahren und erst nicht glauben wollen, dass der Schlüssel nicht da ist. Und deshalb wird er weitertasten und weitersuchen, so ruhig wie möglich, und dann auch in die anderen Taschen fassen und dabei versuchen, sich nichts anmerken zu lassen, auch wenn ihm da schon der Schreck in allen Gliedern steckt und die Ersten ihre Gesichter verziehen. Wenn er dann beginnen wird, die Jacke abzuklopfen, mit kurzen, kräftigen Schlägen von oben nach unten und wieder nach oben, spätestens dann werden alle begriffen haben, dass der Schlüssel weg ist.

Verlierst du den Schlüssel, verlierst du deine Ehre.

Die Ehre zu verlieren, bedeutet große Schande.

Irgendwann wird Bartholomäus Rapp die Hände sinken lassen und der Schweiß wird ihm auf der Stirn stehen.

Vor aller Augen.

Jacob wird es eng in der Kehle, als er daran denkt. Er blickt zum Himmel. Bleich hängt der Mond zwischen ein paar Wolken. Eine große Leere hat sich in ihm aufgetan, groß und dunkel wie die Nacht.

FLUSS

Der Fluss lauscht. Er lauscht dem Rascheln, dem Knistern und Wispern, dem Fiepen und Knacken und Knurren der Nacht, nimmt alles hinein in sein eigenes Rauschen und bewegt währenddessen den Schlüssel auf seinem sandigen Grund sanft hin und her. Alles, was an seinen Ufern geschieht, wirklich alles, nimmt er auf. Aber nicht alles geht gleich unter wie dieser Schlüssel, vieles treibt erst auf dem Wasser, kreiselt, trudelt, verfängt sich im Geäst, wird gefunden. Was nicht gefunden wird, sinkt irgendwann hinab zum Grund, bleibt aber auch dort nicht auf ewig liegen, wird mit Kieseln und Sand weitergeschoben, weitergetragen, wohin auch immer, als stilles Geheimnis bewahrt vom Fluss.

So wie dieses Ereignis vor bald vierzehn Jahren im Jahr 1776, kurz nach Sonnenaufgang: Es ist noch recht frisch im Auwald, aber auch an diesem frühen Morgen riecht es schon nach feuchtem Sommer. Eine junge Frau tritt hinein in den dichten Nebel. Sie geht mit kleinen, schnellen Schritten. Äste knacken unter ihren Füßen, Zweige streichen ihr Gesicht, Dornen zerren an ihrem Kleid, an ihrer Schürze. Die Frau, ein huschendes Wesen zwischen den Bäumen. Der Fluss sieht sie nicht zum ersten Mal. Sie selbst sieht kaum etwas, duckt sich, stolpert, erschrickt. Etwas hat sie am Bein gefasst, aber es ist nur Gestrüpp. Sie macht sich los, geht atemlos weiter, immer weiter. Nur einmal hockt sie sich hin, lehnt sich an einen Stamm, schließt die Augen, verschnauft. Und aus den Wipfeln und vom Wasser schallt das Morgenkonzert der Frösche und Vögel. Sie hört es nicht, sie denkt an den Fluss, nur an den Fluss. Er ist schon nah. Sie muss das Wasser erreichen, solange der Nebel sie schützt. Also geht sie weiter, dauernd dreht sie sich um. Aber da ist niemand. Kein Mensch außer ihr und dem Kind. Sie trägt es in einem Weidenkorb. Vor wenigen Stunden erst hat sie es zur Welt gebracht. Allein. Am Waldrand. In einer morschen Hütte. Ein junger Fuchs saß am offenen Fenster und sah zu. Es ist ihr erstes. Ein Junge. Er lebt. Was soll werden? Sie kann ihn nicht behalten, ohne Mann, ohne Geld. Sie hat ihm zu trinken gegeben. Wenigstens das hat sie für ihr Kind. Dann hat sie auf das Ende der Nacht gewartet. Die Frau weiß ungefähr, wo die Boote der Fischer liegen. Sie findet dorthin trotz Nebel, trotz Erschöpfung, getrieben von ihrer Angst. Wer ein Kind zur Welt bringt und nicht verheiratet ist, wird bestraft. Die Fischer sollen es finden. Ein letztes Mal noch gibt sie dem Jungen die Brust, wischt ihm den Mund ab und legt ihn, gewickelt in ein Leintuch, vorsichtig zurück in den Korb. Den Korb stellt sie in eines der Boote. Der Junge schläft, als seine Mutter ihn verlässt. Er schläft auch noch, als wenig später die Schweine kommen, eine Rotte Wildschweine, eine hungrige, wilde Horde. Die Schweine schnaufen, wühlen, graben, und die Erde vibriert. Würmer, Wurzeln, Engerlinge, Eicheln, Bucheckern, Pilze. Schnecken, Mäuse. Wildschweine fressen alles, auch Vögel und junge Kaninchen, auch tote Tiere, alles, was sie finden. Unter feuchtem Laub, in der feuchten, schwarzglänzenden Erde, die feuchten, triefenden Schnauzen. Speichel und Rotz. Das Kind im Boot haben sie längst gerochen. Ein paar alte Sauen fangen plötzlich an zu streiten, beißen, rammen und rempeln. Drei von ihnen landen im Wasser zwischen den Booten. Die Keilerei geht weiter. Wildschweine sind robust. Wasser schäumt. Die Boote schwanken und krachen gegeneinander. Wasser schwappt. Dann, auf einmal, ist es vorbei.

Die Tiere hieven ihre massigen Leiber aus dem Fluss und gehen auseinander, als sei nichts geschehen. Die Boote am Ufer. Eines fehlt. Still treibt es dahin, entfernt sich lautlos mit dem Korb an Bord. Fische unterm Kiel. Einer taucht ab bis zum Grund, wirbelt Sand auf und anderes. Der Fluss hört die Stimmen der Vergangenheit, hört Flüstern und Kinderlachen, dann eine Melodie. Und er trägt das Kind weiter, immer weiter, wiegt es sanft auf seinem Wasser. Ein Schwan taucht auf, begleitet das Boot ein Stück, für den Moment ist er ein freundlicher Hüter, zieht dann vorbei und verschwindet raschelnd im Schilf. Das Boot folgt weiter den sanften Bögen des Wassers, wechselt aus einer dunklen Rinne in einen hellen, klaren Quellbach und in noch einen und von dort in einen Altarm des Rheins. Einmal streifen tief hängende Weidenzweige zart das Kind. Es kräuselt die Nase, öffnet die kleine Faust und schließt sie gleich wieder. Wohin geht die Reise? Wohin?

Da.

Das Dorf.

Hinterm Auwald am rechten Ufer liegt es noch versunken in Nebelschwaden in einer Biegung des Stromes ganz nah am Wasser. Nur etwa 200 Menschen wohnen in diesem Dorf am südlichen Oberrhein, sie haben wenig und leben vor allem vom Fischfang. Ein Hahn kräht. Die Kühe rumoren in ihren Ställen und die Träume machen sich davon. Das Dorf wacht auf. Der Fluss treibt das Boot an seinen Saum. Dort ist es flach und seicht. Das Boot setzt sich fest.

Der Nebel hebt sich.

Das Kind schreit. Es schreit aus Leibeskräften.

»Storchenlache« heißt das Feuchtgebiet und ist ein tief gelegenes, oft überschwemmtes Waldstück, wo die Störche ihr Futter finden. Und so waren sich später manche im Dorf ganz sicher, die Störche hätten das Kind hierhergebracht. »Doch nicht die Störche«, sagte die alte Hanne. »Es war der Fluss, allein der Fluss.« Ein Junge aus dem Dorf, Georg hieß er, hatte den Säugling in seinem verlassenen Boot entdeckt und nach Hause getragen. Seine Mutter nahm ihn gleich an ihre Brust. Milch hatte sie reichlich, denn gerade war ihr wenige Wochen altes Mädchen gestorben. Es war im Monat Juli, genau ein Tag nach Jacobi. Darum haben sie das Kind Jacob genannt.

JACOB

Er kann hier nicht bleiben, nicht hier oben im Baum, nachts allein im Wald. Der Wald ist anders in der Nacht. Was tot ist, scheint lebendig. Was lebendig ist, scheint tot. Das ist verstörend und schauerlich ist es auch. Jacob lässt seine Beine vom Ast gleiten, greift eine Liane, packt sie mit beiden Händen und springt. Geschickt hangelt er sich nach unten und stolpert dann hastig durchs Dickicht. Als er schon fast heraus ist aus dem Wald, als er sein Dorf im Mondlicht in der Ferne sieht, spürt er für einen Moment einen starken Windzug im Gesicht. Dabei ist es gerade absolut windstill. Erschrocken bleibt Jacob stehen und legt beide Hände auf die Wangen. Was war das? Nur den eigenen schnellen Atem hört er, sonst nichts. Aber dann knackt es plötzlich laut hinter ihm. Jacob fährt herum. Von den Geistern und Dämonen der Nacht ist ihm noch nie einer begegnet. Nicht alle müsse man fürchten, sagt die alte Hanne. Nicht alle seien gemein und für Menschen gefährlich. Jacob rührt sich nicht, aber er spürt sein Herz in der Brust hart klopfen. Um ihn herum regt sich nichts, da scheint wirklich nichts zu sein, nichts Beunruhigendes, nur Bäume und Gebüsch und unter seinen Füßen Moos, Wurzeln und welkes Laub. Jacob geht weiter. Über ihm ruft eine Eule. Erleichtert blickt er hoch in die Baumkrone. Eulen fliegen lautlos und dabei machen sie Wind. Jacob kann die Eule nicht sehen. Er hört sie auch nicht mehr. Er hört sie erst wieder, als er wenig später bei den Feldern ist. Rufen Eulen am Tag, sagen sie eine Seuche vorher, ein Feuer oder sonst ein Unglück. Rufen sie in der Nacht, hat es nichts zu bedeuten. Trotzdem fürchtet sich Jacob.

Jacob traut sich nicht hinein. Er steht vor dem Haus in der dunklen Gasse, vor der geschlossenen Tür. Wie soll er dem Vater erklären, weshalb er den Schlüssel genommen hat? Was wird der Vater sagen und vor allem, was wird er tun, wenn er hört, dass der Schlüssel im Fluss liegt? Jacob hätte eher drei Dutzend Brote stehlen können, als den Schlüssel zur Zunftlade zu verlieren. Und so nimmt er die Hand wieder von der Türklinke, huscht hinters Haus, klettert über den Zaun, geht um die tiefe Schweinesuhle herum und kriecht in den engen Verschlag zum Schwein ins Stroh. Dem Tier geht es gut. Vielleicht, weil ihm fast alles egal ist. Hauptsache, es ist genug zu fressen da. Fressen, fressen, suhlen, fressen, schlafen. Bis zum Lebensende. Jacob schiebt sich noch dichter ans Schwein heran, ihm ist kalt. Aber wenn man keinen Speck auf den Rippen hat, hilft es nicht viel, den Rücken an einen runden, warmen Schweinebauch zu drücken. Nicht in so einer Nacht. Er schichtet noch etwas mehr Stroh über sich. Das Schwein wacht auf, grunzt, ruckelt hin und her und drückt dann seine Schnauze in Jacobs Nacken. Das kitzelt. Jacob setzt sich auf. Das Tier ebenfalls und es bläst warmen Atem in Jacobs Gesicht. Jacob schließt die Augen, fühlt die Schweineschnauze an seinem Hals, am Bauch und dann an seiner Hand, das Tier schnaubt und giert.

»Ich hab nichts«, flüstert Jacob. »Hab doch wirklich nichts für dich.« Er hebt seine Hand, schnippt zweimal mit den Fingern. Das Schwein lässt sich mit einem schweren Schnaufen zur Seite fallen, und Jacob streicht sanft über seine Flanke, spürt, wie sie sich gleichmäßig hebt und senkt, spürt die Wärme. Jacob friert immer noch. Er legt sich wieder hin und irgendwann nickt er ein.

Es sind die Vögel, die Jacob mit schrillem Gesang am frühen Morgen wecken. Sofort beginnt sein Herz schneller zu klopfen. Er steckt den Kopf aus dem Verschlag und sieht zum Haus. Ob der Vater schon fort ist? Zunftversammlungen beginnen früh. Was, wenn er ihm nachher gegenübersteht? Wie könnte er anfangen? Vielleicht so: Der Schlüssel liegt im Fluss. Und dann: Es war ein Missgeschick. Das könnte er sagen. Und weiter? Es tut mir leid. Und weiter? Nichts weiter, denn mehr ist nicht geschehen. Das Schwein streckt sich und drückt eine Pfote gegen Jacobs Hintern. Er legt eine Hand auf die Schweineschnauze und streichelt sie sanft. Dann kriecht er aus der engen Hütte, huscht zum Hintereingang des Hauses und presst die Nase ans winzige Fenster. Als sich dahinter nichts rührt, öffnet er die Tür ein wenig und horcht. Alles ist ruhig. Jacob schlüpft ins Haus. Durch eine winzige Kammer gelangt er in die Stube. Jacob lässt seinen Blick durch den kleinen Raum schweifen. Zwei Betten, ein Tisch, zwei Schemel, eine Bank, eine Truhe, ein Waschtisch, es riecht nach saurer Milch und geräuchertem Fisch. Und die Jacke? Nicht mehr da. Auf dem Herd steht ein Topf. Er geht dorthin, hebt den Deckel. Mehlsuppe. Gierig isst er den kalten Rest und schabt den Topf leer. Dann verlässt er das Haus durch die vordere Tür.

Er geht schnell, aber er rennt nicht. Geht erst durch ein paar Gassen, dann auf der breiten Dorfstraße, geht vorbei an der Kirche, vorbei am Brunnen und der Dorflinde, vorbei am Wirtshaus »Zum Karpfen«. Wenige Häuser weiter geraten ihm ein paar Hühner zwischen die Beine. Ungelenk hüpft Jacob zwischen dem gackernden Federvieh hin und her. Da sieht er im Augenwinkel seinen Freund Friedrich gegenüber an der Hauswand lehnen. Friedrich ist etwas jünger als er und ein meist fröhlicher Kerl. Jetzt tut Jacob so, als bemerke er ihn nicht. Aber Friedrich ruft ihn und da bleibt ihm nichts anderes übrig, als stehen zu bleiben. Der Junge kommt über die Straße geflitzt. »Hast du es schon gehört?«, fragt er halblaut und mit verschwörerischer Miene.

»Was denn?«

»Das mit dem Peter Schneider.«

»Was ist mit dem?«

»Der hat doch schon wieder im fremden Wasser gefischt!«

»Hat er wirklich? Ohhh!« Eigentlich interessiert es Jacob nicht, nicht heute, nicht an so einem Tag.

»Das gibt was«, sagt Friedrich und zieht die Luft durch die Zähne.

»Ja, das gibt was«, erwidert Jacob. Natürlich hat Friedrich recht, denn wer im fremden Wasser fischt, muss sich bei der nächsten Zunftversammlung auf etwas gefasst machen. Fischer sind nicht zimperlich.

»Wohin gehst du?«, fragt Friedrich.

»Zum Zunfthaus«, antwortet Jacob nach kurzem Zögern. Und als Friedrich überrascht seine Augenbrauen hebt, fügt er schnell hinzu: »Der Vater hat was vergessen. Ich bringe es ihm.«

»Was denn?« Friedrichs Blick hängt an Jacobs leeren Händen. Da tritt Friedrichs Mutter aus dem Haus, blickt sich suchend um, und als sie ihren Sohn entdeckt, eilt sie über die Straße und verpasst ihm einen Klaps auf den Hinterkopf. »Was stehst du hier rum? Das Holz hackt sich nicht von allein!« Sie klapst ihn noch einmal, woraufhin Friedrich davonstürmt, die Frau ihm ein lautes Seufzen hinterherschickt und ihm dann, ohne ein Wort an Jacob zu verlieren, kopfschüttelnd folgt.

Auch Jacob macht sich davon. Als hinter der nächsten Straßenbiegung das Zunfthaus auftaucht, ein stattliches Fachwerkhaus, noch stattlicher als das Wirtshaus, bleibt er stehen, denn er hat ein mulmiges Gefühl und ist sich auf einmal nicht sicher, ob es gut ist, jetzt hierherzukommen, zumal er gar nicht weiß, was genau er hier will. Trotzdem kehrt er nicht um, sondern geht langsam weiter. Als er schon fast am Haus ist, fliegt die Tür plötzlich auf, ein paar Gestalten stolpern heraus, vier, fünf, sechs Männer, die Stufen hinunter auf die Straße. Jacob duckt sich und verschwindet in einem Spalt zwischen zwei Häusern.

»Komm her, du Frosch, du Storchenfutter!«, ruft einer, und Jacob meint, die Stimme von Peter Goller zu erkennen. Vor dem muss man sich in Acht nehmen, der junge Fischer ist stark wie ein Ochse und hat eine lockere Faust. Jacob schiebt seinen Kopf aus dem Häuserspalt und sieht Peter Goller breitbeinig und mit gestrecktem Arm mitten auf der Straße stehen. Der, dem er droht, hat kurz darauf die Faust im Gesicht. Der Mann schreit auf, seine Beine knicken ein, er kippt vornüber. »Mir spuckst du nicht noch mal auf den Tisch!«, brüllt Peter Goller. Jacob kann nicht erkennen, wer da am Boden liegt, die anderen Männer versperren ihm die Sicht. Und dann geht es rund. Die Fischer stürzen aufeinander zu, hauen, treten, brüllen und wälzen sich als großes Knäuel im Schmutz. Die restlichen Fischer sind dem Krach gefolgt, im engen Kreis stehen sie um die sich prügelnden Kerle und keiner greift ein.

Jacob traut sich einen Schritt aus seinem Versteck und zuckt zusammen, als ihn jemand im Vorbeigehen streift. Es ist Apollonia Hick, die Frau des »Karpfen«-Wirts. Mit gerafften Röcken und schwingenden Hüften stapft sie auf die Gruppe zu, unterm Arm ihren gefüllten Nachttopf. Energisch bahnt sie sich einen Weg durch die umstehenden Fischer, die sofort verstummen, als sie begreifen, was die Frau vorhat. Dann platscht es laut und es spritzt. Die Männer springen auf, sie fluchen und schütteln sich. Applaus und Gelächter, Gesichter voller Spott und Häme. Apollonia Hick dreht sich um und verlässt mit grimmiger Miene den Platz. Kurz darauf sind alle Fischer wieder im Zunfthaus verschwunden. Alle bis auf einen. Der Mann kommt direkt auf Jacob zu. Es ist sein Vater. Er zieht ein Bein nach, hält sich das linke Auge, die Nase blutet. Jacobs Herz schlägt bis zum Hals. Aber sein Vater geht an ihm vorbei. Kein Wort, nicht mal ein Blick, der Mann lässt ihn einfach stehen. Hat er ihn überhaupt gesehen? Entgeistert blickt Jacob ihm nach, wie er humpelnd hinter der nächsten Straßenbiegung verschwindet. Jacob wartet einen Moment, dann fängt er an zu rennen.

Der Vater steht am Waschtisch und hat den Kopf in der Schüssel. Sonnenlicht fällt durch die kleinen Fenster, Staubkörner tanzen darin. Das Wasser in der Schüssel blubbert. Plötzlich reißt der Mann den Kopf hoch, das Wasser spritzt bis zu Jacob, der Mann schnaubt, stutzt, springt auf Jacob zu und packt ihn bei den Schultern. Bartholomäus Rapp ist ein schmächtiger, hagerer Mann, aber seine Hände, die sind riesig. Mit ihnen fängt er Karpfen, manchmal Lachse. Das können längst nicht alle Fischer im Dorf. Jacob bebt, er meint, dass seine Schultern gleich brechen. Er blickt in das nasse, grimmige Gesicht dicht vor seinem, ein Auge des Vaters ist dunkel umrandet und verquollen. Wässrige Blutstropfen hängen im weißen Schnurrbart. Der Mann sieht zum Fürchten aus, stinkt nach Fisch und Apollonias Urin.

»Duuu«, sagt er und dehnt das Wort gefährlich lang, während er Jacobs Gesicht bedrohlich näher kommt. »Hast du etwa? Hast du?«

Jacob ist starr vor Schreck, nimmt dann aber all seinen Mut zusammen. »Der Schlüssel. Im Fluss!« Seine Worte hängen zitternd in der Luft.

»Im Fluss?«, brüllt der Vater fassungslos. »Im Fluss? Du lügst!« Und er schüttelt den Jungen. »Warum?«, brüllt er weiter. »Warum?« Und hört nicht auf ihn zu schütteln. Ein paar wenige, nichtssagende Worte fallen wie kleine Kiesel aus Jacobs Mund. Der Vater lässt Jacob kurz los, packt ihn dann aber gleich wieder und stößt ihn von sich. Jacob saust rückwärts und kracht mit dem Rücken gegen die Wand. Er stöhnt auf. Da ist der Vater schon wieder dicht vor ihm, presst ihm die eine Hand auf die Brust, die andere hält er ihm unter die Nase.

»Den Schlüssel. Her damit.«

»Hab ihn doch nicht!«

Der Druck auf Jacobs Brust wird stärker. Verächtlich schüttelt der Vater den Kopf, spuckt neben Jacob aus. »Du also jetzt auch. Bist ja noch schlimmer, schlimmer als der … der andere.«

»Ich hab doch nichts …«, wimmert Jacob.

»Red nicht! An das Geld wolltest du. Das Geld der Zunft. Gib's zu!«

Da erst dämmert Jacob, was der Vater meint. Was er zu wissen glaubt. Er, Jacob, sei ein Dieb und habe das Geld aus der Zunftlade stehlen wollen. Glaubt er das allen Ernstes? Man braucht zwei Schlüssel, um an das Geld zu kommen. Zwei Schlüssel!

»Ich bin kein Dieb!«, schreit Jacob schrill und versucht sich loszumachen.

Aber der Vater hält ihn fest. »Halt's Maul. Bist nicht anders als der …« Er schnauft. Es kostet ihn alle Kraft den Namen auszusprechen. »Als der Georg«, sagt er endlich. Georg. Es ist das erste Mal, seit der Bruder fort ist, dass der Vater ihn erwähnt. Bald fünf Jahre ist es her, Jacob war fast neun Jahre alt. Feindselig blickt der Vater ihn an und Jacob begreift, dass er mit seiner Wut gerade auch bei Georg ist. »Du bist eine Schande«, sagt da der Vater kalt und Jacob gefriert das Herz. Er sieht zu Boden. Tränen schießen ihm in die Augen. Wenigstens nimmt der Vater endlich die Hand von seiner Brust. Dann verlässt er die Stube und schlägt die Haustür krachend hinter sich zu. Jacob rührt sich erst nicht, aber dann sinkt er auf einen Schemel und vergräbt sein Gesicht in beiden Händen.

FLUSS

Das hohe Segel warf seinen Schatten aufs Wasser. Aufmerksam betrachtete der Fluss die Gesichter, die sich auf seiner ruhigen Oberfläche im frühen Morgenlicht spiegelten, sah darin die Hoffnung, sah die Angst, sah aber auch die Vorfreude auf das große, lang ersehnte Abenteuer. Es war im Frühjahr 1785. Wie immer waren sie mit kleinen Booten über die verzweigten Wasserrinnen aus ihren Dörfern zum großen Schiff gekommen. Es lag im Hauptstrom des Rheins und würde sie den ganzen Fluss hinunter bis an sein Ende bringen. Auch der Bruder des Jungen, ein junger Fischer, gehörte zu der kleinen Gruppe Auswanderer, welche die wochenlange Reise wagten.

In dieser Gegend passierten die schlimmsten Dinge verlässlich und mit solcher Regelmäßigkeit, dass es zum Verzweifeln und Weglaufen war. Hochwasser, Missernten, Krankheit und Krieg bestimmten die Zeiten. Der Fluss hörte immer erst die Schreie, dann das Wimmern und Wehklagen und nach einer Weile, die auch mal Jahre dauern konnte, spürte er zwar die Ruhe, die sich irgendwann wieder aufs Land legte, die aber immer erst gespenstisch war. Denn oft hing lange, sehr lange noch der Geruch von verkohltem Holz und anderem in der Luft, Kummer und Hoffnungslosigkeit. Und in den traurigsten Nächten schickte der Fluss seine Geister zu den rastlosen Seelen der Toten und gemeinsam summten sie an seinem Ufer ihre Lieder. Immer ging auch das vorüber, immer wurde es wieder Frühling und Sommer und Herbst. Und Kinder wurden geboren und der Winter war nicht unbedingt so hart wie der vorige. Das Lachen kehrte wieder und für eine Zeit auch die Sorglosigkeit. Das Leben ging weiter und war wie immer. Und doch war es anders geworden, weil zu viele auf einmal gestorben waren und von den Lebenden nicht alle vergessen hatten, was geschehen war.

Einmal folgten drei kalte Sommer aufeinander, es hatte fast nur geregnet, der Fluss konnte gar nicht anders, als dauernd über die Ufer zu treten. Er war ein wildes, schäumendes Wasser, kannte sich selbst kaum und brachte Krankheit und Tod. Und als er sich endlich wieder beruhigt hatte, irrten seine Fische immer noch durch Keller und Stuben. Manchmal erzählten die Alten von fernen, milden Sommern und dass früher sowieso alles besser gewesen sei. Sie erzählten es wie Märchen, denn erinnern konnte sich keiner, selbst die ganz Alten hatten nur davon gehört. Aber Georg, der Bruder des Jungen, hatte das Korn auf den nassen Feldern verfaulen sehen, hatte erlebt, wie weh Hunger tat. In einem besonders schlimmen Jahr hatten sie aus Blättern und Kräutern grünes Mus hergestellt, ohne Schmalz, nur mit Salz und etwas Wasser gekocht. Und unter das bisschen Mehl, das sie fürs Brot hatten, mischten sie gehäckseltes Stroh. Oder Sägespäne. Oder Baumrinde oder Tannenzapfen. Sie wurden nicht satt. Im Jahr darauf war die Mutter an Wechselfieber gestorben, an einem Sommermorgen war er neben der Toten aufgewacht. Jacob war da noch ein sehr kleiner Junge gewesen, der sich die Seele aus dem Leib brüllte, weil er nicht verstand, warum er nun aus einem Becher trinken sollte und nicht mehr aus Mutters Brust.

Und dann der Fluss. Was der Fluss noch alles mit ihnen vorhatte, wusste ja keiner. Der Fluss gibt, der Fluss nimmt. So war es für alle, die an seinen Ufern lebten, und es würde immer so bleiben. Da konnten sie an den Dämmen noch so viel bauen und flicken. Wenn das Hochwasser kam, hielten sie oft nicht stand. Den Menschen war zwar das himmlische Paradies versprochen, aber erst nach ihrem Tod. Warum so lange darauf warten, wenn ein anderes Paradies schon heute erreichbar war? Amerika! Den Rhein hinunter und dann übers Meer. Viele hatten es schon dorthin geschafft.

»Ich geh auch weg von hier«, sagte Georg eines Tages zu seinem Vater. »Ich halt's hier nicht mehr aus.«

Sie saßen am Ufer, flickten die Netze, und der Fluss lauschte ihrem Gespräch.

»So. Abhauen willst du«, brummte Bartholomäus. »Ich brauch dich aber hier.«

»Dir bleibt doch der Jacob«, entgegnete Georg.

»Der Jacob ist kein Fischer und wird nie einer sein.«

»Er fischt bald wie du und ich. So kann es doch bleiben. Er kann dir weiter zur Hand gehen.«

»Er träumt zu viel.«

»Er ist noch jung.«

»Er verschwendet die Zeit am Wasser.«

»Dann gib ihm mehr Arbeit.«

»Der spricht mit dem Fluss, wie sonst nur die Weiber es tun!«, brauste Bartholomäus auf und Georg wurde ärgerlich.

»Der Jacob ist mein Bruder! Und er ist ein guter, geschickter Junge.«

»Ein Findling ist der. Und bei einem Findling, da weiß man nie.«

Eine Weile schwiegen sie beide. Bartholomäus hatte aufgehört zu flicken, er sah jetzt stumpf aufs Wasser und zupfte an seinem Bart. »Man geht nicht fort, Sohn«, fing er dann wieder an. »Das tut man nicht. Man bleibt, wo man ist. Und man bleibt, was man ist. Ich bin Fischer und du bist Fischer, weil ich Fischer bin und weil mein Vater schon Fischer war und mein Großvater auch.«

Georg schüttelte den Kopf. *Wer mitgehet als Knecht, der wird ein Herr.* Das hatte er von irgendwem gehört.

Als wenige Wochen später die Schiffsglocke läutete, war er mit an Bord. In der Nacht, während der Vater und der Bruder schliefen, hatte er sich ohne Lebewohl davongeschlichen. Leinen los! Die Gespräche an Bord verstummten. Noch ein Blick zurück, die Wehmut drückt in der Brust, schnell die Hand des Nebenmannes gegriffen oder einfach nur die Reling, ein Zurück gibt es nicht.

»Nun ist die Scheidestunde da, Adieu!«, fing jemand an zu singen und ein paar andere stimmten ein. »Wir ziehen nach Amerika, Adieu!« Der Fahrtwind war straff, zog an Haaren, ließ Röcke und Hosen flattern, blies noch den Stapel Flugblätter vom Fass. Es waren Werbeschriften, die landauf, landab verteilt worden waren. Sie handelten von geschenktem Land, von reichen Ernten, vom sorgenfreien, friedlichen Leben in der Neuen Welt. Eines der Blätter wirbelte hoch auf. Wer mitgehet als Knecht, stand dort gedruckt, der wird ein Herr. Wer mitgehet als Magd, der wird eine gnädige Frau. Der Bauer wird ein Edelmann. Bürger und Handwerksmann werden Baron. Ein jeder kann, wenn er nur will, ruhig, vergnügt und glückselig leben. Das Papier flog davon, schwebte noch eine kurze Weile hinterm Schiff. Dann segelte es hinab und der Fluss fing es auf. Vom verwirbelten Kielwasser war es schnell durchweicht, bald trieb es in Fetzen flussabwärts. Aus der dunklen Tiefe stieg ein silbrig schimmernder Fisch empor und schnappte. Ein jeder. Und schnappte noch mal. Glückselig. Dann fing es an zu regnen.

JACOB

Nach der Prügelei der Fischer verbreitete sich die Nachricht vom verschwundenen Schlüssel in Windeseile. Vom Zunfthaus flog sie über den Kirchplatz zum Backhaus und von dort in die Gassen, in die Häuser, sogar bis in die Ställe und Gärten hinein, und dann noch weiter hinaus aus dem Dorf, durch den Wald, bis hinunter zu den Waschplätzen am Fluss. Und wieder zurück. Da hat die Nachricht aber nicht den direkten Weg, sondern ein ganzes Stück vor dem Dorf eine Abzweigung genommen. Noch halb auf den Feldern ist sie scharf links in den lehmigen Pfad gebogen und hat vor Jacob die Reihe armseliger Hütten erreicht, wo die Tagelöhner mit ihren Familien wohnen, die Witwen und der taubstumme Fritz. Und die alte Hanne.

Als Jacob jetzt außer Atem und mit seinem Schwein vor Hannes geflickter Tür steht, er noch nicht mal geklopft, die Tür sich aber schon einen Spalt weit geöffnet hat und Hannes knochige Hand ihn vorn am Hemd fasst, in das Haus hineinzieht und gleich darauf die Tür sich hinter ihm wieder schließt, da ahnt Jacob, dass die Frau Bescheid weiß. Gebeugt steht sie vor ihm im schummrigen Licht, ein krummes Weiblein, unendlich alt, spindeldürr, was man wegen der vielen langen Röcke, die sie übereinander trägt, aber mehr vermutet als sieht. Ihre wenigen Haare hat sie im Nacken stramm zu einem weißen Knötchen gebunden, was ihr faltiges Gesicht noch kantiger erscheinen lässt. Und um ihr Gesicht herum stehen einzelne Haare vom Kopf ab, dünn wie Spinnweben, feinste, zitternde

41

Strahlen. Hanne blickt Jacob unverwandt an und es scheint sie überhaupt nicht zu stören, dass das Schwein gerade halb unter ihren Röcken verschwunden ist. »Der Schlüssel«, sagt sie ohne ein Wort der Begrüßung. »Sag, hast du ihn?«

»Hatte ihn«, antwortet Jacob leise. »Er ist im Fluss.«

»Im Fluss?« Entsetzt hebt Hanne beide Hände. Ihre Röcke bauschen sich heftig, denn das Schwein schiebt sich rückwärts wieder ins Freie, schnuppert an der Alten empor und dann sehr ungeduldig an den Beutelchen, die sie an einer Schnur um ihren Leib herumgebunden trägt. Ohne hinzusehen, nestelt sie aus einem etwas Fressbares für das Tier. Das Schwein schnappt und schmatzt.

»Ich wollte nicht … wollte doch«, beginnt Jacob und ruft dann: »Er ist mir aus der Hand gefallen! Es war ein Missgeschick!« Er will noch etwas sagen, will erzählen von dem fremden Mädchen, das den dicken Kiesel geworfen hat, aber Hanne will nichts weiter hören, macht nur leise »Schschsch«, während sie näher kommt und eine Hand auf seine Stirn legt. Sie brabbelt ein paar Worte, und Jacob spürt wundersame Wärme, nicht nur auf der Stirn. »Na komm«, sagt Hanne, und Jacob folgt ihr in die kleine Stube, das Schwein stakst hinterher, schleckt in allen Ecken herum, und das Huhn, das gerade noch neben dem Ofen gelegen hat, flüchtet gackernd nach draußen.

Schon immer wohnt Hanne hier. Niemand kann sagen, wann und wie sie hierhergekommen ist. Sie lebt vom Gemüse aus dem Vorgarten und den Hühnern und der Ziege hinterm Haus, und sie lebt von dem, was die anderen ihr im Tausch für ihre Kräutermixturen und Zauberdienste geben. Ja, Hanne besitzt magische Kräfte. Einmal hat sie sämtliches Vieh des alten Schmiedes vom Schadenzauber einer umherziehenden Bettlerin befreit. Die Fremde hatte bei ihm angeklopft, er aber hatte sich geweigert, ihr etwas zu geben, woraufhin sie vor seinen Stalltüren Zauberpulver vergraben und Vieh und Mann einen grässlichen Tod gewünscht hatte. Tatsächlich waren wenige Tage später sowohl der Schmied als auch sein Vieh schwer krank geworden. Mit Kräutern und Sprüchen hat Hanne den Mann zwar nicht retten können, sein Vieh aber schon. Wie man dann allerdings später bemerkte, hatte es dafür die drei Kühe des Nachbarn dahingerafft. Natürlich hing das eine mit dem anderen zusammen, niemand im Dorf zweifelte daran. Die Menge des Heils reichte eben nicht für alle, die Heilung der einen Tiere war auf Kosten der anderen geschehen. So war es nun mal eingerichtet. Vielen im Dorf ist Hanne deshalb nicht geheuer, denn sie meinen, wer heilt, der schadet auch, und daher dürfe man ihr nicht zu nahe kommen. Jacob aber kümmert das nicht. Immer schon hat Hanne ein besonderes Auge auf ihn. Seit der Fluss ihn hierherbrachte, als seine Ziehmutter ein Jahr später starb, als Georg, sein Bruder, fortging. Und jetzt.

Sie nimmt ihn bei den Schultern und schiebt ihn zum Tisch. Bereitwillig lässt Jacob sich sanft auf einen der beiden Schemel drücken. Er stützt die Ellenbogen auf, den Kopf in beide Hände und starrt düster vor sich hin. Eine Schande sei er für den Vater. Eine Schande. Er. Hat der Vater gesagt. Schande. Ein schlimmes Wort. Ja. Es bedeutet, er kann nicht zurück.

Hanne stellt einen Becher gebrühter Kräuter vor ihn hin, und der warme, duftende Dampf und dann die ersten Schlucke beruhigen ihn ein wenig. Hanne reicht ihm noch ein Stück hartes Brot. Jacob isst langsam. Zusammen mit dem Kräutersud in seinem Mund wird das Brot zu einem würzigen Brei. Irgendwann blickt er auf. Die ganze Zeit hat Hanne ihm gegenübergesessen und stumm jede seiner Bewegungen verfolgt. Auch jetzt sagt sie nichts, sie nimmt nur seine Hand, zieht sie zu sich her, dreht die Handfläche nach oben und beugt sich darüber. Mit gekrümmtem Zeigefinger fährt sie über die Linien in seiner Hand, während ihre Zunge dabei aus einem Mundwinkel spitzt. Jacob will die Hand gleich wieder wegziehen, aber Hanne hält sie fest. Seine Handfläche ist hell, nur seine Finger sind schmutzig wie meist.

»Was ist da?« Ungeduldig bewegt Jacob die Finger.

»Wege«, murmelt die Alte, ohne aufzusehen.

»Wege? Was denn für Wege?«

»Deine Wege.«

»Wohin?«

»Wohin du gehen wirst, was alles noch kommt«, antwortet Hanne und reist mit ihrem Finger kreuz und quer weiter über Jacobs Hand.

›Warum bloß hat Georg mich nicht mitgenommen?‹, denkt Jacob. In diesem Moment lässt Hanne seine Hand sinken und blickt ihm so fest in die Augen, dass Jacob ganz anders wird. Hat sie auch seine Gedanken gelesen? Und was steht in seiner Hand? Jacob hebt sie vom Tisch, aber Hanne nimmt sie nicht mehr. Sie blickt ihn nur weiter an, ihr geschlossener Mund zuckt und sieht aus wie eine krumme, schlecht genähte Naht.

»Hanne! Amerika? Da steht Amerika. In meiner Hand!«

Leise ächzend stemmt die Frau sich vom Tisch hoch und wendet sich, ohne zu antworten, dem Schwein zu, das neben dem Ofen eingeschlafen ist. »Das Schwein darf auch hierbleiben«, sagt sie dann nur und krault es hinterm Ohr. Sofort hört es auf zu schnarchen, aber die Augen lässt es zu.

Später am Abend liegt Jacob neben dem Schwein auf dem Strohlager, den Bauch gefüllt mit Gerstensuppe. »Lies mir den Brief vor«, sagt er zu Hanne. Es gefällt ihr nicht, dass er sie darum bittet, er sieht es ihr an, aber dann schlurft sie doch in die hintere Ecke der Stube, wo ihre Truhe steht, in der sie Kleidung, Tücher und auch etwas Geld verwahrt. Und Bücher und Amulette und magische Nadeln. Und kleine, bleiche Knöchelchen – die hat sie in Lederbeutel verschnürt. Und merkwürdig geformte Steine sind auch in der Truhe. Und Georgs Brief. Damals, als der Brief das Dorf erreichte, hat der Vater ihn nicht angerührt. Weil der Sohn einfach verschwunden war, war er für ihn gestorben. Da hat Jacob den Brief genommen und zu Hanne, die lesen kann, gebracht. Umständlich nestelt die alte Frau nun an ihren Röcken, hebt eine Lage und noch eine. Irgendwo, in eine der vielen Rockfalten, hat sie den Schlüssel der Truhe eingenäht. Kurz darauf hört Jacob das Schloss klacken, dann tritt Hanne aus dem Dunkel mit dem Brief in der

Hand, faltet ihn auf, streicht ihn mit der Faust glatt, hält ihn in den flackernden Schein der kleinen Talglampe und liest: »*Meine Lieben in der fernen Heimat. Viel Zeit ist verflossen seit ich Abschied nahm. Schon immer seit ich hier in Pennsylvanien bin, geht es mir gut. Die größte Zahl der Einwohner sind die Deutschen. Die Stadt, in der ich wohne, liegt an zwei Flüssen und heißt Philadelphia. Sie ist groß und schön und alle Häuser sind mit Mauern oder Backsteinen bis hoch in den vierten Stock aufgeführt und mit Schindeln von Zedernholz gedeckt. Die Zedernbäume sind die Zierde der Waldungen und wachsen auf den Blauen Bergen. Es ist ein freies Land, wo jeder anfangen kann, was er will. Man darf sich nicht wundern, dass alljährlich so viele Landsleute die Heimat verlassen und sich in großer Menge in die Neue Welt begeben, die jetzt auch meine ist. Land wird einem hier geschenkt. Zehn Jahre darf man es zum eigenen Nutzen gebrauchen ohne die geringste Abgabe an die Regierung. Es ist wahrlich ein gesegnetes und fruchtbares Land und alles Getreide wachset sehr wohl. Und man isst auch in den ärmsten Häusern kein Essen ohne Fleisch. Und das Brot isst man nicht ohne Butter oder Käse. Und bezahlt wird mit Papiergeld, das gestempelt ist, für welches man haben kann, was immer man will. Ihr glaubt nicht, wie sehr ich mich auf den Augenblick freue, wenn ihr hier ankommt. Über eure Hierher-Reise macht euch keine großen Sorgen. Nehmt euren Mut und euer Vertrauen und geht zu einem guten Agenten. Er wird euch leiten. Selbst per Zwischendeck, das billiger ist als Kajüte, werdet ihr die Wasserfahrt über die offene See recht gut überstehen.*«

Während Hanne liest, bewegt Jacob die ganze Zeit seine Lippen, stumm formt er die Worte. Den ganzen Brief kennt er auswendig, jedes Wort. Das runde Siegel, ein Stempelabdruck im Briefkopf, scheint durchs Papier. Es sind vier Symbole in einem Kreis: ein Schiff unter vollen Segeln, darunter ein Pflug und darunter drei Weizenbündel. Und über allem ein Adler.

Und dann kann es gar nicht anders sein, als dass Jacob vor Erschöpfung die Augen zufallen. Das Dorf aber schläft heute noch lange nicht. Die Nachricht vom verschwundenen Schlüssel treibt es um. Bis kurz vor Mitternacht dreht sie noch ein paar Runden durch die Stuben, wächst im Wirrwarr der Stimmen erst noch, dann schrumpft sie ein gutes Stück. Und schließlich gesellen sich zur bloßen Tatsache, dass der Schlüssel nicht mehr da ist, allerhand Vermutungen und Verdächtigungen.

FLUSS

Immer sind es die hohen, schlanken Pappeln am Wasser, die als Erste raschelnd den Wind ankündigen. Seit Tagen aber hängt auch das Schwatzen des Dorfes dort oben … *Der Schlüssel, ausgerechnet dieser eine* … Es ist ein beständiges Plappern in den Ästen. *Und wenn der Junge ihn hat?* Und es verflüchtigt sich einfach nicht. Es hat sich festgesetzt. *Jacob … Jacob … Ja, der …* Jacobs Stimme hingegen hat der Fluss schon viel zu lang nicht mehr gehört. Wo steckt der Junge eigentlich? Der Fluss versucht, den menschlichen Lauten ausnahmsweise nicht zu lauschen.

Wenn das so einfach wäre ... *Schon möglich, dass er den Schlüssel genommen hat ... hat ihn sicher immer noch, weil er, weil er ... Ja, was denn? ... Bei so einem, da weiß man doch nie ... Ja genau, da füttert man so einen, so einen Findling, und dann das ... Ist der Jacob ein Dieb? ... Ach, lass doch den Jungen ... Ein Dieb gehört bestraft!* Der Fluss entlockt sich selbst Töne, versucht glucksend und plätschernd und gurgelnd das schiefe Stimmenorchester zu übertönen. Aber es gelingt ihm nicht. Nach kurzen, erholsamen Momenten des Schweigens beginnt alles von Neuem ... *Und der Bartholomäus, der hat gar nichts mehr gesagt ... Hat er nicht? ... Aber dem Peter Goller auf den Tisch gespuckt, das hat er ... Weil der Peter Goller den Jacob einen Hurensohn genannt hat ... Aber was lässt der Bartholomäus auch den Schlüssel herumliegen ... Ach, ach ... der Jacob ... Ach ja, ach so, ach je ...* Dieses Gerede, dieses Geschwätz. Es stört den Fluss, es stört ihn ungemein, es verdirbt ihm gründlich die Laune. Er schleckt an den erdigen Rändern, reißt mit, was sich mitreißen lässt, und tut mehr und kräftiger als sonst an dieser Stelle, was er seit Urzeiten tut. Er schiebt und türmt auf. Schiebt Kiesel über Kiesel, schiebt und reibt und mahlt tonnenschweres Gestein von sonst woher. Dumpfes Getöse in schlammiger Tiefe, knirschender Groll. Nach einiger Zeit hebt sich eine neue Insel aus dem Wasser, ein lang gezogener Buckel aus Steinen, sieht aus wie ein pockiger Drachenrücken, grau und eintönig wie der Himmel an diesem Tag. Die Insel teilt den Fluss mitten durch und zieht sich knapp unter der Wasseroberfläche bis ans rechte Ufer. Einer der Fischer wird sich wohl einen neuen Fanggrund suchen müssen.

JACOB

Das Schwein haben sie zur Ziege hinterm Haus getan. Nur bei Dunkelheit geht Jacob mal raus und sieht nach ihm. Sonst bleibt er in Hannes enger Stube. Er weiß ja nicht, wo er sonst hinsoll, er weiß nicht, was ihm geschieht, wenn jemand aus dem Dorf ihn entdeckt. Nicht nur der Vater wird ihn für einen Dieb halten und deshalb muss er sich verstecken. Welche Strafe steht auf Diebstahl eines solchen Schlüssels? Je länger Jacob darüber nachdenkt, desto mehr fürchtet er sich. Diebe werden immer hart bestraft. Einem war mal das Ohr abgeschnitten worden, hatte Georg ihm erzählt. Aber Jacob hat nichts gestohlen, er wollte nichts Böses, es hilft nur nichts, dass er es sich immer wieder selbst sagt. Denn wer würde schon glauben, dass es nur ein Missgeschick gewesen ist? Ein dummes, verdammtes, verteufeltes Missgeschick! Die Lage ist vertrackt. Was soll er bloß tun? Für immer bei Hanne bleiben, kann er nicht. Für immer hinterm Ofen, wie eine alte Katze. Nein, das geht nicht.

Er späht durch eine Ritze neben der Tür. Viel gibt es durch diesen Spalt nicht zu sehen, nur Himmel und Felder und daran angrenzend das Dorf, und dennoch steht Jacob lange so da und blickt mit einem Auge hinaus. Und auch am nächsten Tag sieht er immer wieder nach draußen, immer durch diese eine Ritze, denn insgeheim hofft er, dass einer kommt und nach ihm fragt. Der Vater ahnt doch sicher, wo er steckt. Aber der Vater kommt nicht.

Der nächste Tag ist ein Sonntag, schon am Morgen ist das Wetter schön und Jacob hockt hinter Hannes Hütte in der Sonne. Das Schwein hat sich neben ihm ausgestreckt und döst. Sein Kopf ruht schwer auf Jacobs Beinen, Fliegen krabbeln über seine Schnauze, Hannes Hühner scharren in der trockenen Erde und machen leise Geräusche. Die Ziege, die mit einem Strick an einen Pfahl gebunden ist, zupft an dem bisschen Grün, das um sie herum wächst, und von fern klingen die Glocken der kleinen Kirche. Sonntags ist das Dorf im Gottesdienst, da muss Jacob nicht fürchten, dass ihn hier draußen, in Hannes Gärtchen, jemand entdeckt. Gerade hat er das Schwein über Stöcke und Holzscheite springen lassen, auf seine Kommandos hat es sich hingesetzt, im Kreis gedreht und am Ende tot gestellt. Jacob hat dann noch Rübenschnitze versteckt, das kluge Tier hat sie alle gefunden. Manche im Dorf behaupten ja, Jacob habe ihm das Gehirn eines Raben zu fressen gegeben, nur deshalb verhalte es sich so, deshalb laufe es ihm ständig hinterher. Aber das stimmt nicht. Vieles von dem, was erzählt wird, stimmt nicht. Jacob hat das Schwein nur dressiert. Er schiebt den Kopf des Tieres beiseite, steht auf, geht ein paar Schritte und pinkelt dann im weiten Strahl in einen Busch. Endlich kann er auch das mal tun, zur Tagzeit im Freien pinkeln. Das ist so viel angenehmer, als sich mit Hanne den Nachttopf zu teilen. Während es warm aus ihm herausfließt und die Ziege kauend zu ihm herübersieht, wird ihm klar, dass es ihm eigentlich nicht besser geht als diesem Tier. Auch er hat einen elendigen Strick um den Hals. Und da packt ihn die Wut, er greift den kurzen Stock neben sich und schleudert ihn in Richtung Ziege. Er verfehlt sie nur knapp, sie springt zur Seite und meckert empört. Jacob läuft zum Zaun und blickt in die Ferne. Hinter den Äckern, Wiesen und Weiden erhebt sich der Wald. Mit einem Satz ist er über den Zaun und fängt an zu rennen. Noch steht der Hanf nicht hoch, er spitzt erst aus dem Boden, da kann er übers Feld rennen wie der Blitz. Unter seinen Füßen fliegen Erdklumpen auf und er rennt so schnell er kann.

FLUSS

Vor sehr langer Zeit einmal stand auf einem Felsen ein römischer Feldherr. Stolz und genüsslich breitete der Fluss sich vor ihm aus. Sieh her! Sieh mich an! Der Fremde blickte lange in die weite Ebene, suchte den einen großen Strom und fand ihn nicht. Sah stattdessen, so weit sein Auge reichte, unzählige Rinnen aus Wasser – die Altrheine und Gießen, die Kehlen, Schluten und Lachen. Der Fremde hatte schon viel gesehen, aber der Anblick dieser gewaltigen Wildnis erschreckte ihn. Seinen Landsleuten jenseits der Berge würde er später von dämmerdunklen Wäldern berichten, von Bäumen, alt wie die Welt, von wüsten Sümpfen, von schlüpfrigen Schlickufern in einem schauerlich amphibischen Land.

JACOB

Schnell zieht Jacob sich aus und lässt sich ins ruhige Wasser gleiten. Mit den Armen öffnet er den Teppich aus Algen und zieht dann eine dunkle Schneise durch die ruhige, grüngelbe Fläche, die sich gleich hinter ihm wieder schließt. Jacob lässt den Schatten der Uferbäume hinter sich und hat bald die sonnige Mitte des Flussarmes erreicht. Mit kräftigen Zügen schwimmt er flussabwärts. Hier und da stehen Libellen schwebend in der Luft und lauern auf Beute, ein paar Wasservögel kreuzen seinen Weg. Jacob dreht sich auf den Rücken, sacht treibt er dahin. Weiter. Einfach weiter. Den ganzen Fluss hinunter bis ans Meer? Jacob wischt den Gedanken fort. Er genießt die Ruhe, das weite Wasser, erst als ihm kalt wird, kehrt er um. Wieder an Land streift er sich ab und wirft sich ins Gras. Ein paar harmlose Wolken hängen am blauen Himmel, Fischreiher sitzen schläfrig über ihm im Baum, auch Jacob ist müde. Er schließt die Augen, kurz darauf schläft er ein.

Als er wieder aufwacht, ist er verwirrt. Er muss sich erst orientieren, blinzelt ins helle Licht, dreht den Kopf zur Seite und erschrickt. Da steht jemand. Ein Mädchen. Es steht etwas abseits von ihm, blickt aufs Wasser und hat seine Hose in der Hand. Es hat noch gar nicht bemerkt, dass Jacob wach ist. Mit einem Ruck setzt er sich auf, greift die anderen Kleider neben sich und zieht sie in seinen Schoß. Da sieht das Mädchen ihn an. Es trifft Jacob wie ein Schlag. Das Pilzmädchen! Das Mädchen, das den Stein geworfen hat!

Jacobs Herz klopft hart und schnell und er spürt, wie sich alles in ihm verschließt. »Gib her«, sagt er rau und streckt die Hand aus.

»Was?«

»Meine Hose. Gib sie mir.«

Das Mädchen grinst nur.

»Was hast du mit meiner Hose zu schaffen?«

Es wirft sie ihm zu. »Sie lag herrenlos herum.«

»Du bist frech«, sagt Jacob.

»Und du hast schon wieder schlechte Laune.«

Jacob fängt an sich anzuziehen.

»Guck mal nicht so«, sagt das Mädchen und schneidet Grimassen, während Jacob hastig weiter in seine Kleider schlüpft. Dann läuft er davon. Das Mädchen hört er lange noch rufen, aber da ist er schon längst im Dickicht verschwunden.

FLUSS

Tage später. Der Morgen ist kühl. Worte steigen aus der Tiefe des Wassers, aus der Tiefe der Zeiten. *Nun ist die Scheidestunde da, Adieu! Wir ziehen nach Amerika, Adieu! Die Wagen sind schon vor der Tür, mit Weib und Kindern ziehen wir. Adieu, Adieu, Adieu!* Die Worte sind wie Laub auf dem Wasser, sie treiben. *Die Heimat fesselt zwar das Herz, doch ziehen viele anderwärts. Dem einen glückt's, wo er entstand, dem andern in dem fremden Land. Adieu.* Die Worte treiben stromabwärts, finden sich zu Versen, zu Strophen, werden ein Lied.

Wenn unser Schiff im Meere schwimmt,
so werden Lieder angestimmt,
wir fürchten nicht den Wasserschwall
und denken: Gott ist überall!
Adieu.

Der Fluss hört das Summen und Singen so deutlich wie nie, unwirklich viele Stimmen sind es heute, die sich über die Zeiten zu einem Chor verbunden haben. *Oh Herr, bleibe bei uns auf dieser Reise. Oh Herr, bitte, verlass uns nicht.* An diesem Tag aber ist das Lied bloß eine Erinnerung. Kein Auswandererschiff liegt im Strom. Niemand singt. Überhaupt ist es gerade sehr still und die Luft von einer seltenen Klarheit. Und doch sind da sachte Wellen auf dem Wasser. Es ist eine Ahnung, die den Fluss gerade bewegt. Denn nicht alle nehmen ein großes Schiff für die Reise. Manchem reicht ein kleiner Fischerkahn ohne Segel.

II. Die Bande

JACOB

Den ganzen Tag heute schon, nur von kurzen Pausen unterbrochen, ist er auf dem Wasser. Bereits vor Sonnenaufgang, als das Dorf noch schlief, ist Jacob aufgebrochen. Das Schwein hat er mitgenommen. Vor ein paar Tagen hatte er Hanne noch einmal gebeten, aus seiner Hand zu lesen. Als er sie währenddessen fragte, ob er es wohl bis Amerika schaffen würde, war der alten Frau die Farbe aus dem Gesicht gewichen. Sie schloss seine Hand und auch ihre Augen und drückte dann ihre Lippen auf seine Faust. Es war ihm Antwort genug. Es gibt nicht viele Dinge, die einer wie Jacob selbst entscheiden kann. Aber er kann entscheiden, sein Dorf zu verlassen und fortzugehen.

Der Nebel wollte sich heute erst gar nicht auflösen, bis weit nach Mittag hing ein Dunstschleier über der Rheinebene, die Luft blieb feucht, aber dann wurde es mit einem Mal doch noch richtig hell. Mild fällt jetzt das späte Licht durch die Äste der Bäume, das Schwein hat sich vorn im Kahn, neben Angel, Kescher und Beutel, der Länge nach wohlig ausgestreckt. Auch Jacob würde gerne etwas dösen. Er ist müde, aber er muss die Augen offen und das Boot auf Kurs halten. In dieser Gegend im Auwald ist das Wasser hell und schlank, ein schmaler Nebenarm des Rheins. Flink schlängelt es sich zwischen den Bäumen hindurch, schnell gleitet das Boot dahin. Es ist ein langer, flacher Kahn aus Holz, alle Fischer im Dorf besitzen mindestens einen dieser Art, ohne Dach, ohne Segel, nur ein Paddel, zwei Querbretter zum Sitzen und genug Platz für den Fang. Früher hat dieser Kahn Georg gehört. Als er fortgegangen war, durfte

Jacob ihn haben. Dann und wann gluckst das Wasser, weil Jacob mal links, mal rechts das Paddel hineintaucht. »Bleibe immer nah beim Fluss«, hat Hanne ihm beim Abschied eingeschärft. »Der Fluss ist dein Weg. Der Fluss gibt auf dich acht.« Sie hielt seine Hände und wanderte mit hellwachem Blick über sein Gesicht, als sehe sie alles darin zum ersten Mal. Die hohen Wangen, die schmalen, dunklen Augen, die kräftigen Brauen darüber und die Narbe in der rechten, die die Braue mittendurch teilt. Meist ist sie nicht zu sehen, weil seine wirren Haare sie verdecken. Jacob vermied es, Hanne in die Augen zu sehen. Auch brachte er kein Wort heraus, es ging einfach nicht, etwas verschloss seinen Mund. Und deshalb war er sogar erleichtert, als Hanne ihn aus ihrer Hütte hinaus in den frischen, frühen Morgen schob und gleich darauf die Tür wieder schloss.

Das Boot schwankt leicht hin und her, als Jacob sich darin aufstellt. Mit beiden Händen stützt er sich aufs Paddel und hält Ausschau nach einem Platz für die Nacht. Langsam neigt sich der erste Tag der Reise dem Ende, die Vögel geben noch mal alles und das Quaken der Wasserfrösche schwillt in Wellen an und ab. Schrapp! Kies knirscht unterm Kiel und bremst die Fahrt, Jacob kippt vornüber, das Boot sitzt fest. Nicht schon wieder! Jacob flucht und spuckt aus auf die nassglänzenden Steine. Zum zweiten Mal heute stranden sie auf einer Kiesbank. Er wirft das Paddel neben das Schwein, das erschrocken aufspringt und aufgeregt hin und her trappelt. Jacob steigt aus dem Kahn, scheucht das Schwein hinaus, packt den Kahn vorne am Bug und zieht mit Kraft. Bei jedem Zug versinken

seine nackten Füße im Kies. Es tut weh. Aber endlich ist es geschafft, das Boot schwimmt wieder leicht wie ein Stück Rinde.
Jacob lässt sich erst mal treiben, er muss sich einen kurzen Moment ausruhen. Vorhin lag ein Baum quer im Wasser, drum
herumzufahren, war unmöglich gewesen. Jacob hatte das Boot
an Land und ein ganzes Stück am Ufer entlangziehen müssen.
Die Brennnesseln standen hüfthoch und das Schwein wollte
dann erst gar nicht wieder zurück ins Boot.

Das Blau des Himmels hat sich hellrot gefärbt. Einerseits
verspricht das gutes Wetter für morgen, andererseits kündet
es die Nacht an. Dieser Tag ist im Nu verflogen, und Jacob
fragt sich, wie weit er heute wohl gekommen ist. Als sich hinter
der nächsten Flussbiegung eine kleine Bucht auftut, lenkt er
dorthin. Das Schwein springt ins Wasser, schwimmt ans Ufer
und verschwindet gleich zielstrebig im Gebüsch. Jacob holt
das Boot aus dem Wasser, nimmt Angel und Kescher, schultert
seinen Beutel und kämpft sich durch den wild wuchernden,
feuchten Uferbereich in den Wald, dorthin, wo es lichter ist.
Wald ist Wald. Der Wald hier ist eigentlich nicht anders als
der Wald zu Hause. Aber er kennt sich nicht aus und muss daher achtsam sein, sonst verläuft er sich und findet nicht mehr
zum Boot zurück. Sein Blick fällt auf eine riesige Baumwurzel, die sich am Rand einer kleinen Lichtung wie der Eingang
zu einer Höhle erhebt. Er läuft dorthin und klettert hinauf.
Es muss Jahre her sein, dass ein Sturm diesen Riesen aus dem
Erdreich gerissen hat, denn er ist halb verrottet. Jacob blickt
hinab auf den Platz unter seinen Füßen. Vielleicht ist hier

sein Ort für diese Nacht. Das mächtige Wurzelgeflecht wäre ein guter Schutz. Nachts allein im Wald, davor fürchtet sich Jacob, denn im Wald gibt es wilde Tiere, Geister, Dämonen, auch Räuber und zwielichtiges Gesindel. Aber Jacob sagt sich, was ihm der Vater beigebracht hat: Wenn man keine Wahl hat, darf die Furcht nichts wiegen. Er springt von der Wurzel und pfeift nach dem Schwein. Sofort kommt es angeschossen. Mit beiden Händen fasst Jacob den großen Kopf des Tieres und zieht ihn zu sich heran. Das Schwein schmatzt und sabbert. Jacob betrachtet die kleinen Augen, die ihn ruhig ansehen. Behutsam streicht er über die feinen, langen, fast durchsichtigen Wimpern. »Du gutes Tier«, sagt er leise.

Bevor es ganz dunkel wird, glüht für kurze Zeit der Himmel, über der Lichtung schwirren die Fledermäuse und schon wenig später senkt sich die Nacht. Der Wald gehört den Schatten. Sie breiten sich aus, fangen an auseinander- und ineinanderzufließen – wie schwarze Milch. Und alles und jedes, was da ist in dieser Nacht, löst sich darin auf. Nur nicht der kleine Platz am Feuer. Jacob schiebt noch einen Scheit Holz nach, die Flammen schlagen höher und züngeln ins Dunkel. Der Platz bleibt beruhigend hell und Jacob fürchtet sich nicht. Er hat Dörrfleisch und Brot gegessen, beides hat Hanne ihm eingepackt. Als die Nacht kälter wird, holt er die Decke aus seinem Beutel und verkriecht sich darin. Sie riecht gut nach altem Fell. Jacob hat nicht gemerkt, dass er mit der Decke noch etwas herausgezogen hat, aber jetzt fällt sein Blick auf den Brief neben sich.

Georgs Brief! Er lächelt überrascht. Die gute Hanne. Jacob nimmt ihn, faltet ihn auf, blickt wieder ins Feuer. *Meine Lieben in der fernen Heimat.* Jacob vermisst seinen Bruder. Seit er fort ist, vermisst er ihn. Mit keinem anderen Menschen hat er so viel Zeit verbracht wie mit Georg. Georg hat ihm alles beigebracht. Das Schwimmen, das Angeln, das Fischen. Auch die ersten Schritte machte er an Georgs Hand. Klettern aber konnte er immer besser als der große Bruder. Und auf zwei Fingern pfeifen konnte Georg nie. Vielleicht lag es an der großen Lücke zwischen seinen Schneidezähnen. Jacob sieht Georgs lachendes Gesicht vor sich und schluckt schwer. Und muss an den Vater denken. Und an das ganze Dorf. Und alles, was ihm jemals nah, jemals vertraut gewesen ist, scheint ihm mit einem Mal unendlich weit weg. Ist es verloren? Und Amerika – wird er es finden und Georg wiedersehen? Nachdenklich betrachtet er den Brief in seiner Hand, umkreist mit dem Finger die Symbole im Siegel. Adler, Schiff, Pflug, Weizen. Und Jacob fragt sich: ›Ist ein Haus in Amerika ein Haus? Ein Baum ein Baum? Ein Fluss ein Fluss?‹ Etwas in ihm zieht sich schmerzhaft zusammen, als er begreift, dass es für ihn gerade nur diesen kleinen, hellen Platz am Feuer gibt. Nur dieser Platz ist ihm gewiss. Es ist wenig, beunruhigend wenig. ›Warum hat Georg mich nicht mitgenommen?‹, denkt er wieder.

Plötzlich springt das Schwein auf und hebt witternd die Schnauze. Jacob sieht um sich, sieht nur Finsternis und wartet mit klopfendem Herzen darauf, dass etwas geschieht. Aber es geschieht nichts. Das Tier macht ein paar Schritte, kommt wieder zurück und setzt sich hin. Jacob steckt den Brief in den Beutel, rückt näher an das Schwein heran und das flackernde Feuer wärmt sein Gesicht.

Als er tief in der Nacht wach wird, liegt er auf seinem Bett aus Blättern und Ästen und blickt in die schwache Glut. Mehr sieht er nicht, nur diese rot und gelb leuchtenden Flecken, die mal mehr und mal weniger aufglimmen in dem schwarzen Haufen aus verkohltem Holz. Und sein erster Gedanke ist, dass da winzige Leute winzige Laternen umhertragen. Er meint auch, sie tuscheln und kichern zu hören. Aber dann ist er ganz wach und er könnte über sein harmloses Hirngespinst lachen, wenn jetzt nicht der Wind die Blätter zu seinen Füßen zum Schweben brächte, die Schatten zum Zirpen und Sausen, Flüstern und Pfeifen. Aber ist es wirklich nur der Wind? Es gibt Zustände, nicht nur den Tod, da trennen sich die Seelen von ihren menschlichen Leibern und schweifen weit und ziellos umher. Jacob bekreuzigt sich und schließt die Augen. Als er sie wieder öffnet, sind alle Schatten um ihn herum in Bewegung. Gehen die Bäume umher? Gibt es das? Bäume, die ihren Platz verlassen? Er schnalzt mit der Zunge und streckt die Hand aus. Das Schwein schnaubt feucht hinein. Gottlob. Da zischt etwas dicht über seinen Kopf hinweg. Jacob duckt sich, schnappt das Schwein, zieht es rückwärts mit sich und kriecht ins Geflecht der alten Baumwurzel, die sie beide mit Hunderten Armen umfängt. Jacob bebt vor Angst. So schlimm hat er sich die Nacht im Wald nicht vorgestellt. Das Schwein schmiegt sich an ihn und atmet ruhig. Wie gut, dass wenigstens das Schwein da ist.

Am nächsten Morgen scheint Jacob die Sonne warm ins Gesicht. Mit der Hand über den Augen blinzelt er verwundert ins Helle. Er hat gar nicht mitbekommen, wie es Tag geworden ist. Direkt vor seinem Gesicht hat eine Spinne in der verzweigten Wurzel ein Netz gespannt. Wie kleine Glasperlen glitzern die Tautropfen darin. Jacob steht auf und streckt sich. Seine Glieder schmerzen. Er hat die ganze Nacht halb sitzend verbracht. ›Da ist noch Brot im Beutel‹, fällt ihm ein. Nachdem er das kleine Stück gegessen hat, rollt er seine Decke zusammen, stopft sie in den Beutel, greift Angel und Kescher. »Na komm«, sagt er zum Schwein.

Das Boot liegt immer noch dort, wo Jacob es am Tag zuvor gelassen hat. Drum herum und ein ganzes Stück entlang des Ufers ist die Erde aufgebrochen und durchwühlt. Es müssen viele Wildschweine gewesen sein, die in der Nacht hier durchgegangen sind.

FLUSS

Kiesel, Kiesel, glatt und rund. Kiesel, groß wie Kinderköpfe. Die knochigen Zehen suchen auf ihnen tastend nach Halt. Dann ein beherzter Schritt ins Wasser. Weicher Sand unter den Füßen, das Wasser bis zu den Waden, es kühlt die alten, müden Beine. Der weite Rocksaum schwimmt wie ein Reif auf dem Fluss. Erst als die Alte unzählige Blätter und Blüten aus ihrer Schürze schüttelt, erst da sieht der Fluss ihr Gesicht, aber er erkennt die Frau nicht gleich. Zu lange ist sie nicht hier gewesen. Hanne. Na, altes Mädchen, murmelt der Fluss, mit der Zeit werden wohl selbst gewohnte Wege beschwerlich. Die Frau verfolgt wachsam den Lauf ihrer Blätter und Blüten in der Strömung. Viele driften auseinander und ziehen einsam dahin, andere finden sich zu Gruppen zusammen, manche schwimmen im Kreis. Für die Alte ist das kein zufälliges Schauspiel, für die Alte sind es geheime Zeichen und Muster, Botschaften aus der Zukunft, die der Fluss ihr schickt. Ja, immer schon trauten die Menschen ihrem Fluss das zu: dass er weiß, was kommt, dass er die Zukunft kennt. Und immer sind es die Frauen, die aus seinen Wirbeln, aus seinen Windungen und dem Getöse der Strömung lesen. Die Alte taucht ihre Hand ins Wasser, weich fließt es durch ihre Finger hindurch. Auch sagt sie etwas, aber der Fluss versteht ihre Worte nicht. Es ist kein richtiges Sprechen, auch kein Singen, eher eine Art Singsang, der sich auf das Rauschen des Wassers legt. Der Fluss mag den warmen Klang der alten Stimme. Und dann versteht er plötzlich ein Wort. Ein einziges. *Jacob. Jaaaaacob. Jacobjacobjacob.* Er weiß doch auch nicht, was aus dem Jungen wird! Flüsse können nicht hellsehen, nein, wirklich nicht, nur zurückblicken können sie, sich erinnern, während sie auf ewig weiterfließen.

Zu erzählen aber gäbe es manches. Dass die zweite Nacht für den Jungen nicht ganz so schrecklich gewesen ist wie die erste. Und dass er am frühen Abend Fisch gefangen hat, eine Schleie, und nach dem Essen zusammen mit dem Schwein im seichten Wasser geschwommen ist. Der Fluss könnte weitererzählen, dass der Junge am dritten Tag die schmalen Nebenwasser verlassen und sich auf den breiten Hauptstrom des Rheins gewagt hat. Dort ging es schneller voran als im Gewirr der Wildnis, aber vor der starken Strömung und den anderen Booten und Schiffen musste er sich in Acht nehmen. Das hat er schnell gelernt, der Junge. Ach, der Junge. Er sah Kähne und Lastschiffe. Nicht alle hatten die Segel gehisst. Einmal kreuzten vor ihm freundliche Fischer, sie winkten ihm aus ihren Booten zu. Dann sah der Junge eine Fähre. Eine Kutsche samt Pferden war an Bord. Und später sah der Junge eine Stadt am linken Ufer. Straßburg. Er sah ihre Stadtmauer und darüber die roten Dächer. Auf manchen Turmspitzen flatterten bunte Fahnen im Wind. Die dritte Nacht verbrachten er und das Schwein in einem geschützten, halb offenen Unterstand, wo Fischernetze zum Trocknen hingen. In dieser Nacht schlief der Junge, ohne ein einziges Mal wach zu werden, bis zum Morgen. Der Fluss hatte ihm freundliche Geister geschickt, die seinen Schlaf bewachten. Am darauffolgenden Abend baute er sich aus Ästen und Zweigen eine Hütte, denn es fing an zu regnen. Das alles könnte der Fluss jetzt der alten Hanne erzählen. Und auch dieses: dass der Junge gerade immer noch schläft. Ganz dunkel ist es in seiner Hütte. Lautlos schleicht ein Fuchs vorbei, das Schwein hebt den Kopf, spitzt die Ohren, steht auf. Dann läuft es nach draußen, aber der Junge bemerkt es nicht.

JACOB

Jacob tritt seine Decke von sich, verschlafen setzt er sich auf. Es ist merkwürdig. Wieder hat er gedacht, er sei noch im Dorf. Jeden Morgen, seit er es verlassen hat, geht es ihm so. Er wacht auf und meint im ersten Moment, zu Hause zu sein, meint, alles sei wie immer. Aber nichts wäre wie immer, wäre er geblieben. Nicht für einen wie ihn, einen, den man für einen Dieb hält. Jacob muss gähnen. Ausgeruht fühlt er sich nicht. Er drückt etwas Laub beiseite und späht aus dem kleinen Zelt, das er sich aus Ästen und Zweigen gebaut hat. Seit drei Tagen sitzt er hier fest, im nassen, kalten Wald. Das Wetter war einfach zu schlecht, um weiterzufahren. Wind und Regen. Das kommt vor. Jetzt regnet es zwar nicht mehr, aber wer weiß, wie lange das hält. Jacobs Magen knurrt, er hält sich den Bauch, leider hat er nichts mehr zu essen. Deshalb darf er jetzt nicht an Mehlsuppe denken, nicht an Grütze, nicht an einen Apfel, an Ochsenbraten sowieso nicht, und noch nicht mal an ein Stück verschimmeltes Brot, sonst hält er den Hunger nicht aus. Und Pilze? Er verwirft den Gedanken gleich wieder. Pilze zu sammeln wäre Zeitverschwendung, es ist eine mühselige Arbeit, und er will doch weiter. Jacob packt seine Sachen zusammen und ruft das Schwein.

In langen Bögen führt das Wasser hinaus aus dem Wald und dann durch feuchte Wiesen hindurch. Etwas später vereinigt sich der schmale Flussarm mit zwei anderen, der Rhein wird breit und fließt nun deutlich langsamer. Es ist ein trüber, einsamer Morgen, vor Jacob liegen viele kleine, nackte Inseln verstreut im grauen Wasser, als habe jemand eine große Hand-voll davon hineingeworfen. Auf einer stehen Fischreiher dicht gedrängt und regungslos auf hohen, dürren Beinen. Als der Kahn an ihnen vorüberzieht, erhebt sich rauschend die ganze Kolonie in den mit Wolken verhangenen Himmel, das Schwein erschrickt und quiekt. Noch später taucht ein Dorf auf, zwei Segelschiffe und mehrere kleine Kähne liegen im Hafen. Von einem der Schiffe tragen Männer pralle Säcke an Land, wie Lasttiere balancieren sie die Fracht auf ihren Rücken über die schmalen Bohlen. Ein Hund fegt kläffend hin und her. Jacob steuert am Hafen vorbei, etwas abseits macht er sein Boot fest, denn er hat die Hoffnung, hier etwas zu essen aufzutreiben. Er steigt die steile Böschung hinauf, oben stehen auf einer um-zäunten Wiese ein paar Ziegen. Ohne zu zögern, holt Jacob eine kleine Schüssel aus seinem Beutel und klettert flink ins Gehege. Die Ziege mit dem größten Euter, die schnappt er sich, hockt sich hinter sie und fängt an sie zu melken. Das Tier lässt es geschehen, es steht ganz ruhig, während die Milch in dünnen Strahlen ins Gefäß schießt. Nur einmal dreht es den Kopf und sieht Jacob mit ausdruckslosen Augen an.

Plötzlich ist da jemand am Zaun. Durch die Ziegenbeine hindurch sieht Jacob ein paar Schuhe, in denen dünne Beine stecken, die voller Mückenstiche sind. Die Schuhe sind aus braunem Leder, geschnürt und halbhoch. In seinen Schrecken mischt sich Erstaunen und Erleichterung. Ohne die Hände von den Zitzen zu nehmen, lugt er hinter dem Tier hervor und zuckt gleich wieder zurück. Ja, da steht zwar ein Mädchen neben seinem Schwein, aber nicht, wie er erwartet hat, das Mädchen aus dem Wald. »Erwischt!«, ruft es, und Jacob könnte schwören, dass er die Stimme kennt. Wieder schiebt er seinen Kopf zur Seite, sieht den Rock, den er kennt, das Hemd, das er kennt, aber die Haare … Diese Haare sind ganz kurz, raspelkurz. Als wüsste das Mädchen, was Jacob denkt, fährt es mit der Hand durch seine Stoppelhaare, von der Stirn in den Nacken und wieder zur Stirn und lacht verlegen. Jacob lacht jetzt auch. »Du siehst anders aus! Ich hab dich gar nicht erkannt.«

Das Mädchen beugt sich weit über den Zaun. »Sie mussten ab, schnipp, schnapp. Läuse sind Biester!«

Jacob setzt seine Schüssel an den Mund und trinkt sie in einem Zug leer, gleich tut der Bauch nicht mehr so weh. Er wischt die Milch vom Kinn und steigt zurück über den Zaun. Die Haare des Mädchens sind wirklich sehr kurz, man kann bis auf die Kopfhaut sehen. Es neigt den Kopf zur Seite und lächelt ihn an.

»Warum verfolgst du mich?«, fragt er.

»Ich verfolge dich nicht.«

»Aber dauernd begegnen wir uns. Wie kann das sein?«

»Zufall.«

Jacob schüttelt den Kopf. »Den Zufall gibt es nicht, sagt mein Vater.«

»Aha. Und was gibt es stattdessen?«

»Gottes Wille.«

»Du glaubst wirklich, nur weil Gott etwas will, geschieht es auch?«

»Alles, was geschieht, hat Gott gewollt.«

»Warum sollte Gott wollen, dass wir uns begegnen?«

»Das kann ich nicht sagen. Ich bin ja nicht Gott.«

»Aber gottesfürchtig bist du, ja?«

Jacob zuckt mit den Schultern und verzieht seinen Mund zu einem leichten Grinsen. »Wer ist das nicht?«

Das Mädchen lacht laut. Lacht es ihn aus? »Und was jetzt?«, fragt es fröhlich.

»Ich habe Hunger«, sagt Jacob.

Das Mädchen überlegt. »Möglich, dass sie dir beim Schlüterhof was geben.«

»Gut.«

»Wenn du willst, bringe ich dich hin.«

»Gut«, sagt Jacob noch mal.

Sie gehen nebeneinander, links von ihm das Mädchen, rechts das Schwein. Das Mädchen macht große Schritte, den linken Fuß setzt es beim Gehen leicht nach innen, seine Arme schlenkern. Jacobs Blick klebt an den Schuhen des Mädchens. Nur einmal hebt er den Blick und betrachtet den kurzen Schopf neben sich. Jacob überlegt, wie lange es dauert, bis so ein Zopf gewachsen ist.

Das Mädchen merkt, dass Jacob es anstarrt, ruckartig dreht es den Kopf. »Was ist?«, fragt es argwöhnisch.

»Du hast gute Schuhe«, beeilt Jacob sich zu sagen.

Die Miene des Mädchens hellt sich auf. »Ja! Aber nur mit ganz viel Gras vorne drin passen sie.«

»Dann lass uns tauschen! Meine sind zu klein.«

Jetzt lacht das Mädchen ihn wirklich aus. »Deine sind doch fast gar keine Schuhe mehr!« Es hat ja recht, Jacobs Schuhe sind in keinem guten Zustand, am rechten löst sich die ohnehin schon dünne Sohle und der linke hat an der Seite ein ziemlich großes Loch. Trotzdem ist Jacob jetzt etwas verstimmt. Was kann er dafür, dass er keine besseren Schuhe hat? »Gute Schuhe sind wichtig«, plappert das Mädchen weiter. »Man muss die Füße schützen. Eine verletzte Hand ist nicht so schlimm wie ein verletzter Fuß. Wie willst du sonst weglaufen? Man muss jederzeit weglaufen können, über Stock und Stein, egal, wo man ist. Du solltest dafür sorgen, dass du bald bessere bekommst.«

»Aber gute Schuhe sind nicht leicht zu haben«, brummt Jacob und er fragt: »Woher hast du deine?«

»Das geht dich nichts an«, sagt das Mädchen.

Einen solch herrschaftlichen Bauernhof wie den Schlüterhof hat Jacob noch nie gesehen. Zwei Häuser aus Stein, eine große Scheune sowie Speicher und Stallungen gruppieren sich um einen Hofplatz herum. Fast an der Straße erhebt sich der Misthaufen, der eigentlich kein Haufen ist, sondern ein Berg. Langsam folgt Jacob dem Mädchen um das dampfende, stinkende Ungetüm herum. Er hat noch nie gebettelt.

»Du kennst den Bauern?«, fragt er zaghaft, während das Mädchen auf das Wohnhaus zusteuert und dann, statt ihm zu antworten, mit der Faust an die schwere Tür donnert. Sie wird so schnell geöffnet, dass Jacob erschrocken zurückweicht.

»Was ist?«, blafft die Frau, die mit mürrischem Blick vor ihnen steht. Sie hat ein feistes Gesicht mit roten Wangen. Hilfe suchend blickt Jacob erst neben sich, dann hinter sich, aber das Mädchen ist weg. Das Herz klopft ihm bis zum Hals.

»Ich habe Hunger«, hört er sich sagen. Die Frau greift hinter die Tür, drückt ihm einen Besen in die Hand und nickt zum Hofplatz. »Erst arbeiten, dann essen.« Sie schlägt die Tür zu.

Jacob sieht verdutzt wieder auf den Besen, dann auf den Platz. Er ist riesig. Nein, er muss das jetzt nicht tun, er muss den Hof nicht fegen, er ist ja nicht der Knecht dieser Frau. Aber er hat Hunger. Und wenn er fegt, bekommt er etwas zu essen. Also fängt er damit an, zwar widerwillig, aber gründlich. In eine riesige Staubwolke gehüllt wirbelt er über das holprige Pflaster und bald schon läuft ihm der Schweiß den Rücken hinab. Als er endlich fertig ist, trägt er den Besen zurück, klopft an die Tür, aber nichts rührt sich. Er klopft ein zweites Mal. Nichts. Da schiebt sich das Schwein energisch an ihm vorbei und schnappt etwas von der Türschwelle. Jacob kann gerade noch erkennen, wie ein Kanten Brot im Maul des Tieres verschwindet. Sein Lohn. Das war sein Lohn! Das Brot kracht zwischen den Schweinezähnen als sei es aus Stein. Wütend wirft Jacob den Besen hin und läuft vom Hof, das Schwein folgt ihm im Galopp. Erst als er fast am Hafen ist, bleibt er stehen. Was soll er machen? Zurück ins Dorf? Zurück zum Boot? Verloren sieht er sich um. Hunger hat er immer noch. Wind kommt auf, schon wieder riecht es nach Regen. Da sieht er das Mädchen. Es kommt ihm entgegengelaufen und ruft ihm etwas zu.

»Lass mich in Ruhe«, knurrt Jacob, macht kehrt und fängt an zu rennen.

Das Mädchen holt ihn ein, hält ihn fest. Strahlt ihn an. »Ich hab dich gesucht!«

Abrupt bleibt Jacob stehen und schiebt die Hand von seinem Arm. »Mich gesucht?«, sagt er gereizt. »Du bist abgehauen, hast dich davongemacht.«

Das Mädchen setzt ein geheimnisvolles Lächeln auf und zieht unter seinem Hemd – als sei es ein Zaubertuch – zwei Laibe Brot hervor. Zwei. Ganze. Laibe. Sie verschlagen Jacob die Sprache. Es hält ihm einen Laib hin und lächelt lieb. »Für dich, Komplize.«

Jacobs Blick verdunkelt sich. »Bin kein Komplize.«

»Doch. Bist du. Du hast gebettelt, ich hab das Brot aus dem Keller geholt. Das war gemeinsame Sache. Was sonst? Mache ich mit der Mutter auch so, nur dass ich dann bettele und sie in den Keller geht.«

»Ich hab nicht gebettelt, ich hab gearbeitet! Den ganzen Hof hab ich gefegt.«

Das Mädchen macht noch einen Schritt auf Jacob zu, hält das Brot etwas höher. »Für dich«, sagt es wieder. Zögerlich legt Jacob eine Hand auf die bemehlte Kruste. Das Brot ist noch warm. Aber dann nimmt er die Hand schnell wieder weg, das Mädchen sieht ihn mit großen Augen an.

»Ich bin kein Dieb!«, sagt Jacob schärfer, als er eigentlich will.

Der Mund des Mädchens zieht sich zu einem schmalen Lächeln. »Was war dein Lohn?« Jacob weicht dem Blick aus. Das Mädchen drückt ihm das Brot jetzt fest gegen den Bauch, genau dorthin, wo sich sein hungriger Magen befindet. Es duftet verführerisch. »Es steht dir zu«, sagt es.

Jacob verknotet seine Finger auf dem Rücken.

»Wenn du es nicht nimmst, gebe ich es dem Schwein.«

»Ich habe Hunger«, sagt Jacob leise.

»Ich weiß«, erwidert das Mädchen.

Dann schweigen sie beide, Jacob starrt auf das Brot. Aber dann greift er doch danach, mit beiden Händen nimmt er es, bricht ein Stück davon ab und fängt an, langsam und bedächtig zu kauen. Frisches Brot. Er kann sich nicht erinnern, wann er das letzte Mal so feines, frisches Brot gegessen hat. Der Wind fährt unter sein Hemd und bringt ihn zum Frösteln. Er blickt zum dunklen, kalten Himmel, dicke Wolken haben sich vor die Sonne geschoben.

»Da braut sich was zusammen«, sagt er mit vollem Mund. Schon fallen die ersten Tropfen.

»Du kannst mit zur Scheune kommen«, sagt das Mädchen und fängt an zu laufen. »Na los! Es ist gar nicht weit.«

FLUSS

Dieser Regen fällt, stürzt, prasselt vom Himmel. Endlich Regen! Verwischt alle Farben, alle Gerüche zu einem grauen Einerlei. Dringt durch Löcher und Ritzen, tropft in Töpfe, auf Betten, füllt Tröge, Eimer, Kuhlen, füllt Rinnen und Senken, auch die dort drüben, wo die Schwarzerlen stehen. Tausende Eier der Stechmücke ruhen in dieser Senke. Sie könnten noch

länger dort ausharren, aber wenn es nun weiter so heftig regnet, wird das Wasser sich sammeln und steigen und aus den
Eiern werden sich Larven entwickeln und aus den Larven bald
Mücken. Blutsauger. In dicken Säulen werden sie in der feuchten Wärme am Ufer schwirren und ein Geräusch machen wie
ferne Trommeln.

Ahhhhh, endlich Regen! Begierig nimmt der Fluss ihn auf.

JACOB

Die Scheune liegt hinter den Weiden, vor einem Wäldchen,
etwas abseits von einem kleinen Hof, aber leider nicht nah
genug, um sich vor dem Sturzregen in Sicherheit zu bringen.
Und es hilft auch nichts, dass sie rennen. Innerhalb kürzester
Zeit sind sie nass bis auf die Haut. Durch die Ackerfurchen
schießt ihnen das Wasser entgegen, bei jedem Schritt spritzt
es hoch, rinnt kalt aus ihrer Kleidung, ihren Haaren, und der
lehmige Matsch pappt in immer dicker werdenden Klumpen
an ihren Sohlen.

Eine Tür an der Scheune steht weit auf. »Amie!«, donnert
eine Männerstimme, als sie eintreten. Jacob erkennt kaum etwas, denn Fenster gibt es hier nicht, nur hoch oben ein paar
Luken und auf den Tischen funzelnde Talglämpchen. Seine
Augen müssen sich erst an das düstere Innere gewöhnen. Aber
dass da viele Menschen in einem großen Raum beieinander-
sitzen, beieinanderliegen, das ist nicht zu übersehen. Es riecht
nach Heu, nach Schweiß, nach Essen. Zum Glück ist es warm.

Eine Frau legt ihnen fürsorglich trockene Tücher um. Ein kleines Kind kommt angelaufen, sein Mund ist mit Essen beschmiert, hellblaue Augen leuchten im schmutzigen Gesicht. Es zupft Jacob an der Hand, das Schwein am Ohr, lacht die ganze Zeit und verschwindet dann wieder.

»Was für einen Fisch hat Amie denn da an Land gezogen?«, ruft die Stimme von eben wieder. Das Mädchen schiebt Jacob vorbei an Kisten, Paketen und Gerätschaften noch weiter in die Scheune hinein. »Amie, Amie! Ein fetter Lachs ist das aber nicht!« Es folgt dröhnendes Gelächter, jetzt hat Jacob auch den Mann zur Stimme entdeckt. Neben anderen, ähnlich aussehenden Gestalten sitzt er auf einem Strohballen an einem notdürftig gezimmerten Tisch, ein breiter, verwitterter Kerl, dessen Gesicht hinter wilden Locken und dichtem Bart fast ganz verborgen liegt. Er prostet Jacob zu, den anderen Arm streckt er nach ihm aus, argwöhnisch blickt Jacob auf die dunkel behaarte Hand und wagt keinen Schritt. Er schlottert vor Kälte und zieht das Tuch eng um sich zu.

»Ach, lass den Jungen doch mal, Nickel«, sagt das Mädchen und tätschelt dem Mann freundschaftlich die Pranke. Jacob raunt es zu: »Wie heißt du?«

»Jacob«, sagt er leise.

»Das ist der Jacob!«, brüllt Amie in die Runde, als sei er nichts Geringeres als der allerbeste Fang. Fast gleichzeitig heben sich alle Köpfe, die neugierigen Blicke stechen auf Jacobs nasser Haut. Als aber einer der Männer laut rülpst, daraufhin Gelächter ausbricht, das allgemeine Reden und Klappern wieder anhebt und weitergeht und sich niemand mehr für den fremden Jungen interessiert, atmet Jacob erleichtert durch.

»Willkommen, Jacob«, sagt die Frau mit den Tüchern neben ihm. Sie ist klein und stämmig. Dass ihr rechter Nasenflügel narbig und merkwürdig verwachsen ist, fällt Jacob gleich auf. Vielleicht fehlt sogar ein Stück. Ansonsten hat die Frau ein einigermaßen schönes Gesicht, ihr sehr helles, fast weißes, bis auf die Schultern reichendes Haar glänzt seidig. »Ich bin Rosina, Amies Mutter«, stellt sie sich vor, reicht Jacob und ihrer Tochter frische Kleidung und hilft ihnen beim Umziehen. Die nassen Sachen wirft sie über eine Leine, wo schon andere Kleider und viele Socken zum Trocknen hängen. Jacob versinkt in einem übergroßen Hemd, die Hose dagegen passt halbwegs und langsam wird ihm wieder warm.

Bis weit nach Sonnenuntergang füllt sich die Scheune weiter mit Menschen. Offenbar kennen sich manche, denn sie begrüßen sich herzlich. Es ist schrecklich eng geworden und immer noch kommen neue Leute dazu, was niemanden stört. Jacob hat sich etwas abseits gestellt und verfolgt das Treiben. Was ist diese Scheune für eine Bleibe? So wie die Dinge herumstehen, viele verpackt und verschnürt, hat die Gruppe sich bestimmt nur vorübergehend hier eingerichtet. Jacob schlendert ein wenig umher, dann geht er nach draußen, es regnet kaum noch. Er entdeckt Rosina, die mit einer anderen Frau spricht. Sie zanken und es ist nicht zu überhören, wer das Wort führt.

»Streng dich an, werd endlich geschickter mit den Fingern!«, schimpft Rosina laut. »Wenn jeder so wenig heimbringt wie du, wird hier keiner mehr satt!« Während sie der Frau etwas aus der Hand nimmt und in einem kleinen Beutel verschwinden lässt, schimpft Rosina weiter auf sie ein, heißt sie ein faules Luder, ein durchtriebenes Weib.

Da kommt eine Alte aus der Scheune gehumpelt, nimmt Jacob lächelnd am Arm und führt ihn wieder hinein, an einen Tisch, wo ihm ein junges Mädchen einen Teller mit Eintopf aus Linsen und Rüben füllt. Jacob riecht Lorbeer, schmeckt Pfeffer und Saures. Die Brote vom Schlüterhof machen die Runde, und das Zeug, das ein Glatzköpfiger ihm einschenkt, läuft ölig die Kehle hinunter, es schmeckt scheußlich und brennt. Ein Mann mit Schlapphut fängt an auf einer Geige zu fiedeln, ein paar Jungs mit dunkler Haut beginnen zu singen. Als noch andere einstimmen und dazu auch den Takt mitklatschen, dröhnt die Scheune.

»Hab dich gesucht«, sagt Amie plötzlich dicht an Jacobs Ohr. Das kitzelt ein wenig. Erfreut dreht er sich um, er hatte sie ganz aus dem Blick verloren. Sie steht hinter ihm, die Hände auf seinen Schultern, jetzt greift sie seine Hand, zieht ihn von der Bank zu einem freien Platz an einem anderen Tisch. Sie lässt sich neben ihn fallen und hängt sich versonnen an seinen Arm. Ihre geröteten Wangen glänzen. Kurz darauf quetscht sich an Jacobs linke Seite eine Frau mit sehr breitem Hintern. »Das ist die Liesel, meine Halbschwester«, zischelt Amie in sein rechtes Ohr. »Die Liesel ist unsere Lotterliesel, sie ist faul wie nur was.« Amie kichert. »Und schau mal den da drüben, der mit dem rabenschwarzen Haar ... nicht der, der da!

Der große Dunkle. Das ist der Schwarze Victor, der Mann von der Mutter.«

»Dein Vater.«

Amie schüttelt den Kopf. »Mein Vater ist ...«

Jacob versteht nicht, was sie sagt. »Was?«, brüllt er. Amie zeigt mit dem Finger, als durchschneide sie ihre Kehle. »Tot? Ist er tot?«

Sie nickt ganz beiläufig, packt dann den Mann, der ihnen gegenübersitzt, beim Schopf. Ihm ist der Kopf auf den Tisch gesackt, selig schnarcht er mit offenem Mund, die Wange im noch halb vollen Teller. »Du!«, brüllt Amie ihn an. »Wach auf! Pennen kannst du woanders!« Aber der Mann rührt sich nicht. Amie schüttet sich aus vor Lachen. Dann zeigt sie auf einen jungen, schmächtigen Mann, der neben Rosina steht. »Der da ist nett. Unser Einäugiger Stoffel!«

Jacob meint, es falsch verstanden zu haben, denn er sieht zwei Augen in diesem Gesicht. »Wieso einäugig?«

»Weil ein Auge blind ist. Im Zuchthaus ...«

»Was?«

»Im Zuchthaus ...«

»Im Zuchthaus?«

»Ja! Da hat er eins draufgekriegt. Aber denk bloß nicht, dass der ein Mörder ist. Der doch nicht, nicht der.« Amie springt auf, läuft zum Stoffel und zu Rosina und umarmt sie beide gleichzeitig. Jacob sieht nur noch den Stoffel an, diesen halbblinden, großen Jungen, er lässt ihn nicht mehr aus den Augen. Was hat er getan, was verbrochen? Er wirkt harmlos. Aber sieht man Menschen überhaupt an, was sie getan haben? Sieht man Menschen an, wer sie sind? Plötzlich hockt der Stoffel neben ihm, da, wo Amie gerade noch gesessen hat. Von Nahem betrachtet wirkt er älter als aus der Ferne. Stumm und seltsam ernst blickt er Jacob an. Und Jacob riecht den Alkohol an ihm und den Schmutz der Straße und den kalten Regen. Das blinde Auge ist milchig. Jacob versucht ein Lächeln und bereut es sofort. Denn der Stoffel drückt sein Gesicht an Jacobs Schulter und fängt an zu heulen. Er schluchzt laut, seine Schultern zucken. Jacob starrt auf den Teller vor sich und schiebt den Löffel hin und her. Was soll er machen? Den Kerl trösten wie ein kleines Kind? Als der Stoffel endlich den Kopf von seiner Schulter nimmt, wundert sich Jacob, dass das blinde Auge genauso weinen kann wie das gesunde. Aber da ist es schon vorüber. Nicht nur die Tränen sind versiegt, der Stoffel ist auch bester Laune, lacht und scherzt, als sei nichts gewesen. Dann will er mit Jacob auf ewige Freundschaft trinken. »Hoch den Becher ... du, du ... Jockel.«

»Jacob«, erwidert Jacob verwirrt.

»Ahhhhh. Auf ewige Freundschaft, Jockel!«

»Nein, Jacob. Ich heiße Jacob!«

»Jaja. Jacob. Sage ich doch. Jacob! Auf ewige Freundschaft, du.« Der Stoffel trinkt und Jacob trinkt auch, was soll er machen. Der Stoffel nimmt ihm den Becher aus der Hand und schenkt nach. Denn er will auch auf gute Gesundheit mit ihm trinken. Und danach auf gutes Wetter. »Trink, Jockel!« Und auf gute Beute. Stoffels Faust knallt auf den Tisch. »Beute. Gute Beute, Jockel.« Aus glasigen Augen sieht er Jacob treuherzig an.

»Wieso Beute? Seid ihr Diebe?«

»Und auf die Liebe!«, grölt der Stoffel, reckt seinen Becher in die Höhe. »Mein Gott, nun trink schon. Auf die Liebe!« Er packt Jacob am Handgelenk und reißt seinen Arm hoch.

»Auf die Liebe!«, ruft Jacob widerwillig und trinkt.

»Und auf das ganze Leben trinken wir!«, kreischt der Stoffel heiser. In einem Zug hat er auch diesen Becher leer. »Auf das ganze beschissene Leben!« Dann heult er wieder los und sein Körper wird heftig geschüttelt von der zurückgekehrten Traurigkeit. Auf einmal kippt er zur Seite weg. Er fällt ins Leere, weil Jacob aufgesprungen ist und ihn nicht mehr stützt.

Aber Jacob kann nicht mehr, sein Herz pumpt das Teufelszeug durch seinen Körper, das raubt ihm den Atem, und er meint, er zerspringt. Noch hält er sich am Tisch, noch hält er sich aufrecht, bis ihn der Nickel entdeckt. Er zieht ihn zu sich auf die Bank, redet wirres Zeug in sein Ohr. Leider gibt es für Jacob kein Entkommen, der Mann hat ihm den Arm wie einen dicken Ast ins Genick gehängt, und ihm steigt strenger Achselgeruch in die Nase. Der Nickel riecht nach Tier, die Luft ist feucht, zum Schneiden dick, und das Bier, das er Jacob einflößt, ist zwar süffig, aber längst nicht so dünn wie zu Hause. Es ist viel zu viel Alkohol für Jacob an diesem Abend, so viel auf einmal ist er nicht gewöhnt.

Plötzlich wird ihm speiübel. Er macht sich los, stürzt hinaus in den wieder strömenden Regen und übergibt sich in einem Schwall über einen Busch. Auch aus der Nase schießt ihm das eklig saure Zeug. Danach geht es ihm etwas besser, doch klar denken, klar sehen, kann er nicht. Er will in die Scheune zurück, schafft es aber erst mal nur bis zur geöffneten Tür. Während seine Augen umherwandern auf der Suche nach dem Mädchen, beginnt der Boden unter seinen Füßen zu schwanken. Er muss sich festhalten. Wo ist das Mädchen, verdammt? Die ganze Zeit war es doch in seiner Nähe. Wie heißt es noch? Alles verschwimmt vor seinen Augen, für einen kurzen Moment meint er, sein Schwein gesehen zu haben. Er macht zwei Schritte, die Beine gehorchen ihm kaum. ›Schlafen‹, denkt er. ›Schlafen.‹ Er wankt durch den Raum, packt das Treppengeländer, zieht sich daran hoch, erreicht endlich den Scheunenboden. Kriecht auf allen vieren durch Wolken aus Heu zwischen den dort verstreut liegenden Leibern umher. Manche kleben aneinander, andere haben sich ineinander verhakt, wieder andere liegen allein in verrückten Verrenkungen erstarrt. Endlich findet Jacob einen freien Platz und sinkt zwischen zwei Männerbäuche, die sich links und rechts von ihm warm und mächtig erheben. ›Amie‹, denkt er. ›Ja, Amie, so heißt das Mädchen doch. Aber was ist das für ein Name? Amie. Nie gehört.‹ Und dann stürzt Jacob in den Schlaf, so tief, als habe er das Bewusstsein verloren.

Am nächsten Morgen dröhnt sein Kopf und seine Augen drücken. Seine Zunge klebt am Gaumen, seine Kehle ist so trocken, dass er kaum schlucken kann. Verstört öffnet er die Augen und begreift erst nicht, wo er sich befindet. Vorsichtig setzt er sich auf, die Hand an der schmerzenden Stirn. Soweit er es erkennen kann, ist er allein im aufgewühlten Heu. Die Luft, die durch die Luken dringt, riecht nach kaltem Regen, der immer noch fällt. Bilder vom Abend steigen in ihm auf, aber sie passen nicht in diesen ruhigen Morgen. Hat er alles nur geträumt? Jacob schiebt sich vor bis zur Kante des Heubodens und sieht hinab. Erstaunt stellt er fest, dass unten alles aufgeräumt und ordentlich ist. Wo sind die vielen Leute hin? Nur ein paar Frauen sortieren Wäsche, eine dicke Alte hockt breitbeinig auf einem Strohballen und strickt. Jacob ist erleichtert, als er Amie entdeckt. Sie und ein anderes Mädchen halten ein helles Leintuch zwischen ihren Armen, sie spannen es wie ein Segel, machen kleine Schritte aufeinander zu und wieder voneinander weg, aufeinander zu, wieder weg. So falten sie das Laken, es sieht aus wie ein Tanz. Jacob rappelt sich hoch, Schwindel und Übelkeit vom Tag zuvor sind noch nicht ganz verflogen. Er klopft sich das Heu von der Hose, geht zu einer der Luken und streckt die Arme nach draußen. Der Regen füllt seine Hände. Mit dem kalten Wasser wäscht er sich sein Gesicht.

FLUSS

Es hört nicht auf zu regnen. Und der Wind fegt und peitscht in Böen übers Wasser, macht es zu einer gefährlich reißenden Kraft. Schiffe können nicht mehr fahren, Boote erst recht nicht. Wenn es nach dem Fluss ginge, könnte es noch lange so weiterregnen, denn es war viel zu trocken für die Jahreszeit. Manche seiner Arme führten gar kein Wasser mehr, der würzige Geruch verdorrter Pflanzen und Wassertiere hing die ganze Zeit über dem trockenen Schlick, durch den sich tiefe Risse zogen.

In diesem Jahr war das Wetter vielerorts seltsam durcheinandergeraten. Im Norden war es warm und im Süden kalt gewesen. In Lappland konnten sie nicht wie gewöhnlich reisen, weil Eis und Schnee für die Schlitten fehlten, und in Westgotland hatten sie schon kurz nach Neujahr frischen Salat gegessen. Dagegen war in Italien lange der Fluss Po überfroren und in Frankreich die Seine immer nur mit Nebel bedeckt. Ja, auch mit den Wassern war es merkwürdig gewesen. Während das Meer aufschwoll und Schaden verursachte, blieben die Flüsse lange klein und schmal. Die Rheinufer waren wegen der Trockenheit zusammengerückt, an vielen Stellen konnte man einfach hindurchgehen oder hindurchschreiten. Es ist noch gar nicht so lange her, da haben sie an einem Ort am Oberrhein einen Elefanten-Kinnbacken aus dem Niedrigwasser gezogen, dreißig Pfund schwer, jeder Zahn über einen halben Schuh lang und fünf Zoll breit. Seither erzählt man sich dort, dass es die Römer gewesen seien, die den Elefanten dorthin gebracht hätten.

Endlich Regen. Der Himmel hat sich weit hinabgesenkt. Der Rhein ist schon merklich gewachsen, vielerorts verlässt er sein Bett. Die alten und ganz alten Wege findet er gleich und sucht sich dazu noch neue. Er kann nicht genug kriegen vom Regen.

Und im monotonen Geräusch der prasselnden Tropfen sinkt er zurück in der Zeit, sieht noch ganz andere Rüsseltiere an seinen Ufern. Und auch Säbelzahnkatzen, Bärenhunde, krallenfüßige Huftiere, die sich an ihm laben. Aber das ist schon Ewigkeiten her.

JACOB

›Wie lange bin ich schon hier?‹, überlegt Jacob. In der düsteren Scheune sind ihm Zeit und Begegnungen durcheinandergeraten. Es wäre aber auch aussichtslos gewesen, sich alle Gesichter der vergangenen Tage merken zu wollen. Es scheint einen harten Kern an Scheunenbewohnern zu geben, ansonsten ist es ein ständiges Kommen und Gehen. Dauernd werden Sachen herbeigeschafft, herangekarrt, umhergetragen, werden Kisten und Körbe aus- und umgepackt und neu sortiert. Manche Leute, die für eine oder mehrere Nächte hier gewohnt haben, verschwinden einfach wieder, dafür tauchen andere, ganz fremde Gestalten auf.

In der Küche des Bauern, dem die Scheune gehört, dürfen sie kochen und Jacob hilft den Frauen dabei. Heute schabt und schneidet er Berge von Gemüse, wirft alles zu den Fettklumpen und Knochen in die brodelnde Brühe. Später schleppt er mit zwei Männern die heißen Töpfe zur Scheune. An diesem Abend erscheint der Bauer mal – ein drahtiges, aufrechtes Männlein – und wird begrüßt wie ein Freund. Der Mann will aber nichts von der Suppe haben, die heute so dick geraten ist, dass die Löffel drin stehen bleiben. Er sucht sich nur ein paar Kisten aus, die der Nickel und der Schwarze Victor für ihn zum Hof schaffen. Jacob fragt sich, welche Art Tauschhandel da vonstattengeht, fragt sich, wer diese Leute überhaupt sind. Gauner, Diebe? Er wird doch nicht in ein Diebesnest geraten sein. Ausgerechnet er. Und was ist das für ein Bauer? Macht der sich zum Komplizen? Wie soll Jacob es wissen? Er hat wenig Erfahrung mit solchen Leuten. Fremde sind nur selten in sein Dorf gekommen. Sein Dorf ist arm, da gibt's nichts zu holen. Hier aber sind sie an Fremde offenbar gewöhnt. Und dass Amie ihn angeschleppt hat, scheint allen Grund genug zu sein, ihn als einen der ihren zu nehmen. Sie sind zu ihm freundlich, geben ihm Essen und ein Dach überm Kopf. Fragen nicht. Das ist gut, denn er will nicht von sich erzählen, nicht, dass er auf dem Weg nach Amerika zu seinem Bruder ist, nicht, dass er vor einer Strafe flieht, obwohl er kein Dieb ist. Deshalb fragt auch er nicht, harrt aus in der schummerigen Scheune, wartet darauf, dass es endlich aufhört zu regnen. Denn er will weiter. Aber bei diesem Sauwetter wäre es lebensgefährlich auf dem wilden Fluss. Es sind merkwürdige Tage an einem merkwürdigen Ort.

Als er spät an diesem Abend im Heu liegt, holt er Georgs Brief aus seinem Beutel und öffnet ihn. Amerika. Gedankenverloren streicht er darüber, faltet ihn dann gleich wieder zusammen und schiebt ihn in den Hosenbund. Dreht sich zur Seite, schließt die Augen. Es ist ganz still. Niemand schnarcht, niemand furzt, nichts raschelt. Das ist ungewöhnlich. Jacob

öffnet die Augen wieder, hebt den Kopf. Ja, wirklich ungewöhnlich still ist es. Und da bemerkt er, dass es aufgehört hat
zu regnen.

FLUSS

Der viele Regen der vergangenen Tage hatte alles niederge-
drückt. Alles war nass und schwer geworden. Sogar die Menschen gingen gebückt, die Köpfe zur Erde gesenkt. Nun erhebt
sich alles wieder zum Licht und der Fluss fließt ruhig dahin.
Er ist noch schlammig braun von dem ganzen Geschiebe, das
er mit sich führt, aber es wird sich setzen in den nächsten
Tagen und das Wasser klar werden. Der Fluss reicht nun bis
weit in den Wald hinein. Auch steht sein Wasser in kleinen
stillen Tümpeln und Seen, die im Mondlicht geheimnisvoll
schimmern wie dunkle Spiegel. Wenn nichts mehr von oben
kommt, wird er sich wieder zurückziehen. Nur der Geruch
von Faulschlamm und modernden Pflanzenresten wird länger
bleiben als das Wasser.

Da schiebt sich ein Rumpeln in die Ruhe. Es ist ein schweres
Gefährt, das sich knackend und quietschend langsam nähert.
Erst hört, dann erkennt der Fluss die Stimmen der Kerle, die
den Wagen bugsieren, denn sie sind vor Kurzem schon mal hier
langgegangen. Da war ihr Wagen noch leer und kein Wasser in
der Senke, die Männer hatten sie gar nicht bemerkt. Jetzt aber
stehen sie fluchend am Ufer. Das Wasser versperrt ihnen den
Weg. So einfach bekommen sie den Wagen nicht mehr hier

durch. »Abladen!«, befiehlt einer und sofort tun die anderen, wie ihnen geheißen, schleppen Kisten und Körbe, das Wasser reicht ihnen bis zu den Knien. Am Ende treiben sie noch einen Ochsen hindurch, der störrisch ist wie ein Esel. Kein Wunder, denn er hat Stiefel an. Ja, Stiefel, wie Männer sie tragen! Eins, zwei, drei, vier Stiefel. Was soll das? Was wollen die Männer hier um diese Zeit, mit einem gestiefelten Ochsen, mit so viel Zeug? Der Fluss spürt ihre Unruhe, ihre Eile. Ihre gespannte Gereiztheit füllt die Luft. Ist es womöglich eine dieser brutalen Banden auf Raubzug? Immer mehr gefährliche Räuber treiben sich in den Wäldern umher. Überfallen ganze Dörfer, schlagen tot, brennen nieder, nehmen mit, was sie kriegen. Schrecken vor nichts zurück. Und ist die Polizei hinter ihnen her, rennen sie wie der Teufel über die Landesgrenze und entkommen ihrer Strafe.

Der Fluss bleibt wachsam, er ahnt nichts Gutes.

JACOB

Jacob zieht die Luft durch die Zähne, er zittert am ganzen Leib. Eine Hand hat sich vorn in sein Hemd gekrallt, die andere hält seinen Kiefer umklammert, es tut höllisch weh. Es ist mitten in der Nacht, und Jacob weiß nicht, woher der Mann plötzlich gekommen ist. Er wollte nur kurz raus, nur kurz hinter die Scheune, wo alle hingehen, wenn sie mal müssen. Er war gar nicht richtig wach, da haben ihn diese Klauen gepackt.

»Du kleine Ratte«, zischt es aus fleischigen Lippen. Jacob riecht fauligen Atem, er muss würgen, seine Beine geben nach.

Der harte Griff um sein Kinn aber lässt nicht zu, dass er zu Boden geht. Der Mann drängt und drückt ihn jetzt zurück, und während Jacob ums Gleichgewicht ringt, rückwärtsstolpert und strauchelt, läuft es ihm plötzlich warm die Beine hinab, er kann nichts dagegen tun. Als sie um die Scheune herum sind, erkennt er unscharfe Gestalten, die an einem Wagen stehen. Was ist das für ein Tier? Eine Kuh, ein Ochse? Der Mann stößt ihn weiter. »Seht mal, was ich aus dem Gebüsch gezogen habe«, knurrt er und dreht Jacobs Kopf ruckartig zur Seite. Die Männer, verschlagene, üble Kerle, kommen näher, betrachten den Jungen, zupfen an ihm herum, schneiden Grimassen vor seinem Gesicht. Sie lassen ihn zappeln, nach Luft schnappen, um Gnade winseln. Es scheint ihnen Freude zu bereiten, es ist brutal.

Plötzlich drückt einer von ihnen einen harten Gegenstand zwischen Jacobs Rippen. Jacob schließt die Augen. Er betet, dass es schnell geht, dass er wenig spürt, wenn er stirbt. Aber so leicht stirbt es sich nicht, hat ihm Georg mal erklärt. Mancher sei noch am Leben, obwohl nichts mehr heil an ihm sei. Jacob versucht ruhig zu atmen, aber es geht nicht, und er merkt, dass etwas tief in ihm drin Fahrt aufnimmt, etwas, das er nicht bremsen, überhaupt nicht kontrollieren kann. Vielleicht wächst aber genau daraus jetzt sein Mut, vielleicht traut er sich deshalb noch etwas, was ihm eigentlich, wäre er bei klarem Verstand, völlig wahnwitzig vorkommen müsste. Jacob schreit. Er schreit, wie es mit zusammengeschnürter Kehle und zusammengedrücktem Mund überhaupt nur geht. Daher ist es kein richtiges Schreien, eher ein lautes Stöhnen, aber doch ein Geräusch wie von einem Tier in Not, ein tiefer, lang gezogener Laut zum Gotterbarmen. Ein paar Leute in der Scheune haben es wohl gehört, wieso sonst kommen sie jetzt heraus? Missmutig, mit kleinen Augen, Heu in den Haaren, Stimmen wie rostige Eisen. Als sie kapieren, was los ist, sind sie hellwach und rufen und zischen noch andere heraus. Zehn, zwölf Mann stehen auf einmal da, auf breiten Beinen, die Fäuste vor der Brust. Aber das ist alles nichts gegen das, was kurz darauf folgt. Der Auftritt von Amies Mutter Rosina.

Kerzengerade und mit festen Schritten eilt sie dem Mann, der Jacob festhält, entgegen, schnauzt: »Lass ihn los!«, schnauzt: »Lass den Jungen!«, schnauzt: »Loslassen, hab ich gesagt«, schnauzt: »Trottel, Dreckskerl, Ziegenarsch!« Ziegenarsch gefällt dem Mann überhaupt nicht. Jacob bemerkt, wie das Gesicht seines Peinigers plötzlich anschwillt und die Adern am Hals gefährlich hervortreten, auch verstärkt er den Griff an Jacobs Kiefer, dass es knackt und Jacob aufheult.

»Sieh mal einer an, die Alte Rosina.« Mit einem Grunzen zieht der Mann die Nase hoch. »Ein paar Nächte für uns in deinem hübschen Schloss und du hast den Jungen wieder.«

Direkt vor dem Mann ist Rosina stehen geblieben, Jacob erhascht einen alarmierten Blick von ihr, dann schleudert sie dem Mann entgegen: »Keine Geschäfte mit Leuten wie dir, Hannes!« Es klingt, als spucke sie den Namen aus.

Der Mann lacht hell auf. »Rosinchen, was soll das? Bist doch selbst ein Gaunerweib.«

Die kleine Frau reckt ihr Kinn. »Wir sind keine Räuber, wir morden nicht, stecken keine Höfe an ...« Ihre Männer rücken nun vor, langsam, unaufhaltsam, wie eine Wand. Die Bande gegenüber bringt sich ebenfalls in Stellung. Feindselige Blicke fliegen hin und her. »Den Jungen«, befiehlt Rosina.

Die Miene des Mannes verfinstert sich, seine Hand gleitet von Jacobs Kinn hinab und umschließt dann unmissverständlich seine Kehle.

»Den Jungen!«, wiederholt Rosina scharf.

»Unterschlupf in eurem Nest.«

Jacobs Augenlider flattern wie das Herz in seiner Brust. »Also gut«, hört er Rosina endlich sagen. »Eine Nacht könnt ihr bleiben. Eine einzige. Nicht mehr.«

Sie schweigen sich an, nichts weiter geschieht. In Jacobs Ohren rauscht das Blut, gleich wird er ohnmächtig. Dann aber, ganz unvermittelt, stößt ihn der Mann hart von sich. Schmeißt ihn weg. Jacob fliegt rückwärts, wird aufgefangen und weitergereicht.

»Ist gut«, flüstert eine Stimme an seinem Ohr. »Ist gut.« Es ist Amie, die ihn festhält. Ein einziges Mal schluchzt Jacob auf, aber er weint nicht. Und dann geschieht etwas, mit dem niemand rechnet, nicht jetzt, nicht in dieser Nacht. Weil es undenkbar ist. Jemand fängt an zu lachen. Es ist einer von Rosinas Männern. Das Lachen quillt glucksend aus ihm heraus.

»Halt's Maul«, faucht sein Nebenmann und tritt ihm auf den Fuß. »Du sollst dein Maul halten, verdammt!« Er tritt ihn noch mal, aber der Mann lacht weiter, lacht und lacht, obwohl auch noch andere ihn schubsen und treten. Tränen laufen über seine Wangen, hilflos schnappt er nach Luft. Jeder kann sehen, dass er aufhören will, aber er kriegt sich nicht ein. Es ist schrecklich. Brandgefährlich. Dieses Lachen wird Hannes und seine Männer reizen bis aufs Blut.

»Der Ochse!«, kiekst der Mann. »Der Ochse!« Alle blicken zum Ochsen, der mit hängendem Kopf neben dem Wagen steht. Es dauert eine Weile, bis sie begreifen, was der Mann meint. Der Ochse hat Stiefel an! Oha! Stiefel! Ein gestiefelter Ochse. Ja, es ist zum Lachen komisch und sieht dämlich aus. Aber niemand lacht jetzt mehr. Auch dann nicht, als der Ochse beginnt, mit einem Stiefel über den Boden zu schaben, als sei ihm die ganze Aufmerksamkeit unangenehm. Nein, niemand lacht oder sagt etwas, denn der Hannes hat plötzlich ein Gewehr in der Hand. Er hält es vor seiner Brust, den Lauf auf Rosinas Männer gerichtet, sein Gesicht ist hart wie ein Stein.

»Niemand. Lacht. Über. Mich.« Die Luft knistert, die Waffe klackt. Jacob presst die Zähne aufeinander, zieht die Augen zusammen, hört das Schnaufen der Männer. Alles kann geschehen in nur einem Moment, sogar die Welt kann untergehen, aber Jacob will nicht sehen, wie es geschieht, will nicht sehen, wie der Mann abdrückt, aber es gelingt ihm nicht, den Blick abzuwenden.

Da wird es unruhig hinter Hannes, jemand ruft: »Polizei! Streife!« Und noch mal: »Streife!« Das Wort schießt zwischen den Leuten hindurch, vervielfältigt sich, wird zur Gewissheit. Streife! Der Alarm gilt allen. Wer ist Räuber, wer ist Gauner, wer hat über wen gelacht? Wen interessiert das noch, wenn eine Polizeistreife naht? Streife! Hannes reißt das Gewehr herunter. Mit einem Mal ist der Feind ein anderer. Und als sei der Mond vom Himmel gekracht, rennen alle auseinander, lassen alles zurück – Scheune, Beute, die Sippe der vergangenen Tage – schnappen nur ihr kleines Leben und rennen so schnell sie können in die Nacht. Rette sich, wer kann! Der Wald ist nicht weit.

Erst läuft Jacob mitten in der fliehenden Herde, mitten im Trappeln und Keuchen, sieht aus den dichten Schatten Arme und Hände auftauchen, wieder verschwinden, aber kein einziges Gesicht. Dann löst die Gruppe sich auf. Jacob hört nur noch den eigenen Atem und neben sich den von Amie. Sie läuft leicht und ausdauernd. Plötzlich hört Jacob auf zu rennen. Mitten auf dem weiten Feld bleibt er stehen, weil ihm gerade sein Schwein eingefallen ist. Er hat sein Schwein vergessen, verdammt!

Amie zerrt an ihm, schubst ihn, befielt: »Lauf weiter! Beweg dich!«

Jacob wehrt sie ab. »Mein Schwein!« Zwei Finger, ein Pfiff. Hell und klar durchschneidet der Ton die Dunkelheit.

Entgeistert sieht Amie ihn an. »Du bist ja irre!« Sie holt aus und schlägt ihm hart ins Gesicht. »Mann, so kriegen die uns! Die Polizei ist auf Pferden, was glaubst du denn, im Nu sind die hier! Schnappen uns. Sperren uns ein!«

Jacob hält sich die brennende Wange und fängt an zu rennen. In Richtung Scheune. Aber ehe er sich versieht, liegt er bäuchlings auf dem Acker, das Gesicht im Dreck. Amie hat ihm mit einem schnellen Griff den Arm auf den Rücken gedreht.

»Gehst du zurück, bist du tot!«

Er stemmt sich gegen die Hand in seinem Nacken, versucht hochzukommen, schafft es nicht, spuckt kalte Erde aus. »Hab keine Streife gesehen«, stößt er hervor. Sie zwingt sein Gesicht wieder hinunter, bohrt ihr Knie in sein Kreuz. Ihr schneller Atem an seiner Wange.

»Kann sein, dass es sehr wehtut, wenn du stirbst. Sehr, sehr weh.« Sie wartet. »Kapiert?« Er nickt. Sie lässt ihn los, springt auf. Er rappelt sich hoch. Sie macht eine Kopfbewegung zum Wald. Sie rennen. Weit vor ihnen meint Jacob, noch andere zu sehen. Lebendige Schatten streben dem Wald zu. Aber als er mit Amie dort ankommt, sind sie verschwunden.

Der Wald hier ist dicht, es ist finster, man sieht kaum die Hand vor Augen, sie kommen nur schwer durchs Gestrüpp. Man weiß nicht, wohin man tritt, es knackt und raschelt bei jedem Schritt. Das ist gefährlich. So findet und kriegt man sie leicht. Jacob schlägt vor, auf einen Baum zu steigen. Auf Bäume steigen kann er blind. Da oben wären sie sicher. Aber Amie glaubt nicht, dass sie die Baumkrone erreichen wird, denn sie müssen doch erst den elend langen Stamm hinauf.

»Das schaffst du«, sagt er. »Wenn ich …«

Sie drückt ihm die Hand auf den Mund, erschrocken weicht er zurück. Ihre besorgten Augen dicht vor seinen. »Schsch«, macht sie leise. Jetzt hört Jacob es auch. Stimmen.

»Schuhe aus«, wispert er. Sie ziehen die Schuhe aus, Jacob bindet seine an die Hose, Amie ihre an den Rock. »Schau genau hin«, flüstert er und macht ihr rasch vor, wie es geht: die Arme fest um den Stamm, die nackten Fußsohlen an der Rinde. Nach oben strecken, gut festhalten und die Beine nachziehen und dann wieder strecken und nachziehen und immer so weiter. »Verstanden?« Sie nickt.

Er schickt sie voraus. Amie macht es besser, als Jacob dachte. Er bleibt dicht hinter ihr, stützt sie und schiebt, so schwer ist sie nicht, ist ja nicht viel dran an dem Mädchen. Sie sind schon recht hoch, als er die Stimmen wieder hört. Mit einer Hand greift Jacob über sich, packt Amie am Fuß. Sie müssen stillhalten, ausharren, bis die Gefahr vorüber ist. Amie rührt sich nicht. Äste knacken, es raschelt nah, jemand flucht. Es sind Männer. Sie kommen näher. Ist es die Streife? Sind es Hannes' Leute? Oder welche von Amie? Jacob wagt nicht hinunterzusehen. Die Männer stehen nun direkt an ihrem Baum. Diskutieren. Das geht lang. Dann endlich entfernen sie sich. Wenig später ist es still. Jacob wartet noch einen Moment, bis er die Hand von Amies Fuß nimmt.

»Weiter!«, raunt er. Amie bewegt sich nicht. »Amie!«

»Ich kann nicht.«

»Doch, du kannst.«

»Nein.«

Er hört sie leise wimmern. Er schiebt sich höher. »Stell dich auf meine Schultern. Ruh dich kurz aus.«

Ihre zitternden Füße auf seinen Schultern. »Jacob!«

Er schnauft schwer. Lange wird er sie so nicht halten können. Sie sind schon hoch, schwindelerregend hoch, die ersten Äste sind nicht mehr weit. Doch um sie zu greifen, fehlt noch ein gutes Stück. Jacob spürt, wie die Kraft ihn verlässt, sie sickert aus ihm heraus. Verzweifelt spannt er alle Muskeln, das Blut pocht in seinen Schläfen.

»Komm, weiter!«, presst er hervor.

»Ich kann nicht«, keucht es von oben. Jacob wagt einen Blick hinunter. Wenn sie aus dieser Höhe fallen, sind sie tot oder brechen sich alle Knochen.

»Schau nach oben, Amie. Es ist fast geschafft. Fast.« Amie schluchzt laut. »Bitte, Amie.« Sie rührt sich nicht. »Amie, nach oben, da willst du hin.« Der Druck auf seinen Schultern wird stärker, Jacob stöhnt auf, aber dann lässt der Druck nach, das Mädchen bewegt sich wieder aufwärts. Sofort rückt Jacob nach und schiebt seine Schultern wieder unter ihre Füße. »Gut, Amie! Weiter, Amie.«

»Jacob!«

»Nicht reden. Klettern. Ja, gut. So geht es.« Stück für Stück arbeiten sie sich höher. »Gleich hast du es. Fass den Ast über dir. Los, fass ihn.« Sie fasst den Ast. »Und hoch!« Sie stöhnt. Blätter rascheln. »Streng dich an. Nur einmal noch!«

Einen Augenblick hängen ihre Beine über ihm frei in der Luft. Ein Ast knackt. Er knackt nur, er bricht nicht. Dann raschelt es wieder. Jacob hört Amie schnaufen. Kurz darauf sind ihre Beine verschwunden. Sie ist oben. Aber Jacob kann sie nicht sehen. »Amie?«

Nach einer kleinen Weile streckt sich ihm eine schmale Hand entgegen. Er fasst sie, Amie hilft ihm hoch. Danach sitzen sie stumm, jeder auf einem Ast, jeder in den eigenen Gedanken. Und der Mond steht hell und kühl am fast wolkenlosen Himmel. Friedlich ist es hier oben in der Baumkrone und alles in Jacob brennt.

»Danke«, flüstert Amie. Sie tastet nach seiner Hand und drückt sie einmal fest. Jacob kann nichts sagen, er braucht einen Moment. Er hat das Gefühl, noch am Stamm zu kleben, es ist seltsam. Er starrt in die Nacht, die Luft ist angenehm frisch. Er schließt die Augen. Im letzten Moment merkt er, wie sein Kopf vornüber sackt. Er reißt sein Kinn hoch. Nicht einschlafen, nicht auf dem Baum! Es könnte das Leben kosten.

Jacob blinzelt, er kämpft weiter mit dem Schlaf. »Amie?« Er räuspert sich. »Amie!« Keine Antwort. Erschrocken sieht er zur Seite, aber Amie sitzt noch da. Aufrecht. Sie bewegt sich nicht. Schläft sie? »Amie«, sagt er sanft.

»Hm.«

»Nicht schlafen.«

Sie lächelt ihn an. »Ich schlafe nicht.«

»Wann gehen wir zur Scheune zurück?«, fragt er.

Amies Lächeln erlischt. »Wir gehen nicht zurück! Niemals ...«

»Aber mein Schwein!«, protestiert Jacob. »Mein Schwein ist noch dort.«

»Mein Schwein, mein Schwein«, äfft Amie ihn nach, den Zorn im Gesicht. »Es ist ein Schwein, Jacob. Nur ein Schwein.«

»Nur ein Schwein?« Seine Stimme überschlägt sich. Es ist das einzig Lebendige, was noch zu ihm gehört. Wenn er nicht auf einem Ast säße, würde er sie packen und schütteln. Hat sie vergessen, wer sie auf den Baum gerettet hat? Jacob hat Mühe ruhig zu bleiben. »Und deine Mutter?«, fragt er dann. Amies Blick geht an ihm vorbei. Das Mädchen schweigt. »Rosina und die anderen?«, fragt er weiter. »Wo sonst als bei der Scheune willst du sie finden?«

Amie schweigt noch immer. Erst nach einer Weile öffnet sie ihren Mund. »Die kriegen mich kein zweites Mal«, sagt sie leise und fährt mit den Fingern von der Wange zum Ohr, als streiche sie ihre Haare nach hinten. Alte Gewohnheit. Sie sieht Jacob immer noch nicht an.

»Wer denn? Wer kriegt dich nicht?« Nun dreht Amie sich ganz weg von ihm. Jacob ist ratlos und wütend. Er blickt durch die verzweigten Äste in den Nachthimmel, die raue Borke drückt unangenehm durch sein Hemd, die Gedanken fliegen in seinem Kopf lärmend umher. Und neben ihm sitzt Amie und schweigt so beharrlich, bis es ihm vorkommt, er sei ganz allein hier oben, als habe sich das Mädchen in Luft aufgelöst.

FLUSS

Wildschweine an seinem Wasser. Nicht viele, nur ein paar, aber sie machen natürlich Radau wie immer. Dem Fluss gefällt es nicht. Er will seine Ruhe. Doch er muss sich gedulden, die Sonne geht lange noch nicht auf. Erst wenn es hell wird, legen die

Schweine sich schlafen. Eine Sau nach der anderen gleitet ins Wasser, sie schwimmen ans andere Ufer, stören die Maifische beim nächtlichen Liebestanz. Ein junger Keiler bleibt zurück, hinter ihm ist ein fremdes Schwein aus dem Dickicht getreten. Kein Wildschwein, aber doch eine Sau. Das hat er gleich erkannt. Die Sau ist stehen geblieben, sie grunzt misstrauisch. Er will sie begrüßen, sie kennenlernen. Dazu muss er an ihrem Hintern schnuppern. So geht das nun mal unter Schweinen. Sie will nicht. Dreht sich weg. Er lässt nicht locker, die Sau läuft im Kreis. Er lässt sich nicht abschütteln. Irgendwann reicht es ihr. Sie setzt sich hin. Er knufft sie in die Flanke, sie knurrt ihn an. Als er sie zwickt, springt sie auf, rammt ihren Schädel zwischen seine Vorderläufe und beißt in seinen Schenkel. Er schreit, sie flüchtet, er setzt ihr nach. Der Fluss hört die gellenden Schreie der Schweine. Aber sie entfernen sich rasch. Und bald ist es still.

JACOB

Eigentlich meint er, in dieser Nacht kein Auge zugetan zu haben. Aber als der Tag anbricht, fühlt er sich einigermaßen ausgeruht, so als hätte er doch etwas geschlafen. Jacob dreht sich zu Amie. Ihr Arm hängt regungslos herunter, die Hand ist geöffnet. ›Soll sie doch hierbleiben, bis sie schwarz wird‹, denkt er und spürt wieder Ärger in sich aufsteigen. Er jedenfalls wird zur Scheune zurückgehen. Er pustet in seine Fäuste, schiebt die kalten Finger unter die Beine, um sie zu wärmen, knetet die Hände. Dann packt er den Ast, auf dem er sitzt, und lässt sich hinunter.

»Du wirst es bereuen«, kommt es von oben. Jacob erschrickt, aber er tut so, als habe er Amie nicht gehört. Mit den hängenden Beinen nimmt er Schwung, schlingt sie fest um den Stamm und danach die Arme. Langsam rutscht er abwärts. »Jacob!« Etwas liegt in ihrer Stimme, das ihn innehalten lässt. Er hebt den Kopf. Wie ein Kätzchen mit rundem Buckel und lang gestrecktem Hals hockt sie dort oben und sieht auf ihn herab. »Geh nicht zur Scheune«, sagt sie eindringlich und beugt sich dabei gefährlich weit vor. »Womöglich ist die Polizei noch da. Oder der Hannes. Jacob, du wirst es bereuen!«

Er will rasch vom Baum kommen, aber das ist nicht so einfach, der Stamm ist lang und dick. Auch hat die Morgenfeuchte sich auf die Rinde gelegt, das ist tückisch, man kann leicht abrutschen. Plötzlich hört Jacob etwas, das sein Herz schneller schlagen lässt. Er rührt sich nicht, hält den Atem an. Lässt den Blick schweifen. Horcht. Aber er hört es kein zweites Mal, die Vögel sind zu laut, und doch ist er sich sicher, dass dieser Laut von seinem Schwein kam. Ein langer, schmerzhafter Rutsch, dann ist er unten, die Füße hat er sich etwas blutig geschürft. Er pfeift. Schnalzt mit der Zunge. Die Augen hat er überall. Bestimmt ist es ganz in seiner Nähe. Er pfeift noch mal. Hat er sich getäuscht? Da bricht es hinter ihm durchs Gestrüpp und rennt mit flatternden Ohren auf ihn zu. Jacob stürzt ihm entgegen, schnappt es und hält es mit beiden Armen. Das Schwein grunzt und schmatzt. Sein Schwanz ist blutig verkrustet, andere Verletzungen findet Jacob nicht.

Jacob tollt mit dem Schwein umher und bekommt nicht mit, wie Amie vom Baum klettert. Irgendwann steht sie einfach unten. Mit verschränkten Armen lehnt sie am Stamm und sieht zu ihm herüber. Jacob rührt sich nicht vom Fleck. Das Schwein schubst ihn, es will weiterspielen. Da winkt sie ihn heran. Jacob klopft dem Schwein den Rücken, dann geht er zu ihr. Als er vor ihr steht, ist er seltsam befangen. Sie sieht ihn verschmitzt an.

»Wenn du noch mal pfeifst, hau ich dich wieder.«

Jacob lacht, reibt sich die Wange.

Amie deutet auf das Schwein, das neben Jacob sitzt. »So ein Glück.«

»Ja, so ein Glück.«

Sie streckt die Hand aus, das Schwein erhebt sich und schnuppert.

»Oh, es hat sich verletzt!«

»Nicht schlimm«, erwidert Jacob. Er krault das Tier am Ohr.

»Jetzt musst du gar nicht mehr zur Scheune«, sagt Amie.

»Nein, muss ich nicht.«

»Das ist gut.«

»Ja.«

»Und was machst du stattdessen?«

»Es regnet nicht mehr, da kann ich endlich weiter.«

»Ach so. Ja.«

»Ich hoffe, mein Boot ist noch da.«

»Ist es bestimmt. Findest du den Weg?«

»Jaja, finde ich.«

Sie stupst das Schwein, dann sieht sie ihn an. Ist sie enttäuscht? Das Weiße in ihren Augen ist gerötet. Sie scheint müder zu sein als er. Auch ist da eine Schwere und Traurigkeit in ihrem Blick, die ihn merkwürdig rührt.

»Und du?«, fragt er leise. »Was machst du jetzt?« Sie hebt die Schultern und lässt sie mit einem Schnaufen fallen, sieht zur Seite. »Wirst deine Mutter schon finden. Sehr weit kann sie in einer Nacht nicht gekommen sein.« Jacob bemerkt, wie Amies Kinn anfängt leicht zu zittern.

Dann aber strafft sie die Schultern, wendet sich ihm wieder zu und sagt mit fester Stimme: »In der Gegend kenne ich mich ja aus.«

»Eben.«

»Und nicht nur hier kenne ich mich aus, auch noch anderswo, in alle Richtungen und auch über die Grenze.«

»Ja, siehst du. Das ist gut.« Er lächelt. »Also dann ...« Jacob will sich verabschieden, ihr Glück wünschen, aber Amie ist noch nicht fertig.

»Ich kenne viele Orte, Jacob, gute Plätze für die Nacht.« Sie spricht jetzt ganz schnell. »Sichere Plätze. Hütten, Scheunen, Höhlen und, und ...« Sie verhaspelt sich.

»Ja, gut«, sagt Jacob. »Dann ...«

»Und kochen kann ich auch. Und Wäsche flicken! Auch große Löcher. Geschickte Finger hab ich, siehst du.« Sie spreizt alle zehn Finger vor seinem Gesicht. »Die sind auch gut fürs Sackgreifen und Beutelschneiden. Und mit den Klingelbeuteln in den Kirchen kenn ich mich aus. Die mach ich leer im Nu, sollst mal sehen. Bei mir gibt's keinen Hunger. Denk mal, wie schlimm du Hunger hattest, weißt du noch?«

»Jaja.«

»Und dass ich schnell laufen kann, weißt du auch.«

»Ja, sehr schnell, weiß ich …«

»Und Radschlagen und Handstand.« Amie hebt ein Knie und beide Arme, dann sausen ihre Beine durch die Luft und schlagen gegen den Stamm. Kerzengerade steht sie auf ihren Händen und gleich darauf wieder auf ihren Füßen. Sie streicht ihren Rock glatt, ihr Kopf ist ganz rot. »Und zaubern kann ich auch …«

Jetzt muss Jacob grinsen. »Zaubern.«

»Ja, zaubern.«

»Was denn zaubern?«

»Ist doch egal.«

Amie holt tief Luft und Jacob wartet darauf, dass sie noch etwas sagt. Irgendetwas. Oder lacht. Das mit dem Zaubern war doch wohl ein Witz. Aber Amie ist verstummt. Mit ihren ernsten, flehenden Augen hält sie ihn fest und Jacob merkt, dass er jetzt an der Reihe ist, jetzt muss er etwas sagen, aber nicht Lebewohl. Komm doch mit, soll er sagen, auf solche Worte wartet sie. Amie, komm mit und begleite mich und das Schwein. Fahr mit uns den Fluss hinunter. Aber daran hat er überhaupt noch nicht gedacht, er weiß auch nicht, ob er das will. Er weicht ihrem Blick aus und beugt sich zum Schwein hinunter. Es passiert einfach zu viel, wenn Amie in seiner Nähe ist. Das Schwein schnauft feucht in seinem Nacken. Er hat eine lange Reise vor sich. Mit diesem Mädchen aber geriete er dauernd in Schwierigkeiten. Große Schwierigkeiten. Und er will doch ankommen, irgendwann. Deshalb wird er sich jetzt verabschieden von ihr. Und verschwinden. Das ist das Beste. Er spürt ihre Hand auf seiner Schulter.

»Jacob?«

Er schiebt die Schweineschnauze beiseite, wischt den zähen Sabber von seinem Hals und richtet sich auf. »Komm doch mit«, sagt er da.

III. Im Strudel

JACOB

»Warum haben sie dem Ochsen Stiefel angezogen?«, fragt Jacob. »Ich verstehe es nicht. Stiefel sind einem Ochsen doch eher lästig, oder nicht?« Schon gestern immer wieder und auch heute, seit sie auf dem Fluss sind, denkt er darüber nach. Bald ist Mittag und noch hat er sich keinen Reim darauf machen können.

Amie, die neben ihm sitzt, sieht ihn an, als habe er eine sehr dumme Frage gestellt. »Es war doch ein gestohlener Ochse«, antwortet sie, ohne überlegen zu müssen, und als erkläre das alles. Aber Jacob begreift nicht. »Der Boden ist weich nach so viel Regen«, sagt sie. »Man hätte seine Spuren gesehen. So aber nicht. Da sind jetzt nur die Abdrücke von Stiefeln im Matsch. Keine Spur von einem Ochsen.« Verblüfft und ein wenig bewundernd sieht Jacob sie an. Darauf wäre er nie gekommen. Amie spuckt verächtlich aufs Wasser. »Hannes und seine Leute, kluge Füchse sind das nicht. Nur dumm und hinterhältig sind die, wie Marder. Und gefährlich.«

»Hätte er geschossen?«

»Der Hannes, ja, der hätte geschossen.«

Jacob starrt Amie an. Die Panik, das ganze Entsetzen, als der Mann ihn nicht losließ, spürt er wieder. Und auch die Todesangst. Seine Knie beginnen zu zittern, auf einmal ist ihm kalt, zugleich schwitzt er. ›Der Mann ist doch fort‹, sagt er sich. ›Der kann mir nichts mehr. Kann mir gar nichts mehr, gar nichts …‹ Mit beiden Händen packt er seine Knie und kneift die Augen zu.

»Jacob?«

Er hat nicht gemerkt, dass Amie eine Hand sanft auf seinen Arm gelegt hat. Und auch nicht, dass sich seine Finger in die Hose krampfen. Nun streicht er fest über seine Beine. Das Zittern hört auf. Er räuspert sich. »Woher kennst du den Hannes?«

»Der war mal einer von uns. Ein kleiner Gauner war der, so ein kleiner.« Amie zeigt einen winzigen Abstand zwischen Daumen und Zeigefinger. »Aber dann wollte er plötzlich Goldklumpen besitzen. Das Leben bei uns, das war ihm nicht mehr genug. Alles zu klein, alles zu wenig, hier ein paar Münzen, dort ein paar Brote und vielleicht mal ein silberner Ring. Er wollte die ganz großen Sachen drehen. Rosina hat ihn rausgeschmissen. Wir tun niemandem weh, hat sie gesagt.«

»Wer seid ihr eigentlich?«, fragt Jacob.

»Die Bande der Alten Rosina!«

»Ah.«

»Kennst du.«

»Nein.«

»Nein?« Amie atmet tief, schüttelt missbilligend den Kopf.

Jacob steht auf, stützt sich aufs Paddel, blickt in der Gegend herum. Es wird nicht leicht werden mit diesem Mädchen. Er hat es gewusst.

»Wieso kennst du uns nicht?«, fragt Amie zu ihm hoch.

»Wie soll ich sämtliche Banden mit Namen kennen?«

Sie packt ihn am Hemd, zieht ihn neben sich. »Uns kennt man. Wir sind berühmt!« Als Jacob nichts darauf sagt, fährt sie fort: »Mit der Bande der Alten Rosina ist es kein schlechtes

Leben, Jacob. Keinen Tag Hunger, wir halten zusammen, die Beute wird geteilt. Wir sind auch ein paarmal in die Ernte gegangen und haben ehrlich was dazuverdient.«

»Aber ihr zieht doch immer umher, immer seid ihr an einem anderen Ort.«

»Wir haben keinen Herrn, der uns prügelt.«

»Versteckt euch in Scheunen.«

»Hocken nicht jeden Tag aufs Neue in der einen dreckigen Hütte.«

»Nicht jede Hütte ist dreckig.«

Darauf fällt ihr nichts ein.

»Dauernd müsst ihr was Neues anfangen«, macht Jacob weiter.

»Wir können darauf hoffen, dass alles besser wird!«

»Müsst dauernd Angst haben, erwischt zu werden, denn es ist doch auch Unrecht, was ihr tut.«

»Unrecht?« Sie blitzt ihn an, dann feuert sie los: »Was erzählst du mir da? Wer bist du, was willst du?«, ruft sie schrill. Das Schwein, das vor ihnen liegt, dreht seinen Kopf. Für Jacob sind es zu viele Fragen auf einmal. Sie verwirren ihn. Amie stößt ihn in die Seite. »Was ist Unrecht, Jacob? Los, sag's mir!« Sie stößt ihn noch mal. Warum ist sie auf einmal so aufgebracht? Er muss aufpassen, was er jetzt sagt, sonst verpasst sie ihm wieder eine. Er rückt ein Stück weg von ihr, aber das Brett, auf dem sie hocken, ist kurz, er stößt schon an den Bootsrand.

»Du sollst nicht stehlen, so steht es geschrieben«, beginnt er tastend.

»Das sagt sich leicht!«, fährt sie ihm über den Mund. »Aber was, wenn du am Verhungern bist? Was dann?« Jacob antwortet nicht. Eine Weile schweigen sie, Amie sieht auf ihre Finger, die an einem losen Faden an ihrem Hemd zupfen, dann reibt sie sich die Stirn, sieht ihn wieder an. »Nur Fehler darfst du nicht machen, Jacob.« Ihr Gesicht ist jetzt dicht vor seinem, Jacob spiegelt sich in ihren Augen. »Fehler bringen dich sonst wohin«, sagt sie. Er denkt an den Schlüssel der Zunftlade, an den Schlüssel im Fluss. »Hast du noch nie was genommen, was dir nicht gehört?«, fragt sie. Jacob schlägt die Augen nieder. »Siehst du«, sagt Amie.

Sie kennt sich wirklich gut aus in der Gegend. Zwar findet sie nicht die Höhle wieder, von der sie gestern noch geredet hat, aber spät am Nachmittag führt sie Jacob zu einer verfallenen Hütte im Wald. Ihr fehlt fast das ganze Dach, Farne und Moose wuchern darin wie in einem umzäunten Gärtchen. Amie zieht sofort ein. Später hocken sie auf trockenem, festem Waldboden vor der Hütte am Feuer. Das Feuer knackt, es riecht nach gebratenem Fisch, das Schwein streunt umher, noch ist es nicht dunkel.

»Und du?«, fängt Amie plötzlich an.

Jacob hört auf, mit dem Stecken im Feuer zu stochern. »Was ich?«

»Erzähl mir von dir.«

»Was denn?«

»Alles.«

»Was alles?«

»Alles. Und von Anfang an.« Amie spannt ihren Rock über die angezogenen Beine, umfasst ihre Knöchel und sieht ihn erwartungsvoll an. Aber Jacob zuckt nur mit den Schultern. Sie nickt ihm aufmunternd zu. Da fängt er an.

»Sie haben gesagt, dass der Fluss mich gebracht hat.« Er stockt. Er hat noch nie von sich erzählt.

»Und dann?«, fragt Amie.

»Dann hat der Georg mich gefunden.«

»Gut, der Georg. Und dann?«

»Dann wurde der Georg mein Bruder. Und sein Vater mein Vater, und seine Mutter meine Mutter. Wie es halt so geht. Aber die Mutter ist bald schon gestorben.«

»Wie hat sie ausgesehen?«

»Weiß ich nicht mehr.« Jacob überlegt, aber er kann sich an die Mutter wirklich nicht erinnern, an nichts an ihr. »Der Vater hat keine neue Frau mehr gebracht«, sagt er.

»Warum bist du fort?«

Jacob greift wieder nach dem Stecken und schiebt ihn in die Glut. Er will nicht noch mehr erzählen, es ist doch genug. Amie steht auf, geht um das Feuer herum und setzt sich neben ihn. Tippt ihn an.

»Jacob, warum?«

»Weil der Vater denkt, ich hab was genommen«, murmelt Jacob. Er holt aus und lässt den Stecken auf einen glühenden Holzscheit niedersausen. Funken stieben auf. Erschrocken weicht Amie zurück und hält den Arm schützend vors Gesicht.

»Ich bin doch kein Dieb!«, stößt Jacob zwischen den Zähnen hervor. »Aber wenn der Vater sagt, du bist einer, dann bist du am Ende halt doch einer!«

»Ist das so?«

»Es ist so. Und ein Dieb wird bestraft.«

»Wenn man ihn kriegt.« In Amies Gesicht blitzt ein kühnes Lächeln auf. »Wo willst du jetzt hin?«, fragt sie dann.

»Ich geh zum Georg.«

»Ah so. Und wo ist der Georg?«

»In Amerika.«

»Amerika!« Amie reißt die Augen auf. Immerhin hat sie schon von Amerika gehört. »Ist aber doch weit bis dahin.«

»Den Fluss hinunter und dann übers Meer«, sagt Jacob, als wäre es nichts. Er zieht den Brief aus seiner Hosentasche. »Er hat uns geschrieben, dass wir nachkommen sollen. Der Vater und ich.« Jacob faltet das Papier auseinander.

Amie beugt sich darüber. »Oh schön.« Sie berührt vorsichtig das Siegel und Jacob beginnt: »*Meine Lieben in der fernen Heimat. Viel Zeit ist verflossen seit ich Abschied nahm.*« Während er spricht, fährt er mit dem Finger übers Papier, Zeile für Zeile, so wie Hanne es beim Lesen immer gemacht hat. Als er den Kopf einmal zur Seite dreht, steht Amies Mund offen. »Du kannst lesen!«, flüstert sie ehrfürchtig. Für einen Augenblick überlegt er, einfach Ja zu sagen. Ja, da staunst du. Ja, ich kann lesen. Er war schließlich wirklich dabei, es zu lernen. Wie auch Rechnen und Schreiben. Einer der Weber im Dorf war der Lehrer gewesen und seine dunkle Stube die Schule. Wenn Jacob und die anderen sich mit den Buchstaben mühten, wachte der Mann mit einem Stecken oder einer Ochsensehne in der Hand darüber, um ihnen gleich auf die Finger zu hauen, sowie einer einen falschen Zug machte. Bald aber schon starb der Weber und es fand sich kein Nachfolger. Sie hätten zu jemandem im nächsten Dorf gehen können. Aber wer macht das schon?

»Ich kann nicht lesen«, sagt er.

»Lies trotzdem weiter«, sagt Amie.

Also macht Jacob weiter. Als er fertig ist, schweigt sie und auch ihre Miene verrät nicht, was ihr im Kopf herumgeht.

Am nächsten Morgen ist sie verschwunden. In der Nacht war sie noch da. Als Jacob einmal wach wurde, lag sie mit dem Rücken zu ihm gedreht auf weichem Moos halb unter den Farnen und schlief ganz ruhig. Und als er sich über sie beugte und mit einem Finger zart ihre Wange berührte, war sie nicht aufgewacht, sondern hatte nur ihren Mund geschlossen, der wie ein Fischmaul, klein und rund, geöffnet gewesen war. Aber jetzt ist sie weg und auch das Schwein ist nicht mehr da. Jacob läuft vor die Hütte und atmet auf, als er sie mit dem Tier durchs Gehölz hindurch am Flussufer stehen sieht. Mit schnellen Schritten geht er zu ihnen. Der Nebel hat sich schon fast aufgelöst, es ist ein heller Morgen. Amie freut sich, ihn zu sehen. Warum hat er geglaubt, sie sei mit seinem Schwein auf und davon? Sie zieht die Schuhe aus, hockt sich hin, hängt ihre Füße ins Wasser. Das Schwein springt hinein und schwimmt. Jacob setzt sich neben sie, über ihnen zwitschern die Vögel, es geht ein sachter Wind. Amie bemerkt nicht, dass Jacob sie betrachtet, denn sie beobachtet das Schwein. Kann es sein, dass ihr Haar schon wieder etwas gewachsen ist? Nach so kurzer Zeit? Vor allem scheint es ihm dichter als noch vor wenigen Tagen.

»Ich geh ins Wasser«, sagt Amie da und ist schnell aus ihren Kleidern geschlüpft. Der Fluss ist gleich recht tief, nah am Ufer steht sie schon bis zu den Hüften darin.

Jacob fällt auf, wie schmal Amie gebaut ist. Schmal, aufrecht und perfekt. Als sie sich jetzt leicht nach vorne beugt, um erst ihre Arme und dann ihr Gesicht zu waschen, drückt sich ihre Wirbelsäule durch die Haut wie eine lange Reihe gleichmäßig großer Kiesel. Und die Schatten der Blätter tanzen darüber hinweg. ›Wie schön das aussieht‹, denkt Jacob und ist fast enttäuscht, als sie sich bäuchlings ins Wasser gleiten und von der Strömung fortziehen lässt. Ein Stück flussabwärts packt sie die Wurzel eines Uferbaumes, die ins Wasser ragt, und hält sich daran fest.

»Wo bleibst du?«, ruft sie Jacob zu. »Es ist überhaupt nicht kalt!«

Schnell zieht Jacob sich aus, nimmt Anlauf und springt mit einem Riesensatz ins Wasser. Er schnappt nach Luft, das Wasser ist eiskalt. Mit wenigen kräftigen Zügen ist er bei ihr.

»Komm«, sagt er, »wir schwimmen ein Stück.« Er deutet zur Mitte des Flussarmes. »Da ist es sonnig.« Aber Amie schüttelt den Kopf. »Kannst du nicht schwimmen?«, fragt Jacob.

»Doch.«

»Dann komm mit.«

»Nein. Weil … jetzt habe ich keine Lust.« Amie lehnt sich lachend zurück, mit beiden Händen hält sie sich noch immer an der Wurzel fest und schäumt das Wasser mit den Füßen auf. Es spritzt weit hoch und die im Licht glitzernden Tropfen fallen wie winzige Edelsteine zurück in den glänzenden Fluss. Man könnte meinen, ein Goldschatz läge auf seinem Grund und schimmere durchs Wasser. Dabei ist es das weiche Morgenlicht, das die Welt ganz anders macht, als sie ist.

FLUSS

Hier oder anderswo auf dem Grund des Rheins, so erzählt man sich seit alter Zeit, lag ein Goldschatz von unfassbarem Wert. Derjenige, dem er gehörte, war reich an allem. Seit Jahrhunderten trachteten die Menschen danach ihn zu finden. Der Fluss aber trug Sorge, dass dies nicht geschah. Tag und Nacht ließ er seine Töchter, fünf an der Zahl, das Gold bewachen. Es waren wunderschöne Mädchen mit einem Fischschwanz statt Beinen und langen grünen Haaren, mit denen sie den Schatz wie mit einem Tuch aus Seide umhüllten. So hielten sie ihn verborgen, nicht der kleinste Schimmer des Goldes drang an die Oberfläche des Rheins. Mitunter aber wurde den Mädchen ihre Aufgabe zu eintönig und sie langweilten sich. Dann tauchten sie auf, stiegen aus den Fluten und nahmen die Gestalt eines Tieres an oder schwebten als Nebelwesen durch die Wälder. Manchmal mischten sie sich unter die Menschen. An Land trugen sie weiße Kleider, deren Saum immer nass war.

Bei gutem Wetter sonnten sie sich am liebsten auf einem Felsen und sangen. Ihr Gesang war so betörend süß, dass mancher Schiffer, der ihn hörte, alles um sich herum vergaß, nur noch der Melodie lauschte und nicht mehr auf die Strömung achtete. Dann konnte es geschehen, dass das Boot an einer Klippe zerschellte und der Schiffer ertrank. Spätestens dann bemerkte Vater Rhein, dass seine Töchter fehlten. Voll Zorn ließ er seine Wasser rauschen, trat über die Ufer, umfing die unartigen Kinder mit seinen nassen Armen und zog sie wieder hinab zum Grund.

JACOB

In seinem Traum sind es winzige, schwarzglänzende Käfer, die über sein Gesicht laufen. In langer Reihe trippeln sie hintereinander, von seiner linken Wange über die Nase über die Stirn und von dort in sein Haar. Es müssen sehr viele Käfer sein, denn es hört nicht auf zu krabbeln. Jacob schneidet Grimassen im Schlaf. Als er wach wird, merkt er, dass es ein Graswedel ist, der ihn kitzelt. »Lass das«, knurrt er. »Amie, hör auf!« Er wischt sich übers Gesicht, blinzelt und sieht die Umrisse einer fremden Gestalt. Erschrocken setzt er sich auf und rückt erst mal weg von dem Mann, der wie eine Fledermaus merkwürdig zusammengefaltet vor ihm hockt und ihn aus kleinen, flinken Augen neugierig mustert. Er trägt ein dunkles, zerschlissenes Hemd, übergroß, fast wie ein Zelt, aus dem unten nur die Fußspitzen herauswachsen, vorne die Arme und oben ein dürrer

Hals mit einem kugelrunden, fast kahlen Kopf darauf. Das Gesicht ist runzelig und ledrig und grau wie der Beutel neben ihm. Der Mann ist ziemlich hässlich, er könnte aus einem Märchen stammen. *Es war einmal ein altes, buckliges Männlein,* so könnte es beginnen. Ein schiefes Grinsen spannt sich zwischen seinen Ohren, die riesig sind und ihm wie kleine Segel vom Kopf abstehen. *Des Nachts wuchsen sie zu Flügeln und trugen das Männlein an jeden Ort.*

»Was glotzt du so?«, fährt der Alte Jacob an und wirft den Graswedel hinter sich.

Verstohlen blickt Jacob sich um. Wo sind Amie und sein Schwein? Er kann sie nirgendwo entdecken. Sie wollten nur kurz rasten, da ist er wohl eingeschlafen. Er sieht den Bug seines Bootes aus dem Gebüsch ragen, ohne das Boot können die beiden eigentlich nicht weit sein. Der Alte greift in seinen Beutel, zieht ein kleines Stück Dörrfleisch heraus und hält es Jacob hin. An seiner Hand fehlen zwei Finger. Jacob zögert erst, aber dann greift er danach, doch der Alte zieht es weg und stopft es sich selbst in den Mund. Er verschluckt sich, hustet rasselnd, sein Gesicht färbt sich blutrot. Endlich hat er das Fleisch hinuntergewürgt.

»Traue niemandem, den du nicht kennst«, presst er mit einem Husten heraus. Dabei beugt er sich vor und kneift Jacob einmal kräftig in die Wange, als wolle er prüfen, wie gut er im Futter steht. Angewidert dreht Jacob seinen Kopf weg. »Könntest mit uns kommen«, knurrt der Alte. »Einen wie dich könnten wir schon noch gebrauchen.« Jacob sieht sich wieder nach allen Seiten um, aber da ist niemand. »Wie heißt du?«, fragt der Alte. Als Jacob nicht gleich antwortet, packt der Mann seinen Arm. »Bürschchen. Hältst dich wohl für schlau! Für was Besseres! Meinst, du kannst allein durchkommen. Meinst, es wachsen die Schweinehälften auf den Bäumen und das Glück sowieso!« Er hält ihm die verkrüppelte Hand vors Gesicht. »Schau sie dir an. Schau genau hin. Ein Wolf ist's gewesen. Ein Wolf! Einen Kampf hat's gegeben im Finsterwald, einen Kampf um Leben und Tod. Hab die Bestie gepackt und weggerissen von der Frau. Und abgestochen das Vieh. Hab die Frau gerettet und auch das Kind in ihrem Leib. Zwei meiner Finger für zwei fremde Leben. Dank bekam ich nicht, Lohn schon gar nicht.« Der Griff des Alten ist unerträglich, seine Augen flackern gefährlich. Jacob reißt sich los, springt auf, stolpert rückwärts und fällt. Der Mann lacht höhnisch. Jacob rappelt sich hoch und ohne sich noch mal umzusehen, läuft er davon, mitten hinein ins hohe Schilf.

Büschel um Büschel drückt Jacob beiseite, als schwimme er durch das Dickicht aus mannshohen Halmen. Meist treffen seine Füße auf die festen Schilfhorste, bei jedem Schritt gluckst das Wasser unter ihm. Mehrmals rutscht er ab, versinkt bis zu den Knien im Morast und muss mit den Armen sein Gesicht vor den dürren, spitzen Halmen schützen. Immer wieder bleibt Jacob stehen, sieht zum Himmel hinauf und lauscht. In diesem Irrgarten ist ihm der Alte sicher nicht gefolgt. Und doch meint Jacob, sobald er weitergeht, im Rascheln der Halme das keckernde Lachen zu hören, aber wahrscheinlich täuscht er sich.

Endlich tritt er heraus aus dem Schilf, tritt wieder auf festen Waldboden. Jacob wird nicht weitergehen, denn irgendwann muss er doch zurück. Und so hockt er sich hin, betrachtet seine Waden. Sie sind mit roten Striemen überzogen und jucken. Er reibt und kratzt. Den Blutegel an seinem rechten Bein aber lässt er sitzen. Soll er dort fett werden, sich satt saugen an seinem Blut und allen krankmachenden Flüssigkeiten aus seinem Körper.

FLUSS

Seit der Junge weg ist, summt der bucklige Alte angestrengt vor sich hin. Der Fluss versucht der seltsamen Melodie zu folgen, aber das ist unmöglich. Da öffnet der Alte weit seinen Mund, Ton und Lautstärke ändern sich, zäh und klebrig klingt das Stimmchen, erstaunlich schrill in den Spitzen. Ist das Gesang? Übertönt das herrliche Schmatzen der Maden, das Knistern und Knuspern der Käfer sowieso, gar das Trommeln der Spechte, das der Fluss ganz besonders liebt. Der Mann streckt die Arme zur Seite, das weite, lumpige Hemd sieht aus wie ein zerzaustes Federkleid. Für welchen Vogel hält er sich? Einmal verneigt er sich. Ist da ein Publikum? Der Fluss erwägt, ihm ein paar seiner neckischen Geister zu schicken. Oder soll er ihm einmal sein menschliches Antlitz zeigen? Seine Augen wären groß, der Mund weit geöffnet, als singe er im dröhnenden Bass, die Haare, der Bart in weichen Wellen, Haare wie Wasser, Wasser wie Haare, Haare von Ufer zu Ufer. So haben sie sein Gesicht in Stein gehauen. Damals. Auf ewig. »Rhenus Pater« – »Vater Rhein«, »Vater aller Nymphen und Flüsse«, als eine Gottheit mit den Hörnern eines Stieres stellten die Römer ihren Fluss sich vor. So könnte er jetzt dem Alten erscheinen, übergroß, mächtig und schaurig bewegt auf dem eigenen Wasser, singend, gurgelnd, speiend, in Wirbeln ihn umschäumend. Ach, es wäre ein Spaß! Schreiend würde der Alte davonrennen und der Welt erzählen, er habe den Teufel gesehen.

Gerade hält der Mann die Augen geschlossen, schraubt sein Stimmchen in ungeahnte Höhen, das Gesicht glüht, der Ton zittert. Und bricht. Wie weiter? Er lässt seine Arme sinken, sieht aufs Wasser und schweigt. Die Vorstellung ist hoffentlich zu Ende. Was will er noch hier? Muss er nicht weiter? Leute wie er bleiben nie lang. Der Fluss kennt sie zuhauf. Immer wieder treibt es sie an seine Ufer. Würde einer sie fragen, wer ihre Eltern sind, sie wüssten es nicht. Wahrscheinlich hat dieser Alte seinen ersten Herrn für seinen Vater gehalten, war dann kleiner Knecht gewesen dort und dort, immer geflohen aufs Neue, geprügelt, verscheucht, dann doch besser Hirte, vielleicht auch Hausierer für eine Zeit, war überall und nirgends, ist zum Landstreicher geworden, Bettler, Betrüger, ein Dieb. Welche Heimat? Schutzlos. Aber frei.

Er kniet nun am Wasser, wäscht sein Gesicht, den fast kahlen Schädel taucht er ganz unter, dann trinkt er das Wasser gierig aus einer Hand. Etwas unter seinem Hemd scheppert leise. Ganz gleich, was es ist, es ist sicher gestohlen, wie alles, was der Mann bei sich hat. Selbst die Geschichte vom Kampf mit dem

Wolf, die er dem Jungen eben erzählt hat, selbst die hat er bestimmt irgendwo geklaut. Hat sie wahrscheinlich bei einem Bettler aufgeschnappt. Der stand auf einem Platz vor einer großen Kirche, hat damit reichlich Mitleid und Münzen verdient. Der Fluss blickt ihm wieder und wieder ins Gesicht – da blitzt etwas in ihm auf. Ein klarer Abend im späten Frühjahr. Jahrzehnte her, etwa zwei Tagesmärsche flussaufwärts von hier. Nein, er täuscht sich nicht. Eine kleine, steinige Bucht. Es dämmert. Die Moorfrösche begleiten dumpf das volle Flöten der Singdrosseln und vom freien Wasser tönt das raue Schnorren der Haubentaucher. Da draußen ziehen sie ihre Bahnen, weil sie dort sicher sind vor Marder und Fuchs. An diesem Tag haben sie ihr Nest fertig gebaut. Es liegt versteckt im Schilf, bereit für die Eier. Plötzlich Geschrei. Junge Raufbolde am Ufer, zwei Banden. Der Alte gehört dazu, er ist noch ein schmächtiger Junge, schief gewachsen schon damals. Hiebe, Tritte. Wer kann, zückt sein Messer. Am Ende hat einer eine zerschmetterte Nase, einem anderen fehlen zwei Finger. Sie liegen im Fluss. Ja, so und nicht anders ist es gewesen, der Fluss erinnert sich. Und das Nest war aus dem Schilf geschlagen und trieb auf dem mit Blut vermengten Wasser, das für kurze Zeit aussah wie ein wirres Gemälde.

»Caspar! … Caspar!« Wer ruft? Die Stimme klingt ärgerlich. Hastig wischt der Alte mit beiden Händen über sein nasses Gesicht und zieht den Kopf zwischen die Schultern, als erwarte er Schläge. »Caspar, wo steckst du?« Eine dunkle Gestalt taucht aus den Büschen auf.

Der Alte rappelt sich hoch und stürzt ihr entgegen. »Hier.
Ich bin hier!« Unterwürfig winkt er mit beiden Armen.

»Was treibst du dich herum?«, schnauzt die Gestalt.

»Ich beeile mich!«

»Nun mach schon! Wir wollen ankommen, bevor alle betrunken sind.«

JACOB

Als Jacob aus dem Schilf tritt, stürmt das Schwein auf ihn zu
und umkreist ihn freudig. Amie hält ihm vor, unverschämt
lange weg gewesen zu sein. Jacob murmelt eine Art Entschuldigung. Von der Begegnung mit dem merkwürdigen Alten
erzählt er nichts, denn es könnte sein, dass er sich alles nur
eingebildet hat.

Die Nacht verbringen sie in der Scheune eines Bauern, den
Amie kennt. Als sie der Bäuerin am nächsten Morgen von ihrer Flucht vor der Räuberbande berichtet, hat die Frau Mitleid
mit ihnen und versorgt sie mit reichlich Proviant. So kommen
sie satt durch die nächsten Tage. Auch mit dem Wetter haben
sie Glück, es bleibt trocken, und sie verbringen die meiste Zeit
auf dem Wasser. Dass sie weit kommen, merkt Jacob erst, als
Amie meint, in dieser Gegend noch nie gewesen zu sein. Als
sie aber in dem Fischerdorf, wo sie an Land gehen, durch die
wie ausgestorbenen Gassen schlendert, als sei ihr alles hier
vertraut, wundert er sich. »Dorf ist Dorf«, sagt sie nur und
biegt vor ihm um die nächste Hausecke. Dahinter öffnet sich

ein Platz mit einer erstaunlich großen Kirche in seiner Mitte. Sie haben beinahe das Portal erreicht, da wird es aufgestoßen und sehr viele Menschen strömen heraus. Niemand aber beachtet die beiden jungen Fremden mit dem Schwein, alle eilen und drängen an ihnen vorbei, nur der Pfarrer bleibt kurz bei ihnen stehen. »Frohe Pfingsten!«, wünscht er freundlich und nickt von einem zum anderen. »Heute gibt's bei uns Ochsen für alle! Auch Fremde sind herzlich eingeladen.«

Zu Pfingsten ist der Heilige Geist in Gestalt einer weißen Taube erschienen. Feuerzungen kamen auf die Jünger Jesu hernieder und ließen sie in fremden Sprachen sprechen. Jedes Jahr aufs Neue hat der Pfarrer in Jacobs Dorfkirche davon erzählt. Jacob hat es nie begriffen. Aber das macht nichts, denn so vieles ist nicht zu begreifen, geschieht trotzdem und ist wahr. Außerdem warten doch alle sowieso nur auf den Ochsen, in Jacobs Dorf haben sie sich immer schon tagelang darauf gefreut. Und auch hier hocken sie Schulter an Schulter vor dem Wirtshaus und feiern. Über allen Köpfen schwebt eine Wolke aus Schwatzen und Lachen, aus Klappern, Klirren und Kindergeschrei und dazu noch der fantastische Geruch von gebratenem Ochsenfleisch. Jacob und Amie haben ganz am Rand einen Platz gefunden. Das Schwein liegt satt hinterm Haus bei den Küchenabfällen in einer schattigen Kuhle und schläft. Die Leute haben sich fein herausgeputzt, alle tragen ihre Sonntagstrachten, wie Jacob sie ähnlich von zu Hause kennt. Die hellen Hauben der Frauen. Ihre großen, mit Blumen gemusterten

Tücher. Die breitkrempigen Hüte der Fischer aus schwarzem, dickem Filz. Jacobs Blick klebt an ihren Jacken, den dunkelblauen Zunftjacken wie die seines Vaters. Und er muss an den verlorenen Schlüssel denken, fragt sich mit mulmigem Gefühl, ob der Vater nach allem, was geschehen ist, überhaupt noch Schlüsselmeister ist. Ob die anderen ihn das noch sein lassen.

»Ewig könnt ich so weiteressen!«, reißt ihn Amie aus seinen Gedanken und wischt mit dem Arm über ihre fettglänzenden Lippen.

Da brüllt jemand »Hei!«. Ein junger Mann, er steigt auf den Tisch. Alle heben die Köpfe und da hört auch Jacob das Trommeln. Manche springen jetzt auf, hüpfen und klatschen johlend den Takt. Hurra, die Musikanten kommen! Hurra! Musikanten sind auf dem Land immer willkommen, denn sie vertreiben für eine Zeit alle Mühsal und bringen ein Stück große Welt ins Dorf. Heute sind es ein Trommler, ein Geiger und eine Frau mit Flöte. Sie ist klein und rundlich, ihre Haare sind geflochten und auf dem Kopf hoch aufgetürmt. Ihre Ohrringe, ganze Sträuße aus feinen, silberglänzenden Bändern, schwingen hin und her. Mit geübten Trippelschritten fangen sie an zu ihrer Musik zu tänzeln. Und sofort versucht das Dorf, es ihnen nachzutun. Es gelingt nicht, aber das ist nicht schlimm, auch das plumpe Drehen und Hüpfen macht großen Spaß. Drehen, wiegen, hüpfen, hopsen. Zu zweien, dreien oder allein. Lachende, gerötete Gesichter. Der Trommler fasst mit der einen Hand ein kleines Mädchen, mit der anderen schlägt er weiter den Takt. Er wirbelt das Mädchen im Kreis, dass seine Zöpfe fliegen. Ein junger Kerl schnappt Amie und verschwindet tanzend mit ihr in der Menge. Bier und Wein wirken jetzt erst richtig in allen Köpfen, das Dorf, ach was, das ganze Leben dreht sich und verliert alle Schwere und Traurigkeit.

Jacob steht am Rand und wippt mit den Füßen zum Takt der Musik, sieht hierhin und dorthin, sucht nach Amie. Entdeckt am Ende der Straße eine gebeugte Gestalt, die langsam näher kommt. Es ist ein Mann, der einen klapprigen Leiterwagen hinter sich herzieht. Und nein, das kann nicht sein. Doch ja, er ist es tatsächlich! Aber wie geht das? Was will er hier? Der ungute Alte aus dem Wald. Erst jetzt bemerkt Jacob den großen schwarzen Hund auf dem Wagen. Aufrecht und regungslos thront er zwischen Säcken und allerlei Kram. Sein Kopf ist riesig, das grüne, spitze Hütchen zwischen seinen Schlappohren sieht dämlich aus. Niemand außer Jacob scheint das merkwürdige Gespann zu bemerken, das jetzt langsam heranrumpelt, direkt auf die ausgelassene Menge zu. In einigem Abstand, unter einem Baum, bleibt der Alte stehen.

Kurz darauf verstummt die Musik, Applaus und Bravorufe branden auf. Der Hund springt vom Wagen, rennt auf die Leute zu, schwingt sich dann hoch auf seine Hinterbeine und torkelt mitten hinein in die Menge. Die Leute gehen auseinander, machen Platz für den dressierten Hund, der jetzt fast so groß ist wie ein Mensch. Mit den Zähnen hält er einen ledernen Becher. Die Leute verstehen es gleich und sind freigiebig wie selten. Münzen klimpern, der Hund sieht aus, als ob er die ganze Zeit grinst. Kinder umkreisen, stupsen und zupfen das Tier, werfen kleine Steine erst in den Becher und dann auf den Hund, bis irgendwann der bucklige Alte wütend dazwischenfährt und sie auseinandertreibt wie einen Haufen Spatzen. Dann reißt er dem Hund den Becher aus dem Maul und klimpert selbst vor den Gesichtern der Leute. Jacob lässt ihn nicht aus den Augen. Einmal treffen sich über die Köpfe hinweg ihre Blicke. Der Mann stutzt, Jacob duckt sich weg. Das Dorf fängt an rhythmisch zu klatschen. Mehr Musik, wir wollen mehr Musik! Aber dazu kommt es erst einmal nicht.

Die Ersten, die das edle Pferd mit seinem Reiter bemerken, glauben noch, ihre verwirrten Sinne spielten ihnen einen Streich. Auch Jacob meint, dass er träumt, als er plötzlich das aufmerksame Tier vor sich sieht, das unruhig auf der Stelle tritt. Woher ist es gekommen? Der Mann auf seinem Rücken hält es am kurzen Zügel. Als bald alle verwundert um sich blicken und es still wird, da ahnt auch der Letzte, dass jetzt etwas ganz anderes kommt. Wie eine Herde Schafe schiebt sich das Dorf zusammen und sieht aus einigem Abstand staunend zu dem Fremden empor. Sein Wams und seine Hose sind aus edlem, dunklem Tuch, ebenso der weite, bis zu den Knien reichende Mantel. Die Stiefel sind aus feinem Leder und frisch besohlt. Solche Stiefel hat Jacob noch nie gesehen. Und unter dem breitkrempigen Hut wallt das glänzende Haar des Mannes hervor. Ein Arm legt sich um Jacobs Hüfte. Es ist Amie. Sie lehnt ihren Kopf an seine Schulter.

»Was ist denn das für einer?«, fragt jemand laut in die Stille hinein.

»Vom Jahrmarkt ist der her, das sieht man doch«, flüstert Amie in Jacobs Ohr.

Der Mann auf dem Pferd hebt den Hut und deutet eine Verbeugung an. »Erlaubt mir die Störung«, beginnt er. »Mein Name ist John Malter. Aber nennt mich einfach nur John. Ich komme von sehr weit her.« Seine Stimme ist freundlich, seine Worte sind höflich und gewählt, nur wie er sie spricht, ist seltsam, und manche findet er nicht gleich. Auch bildet er das »R« nicht tief und trocken im Rachen, sondern rollt es vorne, unterm Gaumen, da wird es ganz weich und rund. »Ihr habt sonst wenig zu lachen. Euer Leben ist hart. Das Wetter oft schlecht. Und die Ernten, die sind schlimm.« Das Dorf starrt und schweigt. Der Fremde streckt einen Arm weit vor und streicht den Ärmel zurück. Ein Raunen geht durch die Menge. Auch Jacob hat das goldene Armband und die Ringe bemerkt. »Ja, seht nur her!« Der Mann lässt seinen Schmuck im Sonnenlicht blitzen. »Dabei, ich war so arm wie ihr. Hab bei Wind und Wetter in der Erde gewühlt, es hat nichts gebracht.« Er zieht noch eine Taschenuhr aus der Hose und zeigt sie herum. »Zum Glück fand ich den Weg nach Amerika! Wie Tausende vor mir. Auch aus dieser Gegend.« Er sieht von einem zum anderen, ein paar fangen an zu tuscheln. »Ihr kennt jemanden, der fortgegangen ist? Sicher kennt ihr jemanden. Ich kannte auch einen. Ich folgte ihm, meinem guten Bruder, folgte ihm in die Neue Welt. Andere folgten einem Cousin und wieder andere folgten einem Freund oder Nachbarn oder sonst irgendeinem Landsmann. In der Neuen Welt, da sind wir frei! Wir stehen unter niemandem, werden von niemandem befehligt!« Kurz reckt er die Faust und nickt dann verschwörerisch in die Runde. Das Dorf hält den Atem an. »Ihr habt Glück, der River, der Fluss ist vor eurer Tür. Er bringt euch weit. Bis Holland, bis Rotterdam. Bis zum Ozean.«

»Rotterdam«, wiederholt Jacob leise. Den Ort muss er sich merken.

Viermal, berichtet der Mann, sei er schon hin- und hergereist, mittlerweile sei er ein Gesandter eines englischen Kaufmannes, der in Rotterdam eine Agentur für Auswanderer betreibe. »Ein wenig Mut und Vertrauen, viel mehr braucht ihr nicht.« Er legt die Hand auf die Brust und neigt den Kopf zur Seite. »Und jemanden wie mich.« Das Dorf rückt noch näher heran und der Mann erzählt weiter und wunderbar vom fruchtbaren, gesegneten Land und von Frieden und Glück.

Sie alle kennen Verheißungen wie diese. Der Pfarrer spricht in der Kirche auch oft davon. Dort heißt es immer, am Ende der Zeit dürften die Menschen mit all den Herrlichkeiten rechnen. Was aber bedeutet das? Meint es den Zeitpunkt, an dem alle gestorben sind, wirklich alle Menschen auf der ganzen Erde? Es läge wohl in unendlich weiter Ferne und wäre, wenn man genau nachdenkt, nie zu erreichen, da doch immer wieder Menschen geboren werden. Ist dann vielmehr nur das eigene Ende gemeint, der eigene Tod, also wenn nur man selbst gestorben ist? Aber kommt dann nicht erst ein großes

Gericht? Die einen in den Himmel, die anderen in die Hölle und die Übriggebliebenen irren irgendwo dazwischen umher? Die Sache ist verwirrend und beängstigend. Eine Reise übers Wasser scheint dagegen wahrlich ein Leichtes.

»Was das Essen anbetrifft«, spricht der Fremde weiter, »gibt es in Amerika mehr als genug für alle. Die Bisons stecken ihre Köpfe durch die Fenster der Häuser und warten nur darauf, geschossen zu werden. Und die Fische steigen allein aus der See und man bekommt so viele, dass mancher ein ganzes Fass voll auf ein ganzes Jahr einsalzet.« Jetzt steht einigen der Mund offen.

»Und das Land?«, traut sich einer. »Wie kommt man an das Land?«

Der Fremde schnipst mit zwei Fingern. »Geschenkt!«

»Ohhhhh!«, schallt es wie aus einem Mund und das Pferd wirft nervös seinen Kopf hin und her. Der Fremde klopft ihm beruhigend den Hals, dann hebt er eine Hand und sofort ist es wieder still. »Im Land selbst ist natürlich nicht alles umsonst zu haben. Wie anderswo muss es bezahlt werden. Aber nicht mit Münzen, nein, mit Papiergeld, das gestempelt ist, wird bezahlt!« Und triumphierend ruft er: »Für welches man haben kann, was immer man will!« Jubel bricht los. Und Jacob ist auf einmal ganz wunderlich zumute. Er kennt diese Worte. Es sind genau die Worte, die sein Bruder aus Amerika geschrieben hat. *Papiergeld, das gestempelt ist. Papiergeld, für das man haben kann, was immer man will.* Und von Mut und Vertrauen, auch davon schreibt Georg. Wenn der eine also sagt, was der andere schreibt, dann kann es doch gar nicht anders sein als wahr. Jacob macht einen Schritt nach vorn und stimmt in den Jubel ein.

Amie fasst seinen Arm. »Was sind Bisons?«

»Sei still«, wehrt er sie ab.

»Der schwätzt zu viel«, meint Amie. »Er könnte besser mal was zaubern. Oder ...«

»Halt den Mund!«

»Oder Feuer schlucken oder mit Bällen jonglieren.«

Da greift der Fremde in die Tasche am Sattel.

Jacob stößt Amie an. »Pass jetzt gut auf!«

Aber der Mann zieht nur eine Handvoll Zettel heraus. »Lest selbst oder lasst euch vorlesen!«, ruft er und wirft sie mit Schwung über die Leute. Und noch eine Handvoll und noch eine. Wie ein Schwarm weißer Vögel flattern die Blätter vor dem blauen Himmel. Jacob denkt an die Tauben zu Pfingsten. Die Blätter sinken auf das Dorf herab, begierig recken sich die Arme, Hände greifen und grapschen, die Leute schieben und schubsen.

»Als wenn hier einer lesen könnte«, meint Amie kopfschüttelnd. Das Pferd schnaubt, es beginnt zu tänzeln, sein Hinterteil kommt den Leuten gefährlich nahe. Sein Reiter schwingt sich aus dem Sattel, der Wirt prescht vor, nimmt das Tier beim Zaumzeug und schickt seine Helfer in die Küche. »Tisch auf für den Herrn!« Und den Musikanten, die alles stumm verfolgt haben, zischt er zu: »Spielt!«. Es ist ein Befehl und die Musikanten gehorchen. Ihre Musik klingt nun aber ganz anders als eben noch, sie schlägt keine Funken und keiner hat mehr Lust zu tanzen. Die drei können sich mühen, wie sie wollen, aber neben dem Reiter ist ihr Glanz gänzlich erloschen. Und als sie sich wenig später samt Hund und dem buckligen Alten auf den Weg machen, im Staub weiterziehen zum nächsten Dorf, kann jeder erkennen, was diese Menschen wirklich sind: armselige Gestalten der Straße.

FLUSS

Die Sonne steht hoch und brennt vom Himmel. In der Schwüle schwirren die Mücken. Der Junge und das Mädchen haben sich die Hemden um ihre Köpfe gebunden. Dort, wo die Äste der Bäume über den Fluss ragen und ihr Schatten die Luft etwas kühlt, ist der Fluss aber zu seicht für das Boot und so müssen sie in der Mitte des Wassers fahren. Im gleißenden Licht fließt der Fluss träge dahin. Dem Jungen geht es wohl zu langsam, er steht auf, nimmt das Paddel zur Hand, taucht es zum Grund und sagt zu dem Mädchen: »Wenn wir ankommen, muss der Georg uns als Erstes durch sein Haus führen. Ob es mehr als ein Stockwerk hat?«

»Mir ist heiß«, sagt das Mädchen.

»Und dann soll er uns mit auf den Markt nehmen. Da gibt es alles, weißt du. Die Fleischbänke sind mehr als hundert Schuh lang. Hundert Schuh!«

Das Mädchen gähnt laut.

»Und an beiden Seiten hängen die voll mit Fleisch. Und Seekrebse werden auch verkauft, die Scheren jede wie eine Männerhand groß.«

»Das hast du geträumt«, sagt das Mädchen.

»Nein. Er hat's erzählt.«

»Hat er nicht! Der Reiter hat's nicht erzählt.«

»Nicht der Reiter. Der Georg!«

»Den Reiter mochte ich nicht.«

»Mir hat er gefallen. Ich wäre gern noch geblieben.«

Das Mädchen schüttelt den Kopf. »Seine Geschichten waren nicht gut. Und auch sonst konnte er nichts. Nein, ich mochte ihn nicht.«

»Den Georg wirst du mögen.« Der Junge setzt sich wieder neben das Mädchen. »Und ganze Wälder mit Obst gibt es im Land, weißt du. Und die Blauen Berge. Da leben Schlangen, das ahnst du nicht. Vor denen müssen wir uns in Acht nehmen. Denn manche sind giftig, ihre Bisse tödlich. Die schwarzen Schlangen, die armdicken, sind die gefährlichsten, weil sie wunderlich bannen können. Die ziehen wohl alles, was in ihrer Nähe ist, mit ihrem Blick zu sich heran und verschlingen es im ganzen Stück. Hase, Vogel, Eichhorn, alles bannen sie, sogar kleine Kinder. Aber die Kinder schreien entsetzlich, damit man sie rettet. Gut, dass ich das schon weiß.«

»So was gibt's nicht in echt. So was gibt's nur in Märchen.«

Es war einmal, murmelt der Fluss.

»Mach mal die Augen zu«, verlangt das Mädchen.

»Warum?«

»Weil ich es sage. Augen zu.«

Der Junge gehorcht. Es nimmt seine Hand und legt etwas hinein. Er öffnet die Augen. Will wissen, woher es das Geld hat.

»Ich hab noch viel mehr«, sagt es.

»Woher?«, fragt er scharf.

»Gezaubert.«

»Woher?«, schreit er, springt auf und schmeißt die Münzen in den Schoß des Mädchens. Das Mädchen lacht, beugt sich über den Bootsrand, schöpft mit der Hand etwas Wasser und spritzt den Jungen nass. Er packt es im Nacken. »Sag es. Woher?«

Das Mädchen lacht immer noch, singt: »Aus den Taschen, aus dem Becher, aus der Kirche.«

»Aus der Kirche?«, kreischt er. Dieses Geld sei behaftet, ob Amie das nicht wisse. »Behaftet mit Weihrauch, mit Weihwasser und mit dem Heiligen Geist!« Dumm sei sie, unsäglich dumm, und sie werde schon sehen, dass es ihr Unglück bringe. Er regt sich fürchterlich auf, das Boot schwankt. Ein Schwarm junger Fische hat sich darunter gesammelt, sie nutzen den Schatten und lassen sich in der Kühle flussabwärts ziehen.

JACOB

Als sie später an Land gehen, hat sich Jacob immer noch nicht beruhigt. Es brodelt in ihm. Deshalb also wollte Amie so schnell weiter, hat Brot- und Fleischreste aus den Schüsseln gegriffen und in ihre Rocktaschen gestopft. Ihr Beutezug war beendet! Behaftetes Geld. Wie konnte jemand nur so dumm, so unfassbar blöd und ungeschickt sein? Ausgerechnet zu Pfingsten. Da pappte der Heilige Geist doch an allem. Aber dann kommt es anders als erwartet. Denn das Unglück trifft nicht Amie, sondern ihn selbst. Göttliche Strafe. Es ist das Erste, was ihm in den Kopf schießt, als er mit dem linken Fuß in eine Kuhle tritt, dabei umknickt und stürzt. Göttliche Strafe! Der Schmerz ist höllisch. Jacob schreit wie am Spieß. Um den Knöchel herum schwillt der Fuß sofort an. Jacob kühlt ihn im Fluss, aber das hilft wenig, er kann nicht mehr auftreten. Als Amie sich neben ihn kniet und seinen Fuß berührt, brüllt er sie an.

Abends sitzen sie am Feuer, nahe am Ufer. Die ganze Zeit sprechen sie kein Wort, essen stumm Brot und Fleisch aus Amies Rocktaschen, und das Schweigen steht zwischen ihnen wie eine Wand. Später liegt Jacob auf dem harten Boden, er findet kaum Ruhe. Sein Fuß fühlt sich heiß an und pocht. Sobald er ihn bewegt, fährt der Schmerz hinein, es ist schrecklich. Wenigstens liegt das Schwein dicht neben ihm und verströmt seinen vertrauten Geruch. Als Jacob tief in der Nacht den Kopf hebt, um nach Amie zu sehen, sitzt sie immer noch aufrecht da und sieht zum Himmel. Es ist eine klare Sternennacht, der Mond leuchtet kalt und geisterhaft auf sie herab.

Am nächsten Morgen wird Jacob wach, weil ihm etwas aufs Gesicht tropft. Als er die Augen öffnet, schnuppert die feuchte Schweineschnauze dicht über ihn hinweg. »Lass mich mal«, sagt er ruppig, drückt die Schnauze beiseite und setzt sich auf. Der Schmerz fährt in seinen Fuß. Er schreit auf, sieht sich um, kann Amie nicht entdecken. Er ruft nach ihr. Sie kommt nicht.

Er ruft noch mal. Stille. Erst glaubt er, dass sie Hilfe für ihn holt. Aber je mehr Stunden verstreichen, desto mehr plagen ihn Zweifel und dunkle Gedanken. Und wenn wie jetzt die Nacht hereinbricht, die Geräusche um einen herum sich verändern und der Hunger sich in einen hineinfrisst, ist es nicht leicht, zuversichtlich zu bleiben. Warum hat Amie nichts gesagt, als sie fortging? Wer für einen Verletzten Hilfe holt, will nicht, dass derjenige sich auch noch fürchtet.

›Verletzte Tiere sterben schnell‹, denkt Jacob. ›Sie verhungern oder werden gefressen.‹ Er sitzt an der schwarzen, kalten Feuerstelle und starrt ins Leere. Er hat heute auch noch nichts gegessen, keinen Bissen, er hat nur immer wieder Wasser aus dem Fluss getrunken. Sich dorthin zu schleppen war jedes Mal eine Tortur. Wenn Amie bis morgen nicht zurück ist, muss er alleine weiter. Wenigstens ist das Boot noch da. Aber er weiß nicht, ob er das schafft, weiterfahren mit dem kaputten Fuß. Das Schwein streicht an seinem Rücken vorbei, er streckt den Arm nach ihm aus, das Tier macht kehrt und drückt sich einen Moment fest an ihn. »Schade, dass ich dich nicht melken kann«, flüstert Jacob. Er sieht dem Schwein hinterher, das wieder im Dickicht verschwindet. Lianen wachsen aus den Büschen empor bis hoch in die Wipfel der Bäume und verdecken wie ein grüner Vorhang die Sicht auf das Waldinnere.

Es ist spät, als er an diesem Tag die Augen schließt. Als er dann aber endlich zwischen Schlaf und Wachsein schwebt, in diesem dämmerigen Zustand, in dem der Verstand sich langsam aufzulösen beginnt, da hört er Stimmen. Sofort ist er hellwach. Und dann sieht er sie kommen. Amie und einen großen Mann. Der Fremde ist ein noch recht junger Kerl, wie Jacob im Schein der Fackel, die der Mann hält, erkennt.

»Das ist der Hans«, sagt Amie.

Und schon hebt der Hans Jacob hoch, der wie in einer Hängematte in den kräftigen Armen liegen darf.

Amie geht mit der Fackel vorneweg, beleuchtet den schmalen Pfad, über den sich längs und quer die Baumwurzeln ziehen. Das Schwein bleibt an ihrer Seite. Der Nebel hängt dicht in den Wipfeln, Mond und Sterne sind nicht mehr zu sehen. Sie gehen lange durch Wald und danach lange über freies Feld. Als sie endlich das Dorf erreichen, ist Jacob eingeschlafen. Er wacht erst auf, als der Hans ihn vor einem großen Haus absetzt. Das Schwein drückt sich an Jacob, muss aber draußen bleiben, hinterm Haus. Amie hilft Jacob über die Schwelle. Fast vergisst er den Schmerz im Fuß, als der Geruch von Frischgebackenem ihm in die Nase steigt. Mit einem Lämpchen in der Hand führt der Hans sie in eine winzige, fensterlose Kammer. Zwischen Körben, Schalen, Tüchern und Hölzern in deckenhohen Regalen richtet er ihnen rasch ein Lager aus Stroh, bringt noch Wasser und Brot.

»Ich muss in die Backstube«, sagt er. »Morgen versorgt euch die Mutter.« Er nickt noch einmal freundlich und verschwindet. Es ist nun stockdunkel in der Kammer, etwas huscht über Jacobs Beine, durch die Wand hört er es rumoren.

»Amie?«, flüstert er, aber sie antwortet nicht.

Die Mutter vom Hans ist eine rothaarige, sommersprossige, gar nicht mehr junge, dafür aber sehr flinke Frau. Zwischen Spülstein, Ofen, Schränken und dem Tisch wieselt sie hin und her, rührt, schneidet, hantiert. Kocht Grütze, trägt warmes Brot auf, süßes Gebäck und Milch und frischen, flockigen Käse. Sogar zwei Becher heißen Kaffee stellt sie auf den Tisch. Jacob und Amie essen schnell und reichlich, begleitet vom Klappern, Plappern und Herumwirtschaften der Frau. Sie redet ohne Unterlass, erzählt von Leuten aus dem Dorf, vom Wetter und dann davon, dass sie heilfroh sei, dass ihr Hans die Bäckerei so gut führe, nachdem ihr Mann vergangenes Jahr plötzlich von ihnen gegangen war.

»In der Backstube ist er umgefallen. Bumms und tot. Einfach tot.« Sie schüttelt ergriffen den Kopf, holt einen Schemel herbei, eine Schüssel und einen Stapel Lumpen, hockt sich Jacob schräg gegenüber und zieht seinen Fuß vorsichtig unterm Tisch hervor auf ihr Knie. »Hätte auch anders kommen können, hätte sein können, dass mein Hans nicht mehr heimkehrt von der Walz. Manchem geht es besser in der Fremde, mancher macht sein Glück anderswo.« Gedankenverloren taucht sie einen Lumpen in die bräunliche Flüssigkeit. Es riecht scharf nach Essig, als sie ihn auswringt und um den verletzten Fuß wickelt. »Und ihr?«, fragt sie unvermittelt.

Jacob sieht zu Amie. »Da waren Räuber«, beginnt die mit düsterem Blick. »Sind mitten in der Nacht bei uns eingefallen.«

Die Frau lässt den Lumpen sinken und stützt einen Ellenbogen auf den Tisch. »Und dann?«

»Es waren brutale Räuber. Die hatten auch Waffen. Gewehre und Messer und ...« Amie atmet tief. Der Bäckersfrau steht der Mund offen. »Wir sind auf und davon.«

»Und eure Eltern?«, fragt die Frau leise. Amie schlägt die Hände vors Gesicht. »Oh nein!«, ruft die Frau erschrocken. »Sprich nicht weiter, Kind, bitte nicht. Kann mir ja denken, wie alles ist. Ihr armen, armen Kinder ...« Sie ringt um Fassung.

Jacob schiebt das Stück Brot in seinem Mund herum. Sie sind weder Geschwister noch Waisenkinder. Aber er wird nichts sagen, nichts zurechtrücken. Am Ende verstrickt er sich in Lügen, die noch nicht mal seine eigenen sind.

Da fliegt die Tür auf, der Hans tritt in die Stube, seine dunkle Schürze ist wolkig-weiß vom Mehl. Über das Gesicht der Mutter zieht ein Lächeln und macht es wieder ganz hell. Der Hans schnappt ein Stück süße Schnecke vom Tisch und deutet damit auf Amie. »Du kommst mit mir. Ich kann dich gut in der Backstube brauchen. Einer meiner Lehrlinge ist krank.«

»Ihr armen, armen Kinder«, sagt die Frau noch einmal, als Amie dem Hans gefolgt und die Tür geschlossen ist.

Von nun an verbringt Amie die hellen Stunden in der Backstube. Und abends, wenn sie auf ihrem Strohlager liegen, riecht Jacob den Sauerteig und die Wärme des Ofens an ihr. Seinem Fuß geht es von Tag zu Tag besser, schon bald kann er auf den Krücken, die der Hans für ihn aus Stecken gezimmert hat, umhergehen. Und eines Morgens fühlt sich der linke Fuß wieder an wie der rechte und alles ist gut. Sie können weiter. Als Jacob dem Hans und der Mutter mitteilt, dass sie nun weiterziehen, weiter bis nach Amerika, lacht der Hans. Und er sagt: »Aber ihr bleibt doch hier!« Es klingt, als sei es längst ausgemacht.

»Ja, Himmelherrgott, bitte bleibt!«, sagt auch Hans' Mutter.

Und am Abend flüstert Amie ins Dunkel der Kammer: »Wir könnten wirklich bleiben, Jacob. Ja, das könnten wir.«

»Man kann nicht einfach nach Amerika gehen«, sagt der Hans unwirsch am frühen Morgen beim Abschied und fasst sich an die Stirn.

»Doch, das kann man«, entgegnet Jacob, und er denkt: ›Was redet der da? Was weiß der denn schon? Ist eben nur ein Dorfdepp, der Hans. Ein wenig herumgereist im Kreis, wie die Handwerker es tun, und dann glauben, sie hätten die Welt gesehen.‹

Und so brechen sie auf, halten sich an den Weg, den der Hans ihnen eingeschärft hat. Der Himmel ist grau, die Luft erstaunlich kühl für die Jahreszeit, aber es regnet nicht. Der pralle Beutel auf Jacobs Rücken ist schwer, der Riemen schneidet in seine Schulter. Hans' Mutter hat ihn vollgepackt bis oben hin und noch einen zweiten für Amie. Brote und Süßes und gedörrtes Fleisch und Obst hat sie hineingetan und eine wollene Decke für jeden. Und ein Messer für jeden. Und Löffel. Eine Schüssel, einen Becher, etwas Schmalz, etwas Salz. Und als die Beutel nicht mehr zugingen, hat sie alles mit der Faust noch weiter hineingedrückt, weil Zunder fürs Feuermachen auf jeden Fall auch noch mitsollte. Amie geht neben Jacob, das Schwein trottet ihnen nach, das Dorf liegt längst hinter ihnen,

der Weg ist hart und holprig und gesäumt von grünem Getreide, das schon recht hochsteht. Der Morgendunst verzieht
sich, bald haben sie eine gute Sicht, aber Jacob kann die Augen
gerade nicht von seinen Schuhen lassen. Noch nie hat er solche
Schuhe besessen, so leicht ist er in seinem ganzen Leben noch
nie gegangen. Hans' Mutter hat sie ihm gestern Abend in die
Kammer gebracht. »Deine sind doch keine Schuhe mehr«, hat
sie nur geflüstert und bevor Jacob reagieren konnte, war sie
schon wieder hinausgehuscht. Im Dunkeln hat er die Schuhe
ausgiebig befühlt, am Leder gerochen, und war dann hineinge-
schlüpft, konnte nicht fassen, dass sie passten. Nicht zu klein,
nicht zu groß, wie für ihn gemacht. Sie sind so gut wie nicht
getragen, das sieht er jetzt bei Tageslicht, Sohle und Absatz,
auch die Nähte sind wie neu. Nur an einigen wenigen Stellen
über den Zehen ist das dunkle Leder ein wenig gebrochen, auf
der linken Seite mehr als auf der rechten. Jacob kann sich nicht
sattsehen an seinen Schuhen. Die wird er Jahre haben, vielleicht sein Leben lang.

Da reißt der Himmel etwas auf, blaue Farbflecke leuchten
im Grau der Wolken, die Schuhe glänzen im Licht. Frohen
Mutes geht Jacob weiter, die Sonne wärmt von hinten, und es
kommt ihm vor, als könne er, wie die langen Schatten vor ihm,
über alles einfach hinweggleiten, über jede Unebenheit, über
jeden Stein, komme, was wolle, mühelos und leicht. Er lässt die
Arme schwingen, zieht die kühle Luft bis in den Bauch. Und
fühlt sich frei wie noch nie.

Sie hören den Fluss durch das leuchtend grüne Schilf. Das Boot liegt im Gestrüpp vor dem Dickicht aus hohen Halmen. Jacob freut sich unbändig, er geht um es herum, betrachtet es von allen Seiten, prüfend fährt er mit der Hand über den Rumpf. Es ist ganz ohne Schaden und Angel und Kescher liegen unversehrt halb unter der Bank. Mit Schwung wirft Jacob seinen Beutel hinein, das Schwein klettert hinterher. Amie ist weitab stehen geblieben.

»Wo bleibst du?«, ruft er. Sie antwortet nicht, lässt nur den Beutel zu Boden gleiten. Kommt nicht. Er geht zu ihr und als er bei ihr ist, reicht sie ihm stumm den Beutel. »Was ist?«, fragt er.

Amie sieht zu Boden. »Ich komme nicht mit dir«, sagt sie leise.

»Was?« Jacob tritt nah an sie heran.

»Ich ... ich geh zurück.«

Er fasst sie bei den Schultern, lässt die Arme aber gleich wieder sinken. Er ist völlig überrumpelt, damit hat er nicht gerechnet. Er war sich sicher, sie würde mitkommen. Aber es hat keine Bedeutung, was er gedacht hat, denn nun trennen sich ihre Wege. Er bückt sich, schnappt ihren Beutel, stapft zum Boot, zieht die Schuhe aus und schleudert alles hinein. Dann soll sie eben zum Hans gehen, soll sie doch. Ihm ist gerade sehr danach, sie anzubrüllen. Da stürmt sie auf ihn zu.

»Du kannst mit mir zurückgehen, Jacob«, sagt sie bebend. »Wir können beide bleiben. Sie haben es gesagt.«

»Ich geh nach Amerika!«

»Du. Ja.«

»Ich hab gedacht, du kommst mit.«

»Man kann nicht einfach nach Amerika gehen, hat auch der Hans vorhin gesagt. Und ich weiß gar nicht, wo Amerika ist. Ich weiß nicht, was Amerika ist. Aber die Bäckerei, Jacob, mit dem Hans und der Mutter, die kenne ich schon. Da weiß ich, wo ich bin. Und das ist ein großes Glück. Es gibt nicht viel Glück auf der Welt und meistens trifft es die anderen und nicht Leute wie uns. Und wenn es dann endlich mal vor einem steht, das Glück, dann muss man es packen und festhalten, oder nicht? Bleibt doch, haben sie gesagt.« Sie versucht ein Lächeln, während ihr die Tränen über die Wangen laufen.

»Das also willst du?«, erwidert Jacob ruppig. »Jeden Tag aufs Neue in der einen Hütte hocken. Genau das wolltest du doch nicht! Hast du gesagt. Erinnerst du dich?«

»Aber es ist keine Hütte, Jacob. Es ist ein Haus! Ein schönes, warmes, trockenes Haus. Da kann ich sein. Es da einmal versuchen. Bei freundlichen Leuten. Wenigstens für eine Zeit.« Sie wischt sich übers Gesicht. »Der Hans, der hat dich aus dem Wald geholt, ohne dich zu kennen, hat dich geschleppt das ganze Stück und durch die Nacht. Der Hans ist ein Guter, der ...«

»Jaja, der Hans.«

»Was?«

»Den Hans, den nimmst du mal zum Mann. So ist es.«

Amie lacht hell auf. »Das denkst du wirklich?« Sie schüttelt heftig den Kopf. »Der würd mich nie nehmen, der Hans. Nie würde der eine wie mich nehmen!«

»Und wenn doch?«

»Mich nimmt der nicht. Ich hab keinen Stand.«

»Kannst dem alles erzählen. Waisenkind.« Er schnaubt verächtlich.

Vorsichtig nimmt Amie seine Hand. »Komm mit mir. Ja? Wir gehen zum Hans und der Mutter. Und von dort können wir vielleicht irgendwann zurück zu unseren Leuten.«

»Amerika. Nur da geh ich hin«, sagt er bockig.

»Kannst du ja. Meinetwegen. Aber zuerst komm mit mir. Und später gehst du nach Amerika.«

»Wann später?«

»Irgendwann.«

Er zieht seine Hand zurück, schüttelt den Kopf. »Ich will ja mal ankommen.«

»Aber darum geht es nicht! Man muss durchkommen, Jacob. Nicht ankommen. Durchkommen! Darum geht es.«

Sie umarmt Jacob lang und fest, ohne ein Wort. Mit hängenden Armen lässt er es geschehen. Dann läuft er zum Boot und schiebt es mit Kraft durchs Schilf ins Wasser. Als er sich noch einmal umdreht, ist Amie verschwunden.

FLUSS

Wo ist er? Wo ist der Junge? Hat denn niemand den Jungen gesehen? Der Otter schwimmt weiter, der Reiher putzt sein Gefieder, das Wildschwein schließt gelangweilt die Augen und furzt. Noch einmal: Wo ist der Junge? Dem Fluss ist es wirklich ernst. Es ist längst Mittag und er hat ihn heute noch nicht gesehen.

Da!

Endlich.

Er tritt aus dem Gebüsch, trottet ans Ufer, taucht die Zehen ins Wasser, reibt sich die Augen. Wie elend und blass er aussieht! Nur seine Wangen leuchten merkwürdig rot. Wenigstens zeigt er sich mal. Hat zwei Nächte in einem Erdloch und die folgenden auf trockenen Zweigen im Auwald geschlafen. Ist aber dauernd aufgewacht. Hat im Schlaf gesprochen, vergangene Nacht ganz laut mit der alten Hanne. In den hellen Stunden der Tage kam er nicht weit, hat sich im Gewirr der Nebenwasser dauernd verheddert, seine Gedanken irrten sowieso umher. Jetzt hockt er im Gras, sieht müde aufs Wasser. Weiß er denn gar nichts mit sich anzufangen? Sammle Beeren, flüstert der Fluss. Sammle Pilze, fang einen Fisch, spiel mit dem Schwein oder schnitz ein Tier aus einer Wurzel, tu irgendwas! Aber hocke nicht hier herum. Das bringt das Mädchen doch auch nicht zurück.

Als hätte er es gehört, greift der Junge einen kleinen Stein und schnipst ihn ins Wasser. Dann noch einen und noch einen. Steine, die ins Wasser plumpsen: So klingen Stumpfsinn und Trübsal. Dann erhebt er sich plötzlich, verschwindet im Dickicht. Der Fluss horcht angestrengt. Hört wenig später es schon wieder rascheln, dann schabt etwas über den Boden. Er hätte es sich denken können: Der Junge lässt sein Boot zu Wasser. Das Schwein sitzt schon drin. Junge, jetzt musst du Obacht geben, gurgelt der Fluss. Sieh hin, pass auf, sei ein aufmerksamer Schiffer. In dieser Gegend gibt es gefährliches Wasser!

Er wird versuchen stillzuhalten. Nur mit den Kieseln spielen, etwas Sand ablegen hier und da, Furchen ziehen im Schlamm. Leise Kleinigkeiten, mehr nicht.

Ruhig gleitet das Boot dahin. Der Junge sitzt aufrecht, das Paddel auf den Beinen. Eine Insel taucht auf. He, Junge! Pass auf, sieh hin! Du steuerst direkt auf die Felsen zu. Nimm das Paddel und lenke. Du musst lenken! Der Junge rührt sich nicht. Der Fluss schiebt Kiesel, schleppt Brocken, viel schafft er nicht auf die Schnelle, aber es reicht, um die Strömung ein wenig zu ändern. Das Boot fährt dicht an den Felsen vorbei. Das war knapp. Was ist mit dem Jungen? Schläft er? Ja. Schläft. Ein Stück weiter liegt eine Pappel im Fluss. In ihren Zweigen hat sich Treibholz verfangen, kreuz und quer hat es sich aufgetürmt. Dieses Mal unternimmt der Fluss nichts. Lässt es geschehen. Sieht zu. Wie Fingernägel kratzt und schabt das Geäst an den Bootswänden, als der Kahn sich hineinschiebt, aber es weckt den Jungen nicht auf. Er sinkt nur vornüber, rutscht vom Brett und neben das Schwein. Soll er eine Weile friedlich schlafen und träumen. Hier ist er sicher, hier geschieht ihm nichts. Kaum merklich schwingt das Bootsheck in der Strömung wie die Schwanzflosse eines Hechtes. Erst Stunden später regt sich wieder etwas im kleinen Kahn. Er schwankt hin und her, als der Junge sich aufsetzt. Mit einer Hand beschirmt er die Augen, und wie ein gerade geschlüpftes Vogeljunge in seinem Nest reckt er noch etwas benommen, aber schon neugierig den Kopf über den Haufen aus Treibgut und Ästen.

JACOB

Die Äste der Pappel, die aus dem Wasser ragen, sind trocken, manche ganz fahl, fast weiß, wie bleiche Knochen. Als Jacob aus dem Boot klettert, hält er sich daran fest. Die raue Borke der Pappel ist angenehm warm unter den Füßen, sie schimmert silbern und bräunlich-grün wie der Rücken einer Eidechse. Die mürben Blätter rascheln, als Jacob sie im Vorbeigehen streift. Nach dem Schlafen geht es ihm besser. Der schwere Nebel in seinem Kopf ist verflogen und auch das dauernde Gefühl von klebrigen Spinnweben vor den Augen. Er weiß nicht, was mit ihm war. Vielleicht war er krank, vielleicht nur erschöpft. In einer Nacht, daran kann er sich erinnern, schwamm rotes Licht auf dem Wasser, kleine züngelnde Flammen. Und da waren Stimmen und ein fremdes Gesicht. Auch erinnert er sich an ein lautes, nervtötendes Summen, ein Summen wie von Insekten. Es sind aber nur Erinnerungssplitter, die ihm in den Kopf kommen, sie ergeben keinen Sinn. Nur dass alles um ihn herum heiß war und er dabei fror, das weiß er genau. Und auch, dass der Fluss fürchterlich stank. Er fasst sich an die Stirn. Fieber scheint er nicht mehr zu haben. Er sieht sich um in alle Richtungen. Flussaufwärts zieht das Wasser sich schnurgerade, flussabwärts krümmt es sich scharf nach links, Jacob kann nicht erkennen, wohin es führt. Er balanciert zurück zum Boot und springt hinein. Mit dem Paddel schiebt er es rückwärts aus dem hölzernen Ungetüm.

FLUSS

Der Junge beugt sich aus dem Boot, der Fluss betrachtet sein Gesicht. Hat der Junge etwas gehört? Die Glocken schweigen doch, die Glocken dort unten im Wasser kann er nicht gehört haben. Vor langer Zeit, vor dem schlimmen Hochwasser, befand sich genau hier ein Dorf. Es lag am rechten Ufer. An einem Tag im Sommer aber schoss der Fluss mit Wucht aus seinem Bett. Schuld war ein Damm, den sie flussaufwärts gebaut hatten, um sich vor Hochwasser zu schützen. Das Dorf hinterm Damm blieb tatsächlich verschont, hier aber, bei diesem Dorf, flutete das Wasser viel heftiger als sonst übers Land und alles versank im Fluss. Diejenigen, die das Unglück überlebt hatten, zogen fort und bauten in sicherer Entfernung ein neues Dorf.

Generationen später trug sich dann Folgendes zu: An einem Sonntagmorgen fuhren Fischer hinaus und holten ihre Netze und Reusen ein. Als sie die Ruder eingezogen hatten und ihren Kahn treiben ließen, hörten sie von Ferne den Klang von Glocken, feierlicher als alle Glocken, die sie je gehört hatten. Und je näher sie der Mitte des Flusses kamen, desto lauter wurde das Läuten. Es gab keinen Zweifel: Die Klänge kamen aus dem Wasser unter dem Boot. Die Männer sahen hinein, sahen in der Tiefe eine Kirche, um die herum einfache Hütten standen. Aus dem Turm der Kirche klangen die Glocken. Langsam glitt der Kahn über das ertrunkene Dorf der Vorfahren hinweg. Die Männer bekamen Angst, sie griffen zu ihren Rudern und fuhren so schnell sie konnten ans Ufer zurück. Als sie im Dorf ihre Geschichte erzählten, begegnete man ihnen mit Unglauben und Spott, bis andere Fischer nur wenig später Ähnliches erlebten. Von da an mieden sie diese Stelle. Doch jedes Mal, wenn der Fluss sich hob und ein Hochwasser drohte, hörte man den Klang der Glocken bis ins neue Dorf. Aber heute ist kein Hochwasser in Sicht, die Glocken schweigen.

JACOB

Das Dorf ist klein, das Wirtshaus groß. Die schwere Tür und alle Fenster der Gaststube sind weit geöffnet. Aber weder Stimmen noch Geräusche dringen nach draußen, denn der Mittag ist längst vorüber und bis zum Abendtisch ist es noch lang. Jacob hat aber Hunger. Er geht um das Haus herum zur hinteren Tür, die auch offen steht. Aus dem Dunkel des Flures kommt ihm eine ältere Frau entgegen. Sie ist ordentlich gekleidet, hat ihr Haar zu einem straffen, dicken Knoten frisiert, ihre lange, helle Schürze scheint ohne Flecken. Diese Frau ist aber bestimmt nicht die Wirtin, eher eine Küchenhilfe oder Magd. Auf jeden Fall ist sie eine Frau von niederem Stand, das sieht Jacob gleich, denn ihr Gesicht ist grob geschnitten, ihre Augen sind klein und stehen eng beieinander, was ihr einen leicht dümmlichen Ausdruck gibt. Sie mustert ihn misstrauisch, als er sie anlächelt und freundlich sagt: »Guten Tag. Ich möchte was Warmes essen. Gibt's was bei euch?«

»Jetzt nicht«, antwortet sie abweisend. »Erst später wieder, aber das kostet.«

»Ich hab kein Geld, nur …« Die Frau will die Tür schließen, doch Jacob stellt einen Fuß in den Spalt. Rasch zieht er eine der wollenen Decken, die er von der Bäckersfrau hat, aus seinem Beutel und hält sie der Frau hin. »Etwas Warmes zu essen im Tausch gegen das hier.«

Die Frau starrt auf das warmweiche Tuch, sie öffnet die Tür wieder ganz und mit gierigen Fingern klopft, zupft, streicht sie über die Decke und steckt dann ihre Nase tief hinein. In Gedanken liegt sie schon darunter, schmiegt sich wohlig hinein. Jacob sieht es ihr an. Knechte und Mägde werden von ihren Herren meist kurzgehalten. Aber man gewöhnt sich eben nicht an alles, besonders nicht ans Frieren. Bestimmt hat diese Frau von einer Decke wie dieser schon lang geträumt. Sie nimmt Jacob das Prachtstück aus der Hand und schüttelt es zu ganzer Größe auf.

»Und ein Dach überm Kopf für eine Nacht möchte ich auch«, schiebt Jacob schnell nach, worauf die Frau zornig die Decke zusammenknüllt und sie ihm vor den Bauch drückt. Drohend hebt sie einen Finger. »Sie hat kein einziges Loch!«, sagt Jacob. »Nein, es ist zu viel.« Ihr Blick fällt auf das Schwein. Sie überlegt. »Die Decke und dieses Schwein für ein warmes Essen und eine Nacht«, sagt sie.

Jacob schiebt die Decke unter seinen Arm. »Ich probiere es woanders.« Er dreht sich um und geht.

»Warte!«, zischt die Frau, als er schon fast um die Hausecke ist, und eilt ihm hinterher. »Nach Einbruch der Dunkelheit …«, raunt sie und deutet mit dem Kinn zur Straße. »Da immer weiter, die Straße links, bis sie den Bach kreuzt. Über die Brücke und dann wieder links, dann noch ein Stück, da findest du die Hütte vom Hirten. Da kannst du hin. Aber nur eine Nacht, nicht länger.«

»Und der Hirte?«

»Ist vor zwei Tagen auf und davon. Der kommt nicht wieder.« Sie sieht Jacob eindringlich an. »Und Feuer darfst du nicht machen. Und niemand darf dich sehen. Falls dich doch jemand sieht, falls jemand fragt: Von mir hast du die Hütte nicht.« Sie senkt ihre Stimme noch weiter. »Nach Einbruch der Dunkelheit.«

»Nach Einbruch der Dunkelheit«, wiederholt Jacob.

Die Frau schnappt sich die Decke, aber Jacob entreißt sie ihr und läuft mit dem Schwein davon.

Die kleine Hütte liegt an einem schmalen Weg hinterm Dorf. Sie ist feucht und schmutzig, ein finsteres Dreckloch. Jacob hat nur kurz den Kopf hineingesteckt, der Gestank hat ihm den Atem genommen. Es roch nach Fäulnis, nach Pisse, nach Ziegenbock. Jetzt hockt er auf der Rückseite der Hütte und wartet darauf, dass es dunkel wird. Niemand kommt vorbei. Jacob ist matt vor Hunger. Das Schwein streunt herum. Endlich wird es Abend, knorrige Apfelbäume stehen wie schwarze, tanzende Riesen in der Dämmerung, nur die Hügelrücken in der Ferne schimmern noch golden im letzten Sonnenlicht. Endlich hört Jacob, wie schnelle Schritte sich nähern. Er nimmt die Decke, geht um die Hütte herum und wartet dort auf die Frau. Sie hat sich fast vollständig in ein dunkles Tuch gehüllt, unterm Kinn hält sie es zusammen, jetzt schlägt sie es leicht zurück. Jacob blickt in unruhige Augen, der Mund ist ein Strich. Die Frau hat Angst.

»Die Decke. Gib sie mir«, flüstert sie und sieht hinter sich.

»Erst das Essen«, verlangt Jacob und will das Tuch auf dem Korb, den sie an ihrem Arm trägt, anheben. Sie reißt es weg.

»Kartoffeln, Rüben, Fleisch«, zischt sie. »Und alles noch warm. Bin sogar gerannt auf meinen kaputten Füßen, dass es nicht kalt wird. Hast gemeint, ich schmier dich an?«

Er zuckt mit den Schultern. Er kennt sie ja nicht. Aber er hat Hunger und sie friert. Und jeder von ihnen besitzt etwas, was der jeweils andere dringend braucht. Beiden ist geholfen, wenn sich jeder an die Abmachung hält. Nur dann. Warum sollte er ihr vertrauen?

»Weißt du, wie gefährlich das hier für mich ist?«, flüstert die Frau und beißt sich auf die Lippen.

Jacob nickt. »Wenn dein Wirt dich erwischt, dann gnade dir Gott.« Er nimmt die warme, schwere Schüssel aus dem Korb und legt seine Decke hinein. Sie sind quitt. Ohne ein weiteres Wort huscht die Frau davon. Erst kann er noch ihre Umrisse in der Dunkelheit ausmachen, dann ist sie verschwunden.

Der Koch hat seine Sache gut gemacht, das Fleisch ist ihm zart geraten, die Kartoffeln sind kein bisschen wässrig. Viel zu schnell ist alles aufgegessen, mit den Fingern streicht Jacob die letzten Tropfen Soße aus der Schüssel. Wenigstens ist er jetzt satt. Und müde. Er zieht die Decke, die er noch hat, aus seinem Beutel und versenkt die Schüssel darin. Dann legt er sich hinter die Hütte und pfeift nach dem Schwein, das gelaufen kommt und sich bereitwillig neben ihm ausstreckt. Jacob schließt die Augen und denkt an Amie. Dauernd muss er an sie denken, obwohl er es gar nicht will, obwohl er es sich sogar verbietet. Sie hat ihn verlassen, ist einfach gegangen, es hat ihn verletzt. Aber nicht an sie zu denken, ist unmöglich. Manchmal träumt er von ihr. In seinen Träumen sieht er sie meist von hinten. Einmal rannte sie vor ihm über ein freies Feld und er versuchte sie einzuholen. Er war schon ganz nah, streckte die Hand nach ihr aus, aber plötzlich verwandelte sie sich in einen riesigen, hellbraunen Hasen, schlug ein paar Haken und entwischte. Es war ein merkwürdiger Traum, er verfolgte Jacob noch den ganzen Tag. Amie fehlt ihm. Er vermisst sie.

Jacob schläft nicht lange, denn schon bald fängt es an zu regnen. Er rafft seine Sachen zusammen und verzieht sich in die Hütte. Wo soll er sonst hin? Als er eintritt, hält er die Luft an, zwischen seinen Füßen schießen die Mäuse wild hin und her, das Schwein geht arglos umher, dann wirft es sich geräuschvoll in eine Ecke und bleibt liegen. Jacob schließt die Tür, er hört das Schwein atmen, aber sehen kann er es nicht in der Dunkelheit. Er macht noch ein paar Schritte, bleibt dann stehen, streckt die Hand aus und tastet ins Leere. Die Nacht in der Hütte ist schwarz wie Pech, er mag sich nicht ausmalen, wo hinein er treten, wo hinein er greifen könnte, so wie es hier stinkt. Wahrscheinlich ist es gut, dass er nichts sieht. Auf dem nackten, kalten Boden lässt er sich nieder, rollt sich zusammen wie ein Fuchs und verkriecht sich mit den Beuteln in seine Decke, die er eng um sich herum feststopft. Leise pfeift er nach dem Schwein, aber es bleibt, wo es ist. Jacob starrt in die Finsternis, kleine Füße trippeln die ganze Zeit umher, der Geruch in der Hütte legt sich pelzig und bitter auf seine Zunge, hinter ihm tropft der Regen durchs Dach, und er spürt, wie die Feuchte in ihn dringt. Es braucht Mut, die Augen zu schließen.

Der nächste Tag beginnt trüb, es fällt nur wenig Licht in die Hütte. Kisten stehen herum, aus denen Sachen quellen. Ein Schemel, dem ein Bein fehlt, liegt unter einem Tisch. Als Jacob aufsteht, sieht er darauf zwei rostige Messer und einen Löffel. An der Wand gegenüber befindet sich ein unförmiger Haufen aus Stroh und fleckigem Stoff, der vielleicht das Bett des Hirten gewesen ist. Die beiden Messer und den Löffel steckt Jacob ein, sonst rührt er nichts an. Das Schwein erhebt sich auch, kommt zu ihm, reibt die Schnauze an seinem Bein. »Na los, weitergeht's«, murmelt Jacob.

Als er die Tür einen Spalt öffnet, meint er von Ferne Hundebellen zu hören. Er hält inne und horcht. Das Bellen kommt näher, es klingt feindselig, und es scheinen mehrere Hunde zu sein. Jacob drängt das Schwein zurück, drückt die Tür wieder zu und schiebt auch noch den Tisch davor. Er geht zu einem Fenster und späht hinaus, sieht ein Pferd im gestreckten Galopp heranpreschen. Sein braunes Fell glänzt wie Kastanien, Mähne und Schweif sind tiefschwarz. Der Reiter steht in den

Steigbügeln, sein Oberkörper liegt fast auf dem Tier, das wenig später dicht an der Hütte vorbeidonnert. Jacob hat die hohen ledernen Stiefel gesehen, den langen, dunklen Mantel. ›Der Mann aus dem Dorf, wo wir zu Pfingsten waren!‹, schießt es ihm durch den Kopf. ›Das war er!‹ Jacob stellt sich auf die Zehenspitzen, schiebt seinen Kopf weit aus dem Fenster, sieht, wie der Reiter dem Pferd die Sporen gibt, wie es davonsprengt. Sie fliehen. Da kommen die Hunde. Es sind große Tiere, dunkle, hässliche Köter. Im dichten Rudel hetzen sie heran. Graue Zungen hängen aus langen Schnauzen. Den Hunden folgen Männer, die etwas schreien und dicke Stecken, Hacken und Schaufeln in den Himmel stoßen. Schnell zieht Jacob seinen Kopf zurück, geht einen Schritt vom Fenster weg und wartet mit klopfendem Herzen, den Rücken an die Hüttenwand gepresst. »Betrüger! Seelenverkäufer!«, brüllen die Männer. »Lass dich nie wieder blicken!«

Seelenverkäufer? Was hat das zu bedeuten? Warum sind sie hinter dem Mann her, was hat er ihnen getan? Als Jacob nichts mehr hört, wagt er sich wieder ans Fenster. Die Männer stehen weit abseits und sehen in die Ferne. Pferd und Reiter sind fort.

FLUSS

Der Junge. Am sandigen Ufer. An einer Stelle, wo kleine Schiffe und Kähne vor Anker liegen. Nach einem langen Tag auf dem Wasser schläft er neben dem Schwein unter einem Busch im Boot. Er kam gestern spät an, sah an der hohen Stadtmauer empor, während eine magere Katze um Futter bettelnd um seine Beine strich. Um diese Zeit sind die Stadttore längst geschlossen, Fremde kommen dann nicht mehr hinein. Wusste er das nicht? Der Mond steht am Himmel, verstreut aber nur sparsam fahles Licht. Der Fluss fängt es ein, bündelt und sammelt es auf seiner ruhigen Oberfläche. Da schwimmt es silbern dahin, wie flüssiges Metall, und folgt dem gewundenen Lauf. Der Rhein fließt hier, bei der Stadt Speyer, in Schleifen. Vor Tausenden Jahren hat er sich mit den starken Winden der Eiszeit zusammengetan. Die haben Berge von Sand meilenweit verfrachtet und zu Dünen geformt hier abgelegt. Immer schon zog es die Menschen in diese Gegend, das Schwemmland der Niederung ist fruchtbar, es lockte sie. Bauten erst Hütten, später Häuser. Siedlung. Dorf. Große Stadt.

Um das Jahr 1025 begann ein Kaiser auf einem felsigen Sporn eine Kirche zu errichten. Die größte Kirche des Abendlandes sollte es sein. Gigantische Mengen an Sandstein und Holz wurden über einen Nebenfluss aus dem Hinterland herangeschafft. Der Rhein sah zu. Sah, wie der Dom langsam dem Himmel entgegenwuchs, sah, wie er dann viel später nicht nur einmal in Flammen stand, hörte das entsetzliche Krachen, als Gewölbe, Altäre, Gestühle splitterten und brachen. Sah, wie das Gotteshaus einstürzte, in Trümmern lag und Wolken aus Qualm, wie schwarze Flügel, still über der Ruine schwebten. Und dann wunderte er sich. Denn sie bauten alles wieder auf. Mächtig erheben sich die Kirchtürme nicht weit vom Fluss. Es scheint, als blickten sie wohlwollend auf den schlafenden Jungen herab.

JACOB

Stimmen haben ihn geweckt. Sie kommen vom Wasser, aus dem Nebel. Jacob sitzt aufrecht im Boot. Ist da jemand? Die Stimmen klingen gespenstisch, es gruselt ihn. Ein Schatten bewegt sich ans Ufer, gefolgt von anderen Schatten. Es sind gottlob keine Geister, stellt Jacob erleichtert fest, sondern kleine Boote, die aufs Land zufahren. Vielleicht sind es Fischerkähne. Manche der Männer, die jetzt durchs Wasser waten, halten brennende Fackeln in der Hand. Andere wuchten Bottiche, Tröge und Kisten auf den Kies. Karren stehen parat, auf die alles verladen wird. Ja, es sind Fischer, die ihren Fang ans Ufer schaffen. Jacob geht zum Wasser, bleibt abseits stehen und sieht ihnen zu. Einer der Fischer bemerkt ihn, winkt ihn zu sich und fordert ihn auf, mit anzupacken. Gemeinsam stemmen sie einen schweren Bottich und heben ihn aus dem Boot. Er ist offen, im schwappenden Wasser winden sich Fische in einem dicken Knäuel. Jacob steigt das Blut in den Kopf, auch der Mann schnauft schwer, als sie den Bottich zum Karren schleppen. Dem Fischer fällt das Gehen nicht leicht, er hat ein steifes Bein und humpelt. Als sie den Bottich abgesetzt haben, deutet Jacob hinein. »Das sind Plötze und Schleien, oder?«

Der Mann schiebt seine Kappe in den Nacken. »Du kennst dich aus?«

»Mein Vater ist Fischer«, sagt Jacob.

Sie gehen zum Boot zurück, stemmen den nächsten Bottich. Der Kies knirscht unter ihren Füßen. So geht es eine ganze Zeit weiter, hin und her. Als alles verladen ist, fragt der Mann

Jacob, ob er ihm auf dem Markt noch weiterhelfen kann. »Sollst es auch nicht umsonst machen. Ich bezahle gut.« Er streckt eine Hand aus, Jacob schlägt ein.

Auf einem so großen Fischmarkt wie diesem ist Jacob noch nie gewesen. Lebende Fische in Hunderten Bottichen und Trögen, Räucherfische, Salzfische in gestapelten Kisten. Frische Fische auf ellenlangen Fischbänken akkurat aufgereiht, nach Art und Größe sortiert. Die gewölbten Leiber schimmern in der aufgehenden Sonne. Ein Heer von Fischaugen starrt der Kundschaft entgegen, die sich prüfend darüber beugt. Der Platz füllt sich schnell. Die Leute handeln und feilschen, drängen über den Markt wie ein Schwarm dunkler Vögel. Dauernd muss Jacob in die Bottiche greifen, die glitschigen Tiere sind schwer zu fassen. Sie winden und wehren sich, schlagen mit ihren Schwanzflossen hart gegen das Holz. Jacobs Finger sind bald rot und steif vom kalten Wasser, aber der Markttag ist noch lange nicht zu Ende. Also weiter: Fisch auf den Tisch, Schlag auf den Kopf, Herzstich, Bauchschnitt, die Innereien holt Jacob mit einem Griff heraus und wirft sie dem Schwein direkt ins Maul. Der Fischer preist seine Ware mit dröhnender Stimme an. Die Münzen klimpern im Beutel. Sie verkaufen fast alles, so wie die anderen Fischer auch. Dann ergießt sich das Wasser aus sämtlichen Bottichen und Trögen über den Platz, zig Besen schrubben den Boden. Als schließlich alle Behältnisse gestapelt, verladen und davongekarrt sind, ist der Platz wieder leer, zurück bleibt der Geruch von Fisch und Fluss. Wie versprochen hat der Fischer Jacob gut entlohnt. Einen kleinen Krug dünnes Bier, etwas Brot, etwas Geld und sogar noch eine dicke Scheibe geräucherten Lachs hat Jacob für seine Arbeit bekommen. Jetzt sitzt er erschöpft, aber zufrieden am Fluss, isst, trinkt und während er die vorüberfahrenden Schiffe und Boote beobachtet, geht ihm im Kopf herum, was der Fischer zum Abschied gesagt hat. »Du bist ein fleißiger Junge. Dein Vater kann stolz auf dich sein.«

Ja, das hat der Fischer gesagt.

Jacob zieht sein Boot unterm Busch hervor und schiebt es über den Kies. Sein Schwein ist schon vorausgelaufen. Es würde ihn nicht wundern, wenn es wüsste, dass die Reise weitergeht. Als Jacob schon fast am Wasser ist, hört er hinter sich jemanden rennen. Er dreht sich um. Der Schreck fährt ihm in den Bauch. Da ist Amie. Amie? Er richtet sich auf, streicht sich durchs Haar. Sie rennt auf ihn zu. Ihr Rock ist bis obenhin nass und klebt an ihren Beinen. »Da bin ich!«, ruft sie fröhlich, als seien sie hier verabredet. Er kann nichts sagen, ihm fehlen die Worte. Er schluckt, starrt sie an. Atemlos steht sie vor ihm. Soll er sich freuen? Sie wringt ihren Rock vor ihm aus. Lacht. Das Schwein kommt gelaufen, umkreist sie, schnuppert an ihr empor. »Es erkennt mich!« Sie streichelt dem Tier über die Schnauze.

»Es ist ja nicht blöd«, bringt Jacob mit rauer Stimme heraus.

»Es freut sich!«

»Weiß nicht.«

»Doch! Es freut sich.«

Das Schwein sieht von einem zum anderen, setzt sich hin.

»Wo kommst du her?«, fragt Jacob.

»Weißt du doch.«

»Ja, schon. Aber du wolltest …«

»Es ging nicht, Jacob.« Sie sieht zu Boden, schiebt mit dem großen Zeh kleine Kiesel hin und her.

»Waren sie nicht gut zu dir? Hat der Hans, hat er etwa …?«

Sie blickt auf. »Nein, nein. Sie waren gut zu mir. Sind gute Leute durch und durch.« Wieder senkt sie den Kopf. »Es ging einfach nicht. Dabei hab ich's probiert, mich redlich ange-strengt. Aber so ein Leben, das geht nicht für mich.« Sie sieht auf, blickt zerknirscht drein. Dann fragend. Bittend.

Jacob atmet tief, schweigt. Doch er kann sie nicht lange zap-peln lassen. Es gelingt ihm nicht, denn er kann nicht verber-gen, dass er unglaublich erleichtert ist, dass er sich unbändig freut. »Kannst ja bei uns bleiben«, sagt er endlich und knufft das Schwein so heftig, dass es aufspringt und quiekt.

An diesem Tag und auch an den folgenden fragt Jacob Amie immer wieder, wie sie hergekommen ist, wie sie ihn gefunden hat. »Das geht dich nichts an«, sagt sie ein ums andere Mal. Jedes Mal macht ihn das wütend, jedes Mal ist er umso froher, dass sie wieder beisammen sind.

FLUSS

Es war einmal. Kein Märchen. Am zwanzigsten des Monats Dezember im Jahr 1281 sank bei Rheinau ein Reiseschiff. An Bord befand sich Hartmann von Habsburg, Sohn und Thronfolger von König Rudolf I. Hartmann war auf dem Weg nach Straßburg, wo er mit seinen Eltern die Weihnachtstage verbringen wollte. Mit ihm ertranken weitere dreizehn Adelige, die ihn begleiteten. Es war einmal am achten des Monats Dezember im Jahr 1710, als bei Koblenz ein Pilgerschiff kenterte, das auf der Rückreise von einer Wallfahrt war. Zehn Frauen und ein Mann aus Kell in der Eifel ertranken. Am fünften des Monats März im Jahr 1782 stieß beim Salzhaus von Waldshut ein mit Fahrgästen überlasteter Flachkahn an einen Felsen. Die Leute wollten zum Säckinger Fridolinsfest und ertranken. Wenige Jahre später versuchten zwei Engländer, der achte und letzte Lord von Montague und sein Freund Sir Charles Sedley Burdett, ebenfalls mit einem Flachboot aus Holz, die Stromschnellen bei Laufenburg zu durchqueren, obwohl ihnen Ortskundige davon abgeraten hatten. Der Kahn zerschellte an den Felsen des Laufens, die beiden Männer ertranken.

JACOB

Sie haben schon Holz gesammelt für ein Feuer. Es wird heute keinen Regen geben, es ist warm und trocken, deshalb wollen sie draußen übernachten, aber sie brauchen noch etwas zu essen. Wegen der geringen Strömung an dieser Stelle ist der Fluss leicht zu queren, zügig nähern sie sich der kleinen, bewaldeten Insel, wo Jacob angeln will, aber dann legt er das Paddel beiseite. Das Wasser ist ganz klar und voll mit Fischen. Fasziniert verfolgt er das stumme Treiben, dann taucht er eine Hand in den grünen Fluss. Der Fisch schießt davon, als er ihn berührt.

»Was willst du heute essen?«, ruft er Amie zu, ohne aufzusehen. Statt einer Antwort hört er nur ein Platschen hinter sich. Er dreht sich um, Amie ist im Wasser, ihre Kleider liegen im Boot. Lachend winkt sie ihm zu. »Komm auch rein!«

»Und das Boot?«

»Lass doch das Boot. Hier ist kaum Strömung.«

Amie entfernt sich noch weiter. Jacob muss grinsen. Sie schwimmt wie ein Hündchen, sie paddelt und strampelt. Immerhin kommt sie vorwärts. Jetzt schwimmt sie auf die schmale, felsige Inselzunge zu, die sich wie der Daumen an einer Hand von der eigentlichen Insel abspreizt und quer im Fluss liegt. Die Felsen sind spitz und scharfkantig, es wäre schwer, hier aus dem Wasser zu kommen. Was hat sie vor?

»Wo willst du hin?«, ruft Jacob besorgt. Amie hebt nur einmal kurz eine Hand, schwimmt aber unbeirrt weiter. Kurz darauf ist sie hinter der Landzunge verschwunden. »Amie!« Jacob springt auf, doch über den felsigen Buckel kann er nicht sehen. Er nimmt das Paddel und stehend fährt er ihr nach. Weil er nicht wissen kann, bis wohin sich die Felsen unter der Wasseroberfläche ziehen, muss er in einem großen Bogen um das Stückchen Land herumfahren. Plötzlich hört er Amie schreien, spitz und schrill. Sie schreit um Hilfe. Jacob paddelt so schnell er kann, passiert die Landspitze, wendet das Boot mit Schwung. Da sieht er sie. Das Mädchen befindet sich etwa drei bis vier Armlängen entfernt von den Felsen im Wasser, es dreht sich im Kreis wie ein Stück Holz. Amie ist in einen Strudel geraten. »Jacob!«, brüllt sie, als sie ihn sieht. Sie ist in heller Panik, kämpft verzweifelt gegen den Strudel, der sie unerbittlich in seine Mitte zieht.

In einen Strudel zu geraten, ist lebensgefährlich. Ein Strudel hat mehr Kraft als der stärkste Mann. Meist sterben Menschen paarweise in einem Strudel: der, der als Erster hineingerät und der, der ihm zu Hilfe eilt. Jacob lässt sein Paddel fallen und hechtet kopfüber in den Fluss. Schnurgerade krault er auf Amie zu, seine Arme kreisen wie Mühlräder, seine Beine schwingen wie Peitschen. Selbst mit Kleidung am Leib ist er ein guter Schwimmer. »Bleib ruhig!«, ruft er und steuert hinein in den Strudel. Das Mädchen streckt die Hände nach ihm aus, er bekommt sie nicht gleich zu fassen, aber endlich kann er Amie zu sich heranziehen, er schlingt seine Arme um ihren Bauch. Sofort fängt sie wieder an wild zu rudern. Sie weiß es nicht besser. »Nicht bewegen!«, schreit er. Aber sie hört nicht auf, kämpft weiter, taucht unter und gleich wieder auf. Japst, ringt nach Atem. Jacob packt jetzt ihre Arme und drückt sie mit Gewalt nach unten, presst sie seitlich an ihren Körper. »Halt still. Stillhalten«, zischt er, während sie sich in immer enger werdenden Runden und immer schneller auf den Mittelpunkt des Strudels zubewegen. Kurz bevor sie abtauchen, drückt er ihr noch die Hand auf den Mund. Amie wirft ihren

Kopf in den Nacken, bäumt sich auf, strampelt ins Leere. Über ihnen schließt sich das Wasser. Man muss aufgeben, um den Strudel zu besiegen. Es scheint widersinnig, ist aber die einzige Chance.

Der Sog des Wassers ist enorm. Sie wirbeln abwärts in die kalte Finsternis. Wenigstens scheint Amie endlich verstanden zu haben, was sie tun soll. Jacob fühlt, wie sich ihre Muskeln lockern, ihr Körper weich wird. Er hält sie fest, schließt selbst die Augen, ergibt sich dem Strudel. Luftblasen entweichen aus seinem Mund. Er spürt, wie die lange Schnur aus Blasen über seine Lippen gleitet, wie ihn sein Atem ein letztes Mal streichelt. Und dann ist alle Luft fort. Atme!, schreit es in ihm. Atme! Er will den Mund aufreißen, aber darf es nicht tun, auch wenn auf seiner Brust ein Fels liegt, auch wenn seine Lunge gleich zerspringt. Atme! Es ist die Hölle. Wie tief ist der verdammte Fluss? Wenn sie sich von Strudeln beim Dorf in die Tiefe ziehen ließen, war es immer nur ein Nervenkitzel, eine Mutprobe unter Jungs. Denn Georg und die anderen Großen kannten sich aus, wussten, wie tief das Wasser an jenen Stellen war. Aber hier, jetzt, genau in diesem Moment verlässt ihn das Leben. Atme! Wenn er Wasser atmet, stirbt er.

Da streift etwas an seinen Füßen vorbei. Algen? Fische? Es geht immer noch abwärts. Und dann spürt er den Grund. Spürt kleine Steine, weichen Schlick, versinkt mit den Füßen darin. Er zieht Amie noch enger zu sich heran, beugt die Knie, sieht nach oben. Stößt sich dann aus der Hocke wie ein Katapult zur Seite weg. Schwimmt weiter, das Mädchen unterm Arm, immer weiter, schräg hinauf zum Licht. Er hält die Augen offen, öffnet schon den Mund. Er muss jetzt atmen, er kann nicht mehr. Gleich verliert er das Bewusstsein.

Da durchstößt er die Wasseroberfläche mit der gereckten Faust. Taucht auf. Schnappt nach Luft. Schluckt Luft, trinkt Luft. Atmet! Reißt Amie nach oben. Ihr Kopf hängt vornüber. Er dreht sie auf den Rücken, fasst unter ihr Kinn, sieht, dass ihre Augen geschlossen sind. Ihre Arme treiben schlaff im Wasser. »Atme!«, brüllt er ihr ins Gesicht. Schüttelt sie. Aber sie atmet nicht. Verzweifelt blickt Jacob um sich. Sein Boot kann er nirgends entdecken. Das Ufer, von wo aus sie gestartet sind, scheint ihm näher als die Insel, aber vielleicht täuscht er sich auch. Er hat kaum noch Kraft zum Schwimmen. Auch hängen seine Kleider schwer an ihm.

Da sieht er das Schwein. Die Schnauze wie meist am Boden spaziert es am flachen Ufer entlang. Zwei Finger, ein Pfiff. Das Tier hebt den Kopf, zögert. Jacob pfeift noch mal. Jetzt platscht es freudig ins Wasser, schwimmt auf sie zu. Schweine sind hervorragende Schwimmer, es dauert nicht lange, bis es bei ihnen ist. Jacob hievt Amie mit den Armen voran bäuchlings auf den Schweinerücken. Das Tier grunzt, versucht hinter sich zu sehen, aber lässt alles geschehen. Jacob selbst stützt sich mit einer Hand am kräftigen Nacken des Schweines ab und zeigt ihm so auch an, wohin es schwimmen soll. Er treibt und schiebt es voran, zugleich muss er achtgeben, dass Amie nicht wieder ins Wasser rutscht. Er hat keine Kraft mehr und immer noch ist das Ufer nicht erreicht.

Aber dann tritt er endlich fest auf Sand, auf Kies, Schritt um Schritt kämpft er sich keuchend aus dem Fluss. Als das Wasser ihm nur noch bis zu den Hüften reicht, zieht er Amie vom Schwein und schleppt und schleift sie ans Ufer. Legt sie ganz vorsichtig ab. Kniet sich in den Sand neben sie, hält ihr kaltes Gesicht mit zitternden Händen. Noch immer sind ihre Augen geschlossen, der Mund ist leicht geöffnet, ihre Lippen sind blau. Sie rührt sich nicht. Jacob reibt, tätschelt ihre Wangen, sagt die ganze Zeit, dass sie atmen soll. »Atme!« Er schluchzt es heraus, er bettelt darum. Seine Zähne schlagen aufeinander, vor Kälte und vor Angst. Als er ihr Gesicht einmal loslässt, kippt es zur Seite. Amie atmet nicht.

Lange nicht.

Aber dann doch.

Erst ist es ein merkwürdiges Gurgeln, das wie aus weiter Ferne, aus tiefster Tiefe, in leisen Wellen aus ihrer Kehle schwappt. Jacob legt ein Ohr auf ihren Brustkorb, um zu hören, was darin vor sich geht. Da endlich hebt sich die Brust. Jacob packt Amie an den Schultern, dreht sie zur Seite. Das Wasser schießt aus ihr heraus. Sie verschluckt sich, muss husten. Spuckt und würgt noch mehr Wasser aus und anderes. Schnappt gierig nach Luft. Atmet mit offenem Mund. Mit aufgerissenen Augen. Mit wirrem Blick. Atmet.

Später liegen sie nebeneinander im Sand, die Gesichter zum Himmel gerichtet. Die Sonne wärmt sie und trocknet Jacobs Kleider, die er neben sich ausgebreitet hat. Irgendwann setzt er sich auf und schnäuzt sich in die Hand. Brauner Flussschlamm hängt im Rotz und den Sand spürt er auch noch zwischen den Zähnen. Amie rührt sich nicht, sie scheint zu schlafen. Sie ist blass, fällt ihm auf, am ganzen Körper ist sie schrecklich blass, fast durchsichtig, in den Armbeugen schimmern ihre Adern bläulich durch die Haut. Und die Narben auf Höhe ihrer linken Rippen treten auf der hellen Haut hellrot hervor. Beim Schwimmen im Fluss sind sie ihm schon aufgefallen, aber da hat er sich nicht getraut, genau hinzusehen, geschweige denn zu fragen, woher sie stammen. Eine ist geformt wie ein Angelhaken und knotig verwachsen.

Zum Glück hebt und senkt sich Amies Brust wieder gleichmäßig. Ein, aus, ein, aus, als sei es nie anders gewesen. Der Fluss war durch sie hindurchgerauscht. Statt Blut war sein kaltes Wasser durch ihre Adern geschossen, keine Verästelung hatte es ausgespart. Während es geschah, gehörte sie ihm ganz. Und noch mehr ist geschehen: Amie kommt Jacob irgendwie verwandelt vor. Als sei sie sehr weit fort gewesen, aber nicht an einem anderen Ort. Weit fort in der Zeit. Auf unerklärliche Weise voraus. Allein und unerreichbar, obwohl er die ganze Zeit bei ihr war. Wie sieht jemand aus, der gestorben ist? Kaum merklich bewegen sich nun ihre Lippen. Spricht sie im Schlaf? Ihre Augäpfel rollen unter den geschlossenen Lidern hin und her. Vorsichtig streicht er ein paar lange, grüne Algen aus Amies kurzem Haar. Ohne die Augen zu öffnen, schiebt sie ihre Hand tastend in Jacobs Richtung. Er greift und umschließt sie mit beiden Händen. Ihre Finger sind immer noch kalt. Er springt auf und holt die Decke. Während er sie zudeckt, murmelt sie etwas, das er nicht versteht. Er beugt sich hinunter zu ihr. »Was sagst du?«

»Ich bin so müde, Jacob«, flüstert Amie matt. Sie öffnet die Augen, schließt sie aber gleich wieder. »Kann sein, dass ich nicht mehr aufwache, wenn du mich nicht weckst. Versprich mir, dass du mich weckst. Später.«

»Ich verspreche es.«

»Versprich mir, dass du mich nicht hier vergisst.«

»Ich vergesse dich nicht.«

»Versprich es.«

»Ich verspreche es.«

Dann ist sie wieder fest eingeschlafen.

›Sie war dem Tod näher als ich‹, denkt Jacob und nimmt wieder ihre Hand. ›Aber sie war nicht allein, keinen Augenblick war sie allein. Vielleicht weiß sie es nicht, aber ich war bei ihr, die ganze Zeit.‹ Das ist ein tröstlicher Gedanke irgendwie.

FLUSS

Am achtzehnten des Monats Juni im Jahr 1790 entdeckten Waschfrauen nahe Nackenheim ein leckgeschlagenes Fischerboot. Es lag im Kies am flachen Rheinufer. Der Bug war stark beschädigt, in der Seitenwand war ein Loch. Im Boot fanden die Frauen einen Damenrock mit hohem, engem Bund, ein Leibchen und ein Hemd, dem drei Knöpfe fehlten. Auch fanden sie eine Angel.

IV. Durchs tiefe Tal

JACOB

Sie hat nichts mehr zum Anziehen. Wenigstens sind ihre Schuhe noch da. Amie hatte sie am Ufer zurückgelassen, als sie zur kleinen Insel fuhren. Schuhe sind viel wert, viel mehr als ein Rock oder ein Hemd. Und eine Decke besitzen sie ja auch noch. Die hat sie um sich herumgewickelt und unter den Achseln gekrempelt, damit sie beim Gehen nicht drauftritt. Amie trägt die Decke wie ein ärmelloses Kleid.

Wie gestern schon scheint die Sonne und es ist sommerlich warm. Ihr Weg führt durch duftende Wiesen und wenn Jacob nicht alles täuscht, verläuft er parallel zum Fluss, was gut wäre. Zunächst sind sie auf einem Pfad dicht am Ufer entlanggegangen, sahen Schiffe und Kähne vorüberziehen und hielten Ausschau nach Jacobs Boot, haben gehofft, dass es irgendwo gestrandet ist. Aber dann kamen sie plötzlich nicht weiter, weil der Fluss sich teilte. Sie standen an einem Flussarm, über den sie hätten schwimmen müssen, um den Hauptstrom wieder zu erreichen. An dieser Stelle beendeten sie ihre Suche. Jacob fiel es nicht leicht, aufzugeben. Er hat nun kein Boot mehr. Aber er sagt sich, dass es noch viel schlimmer hätte kommen können. Sie sind nicht nur beide am Leben, sondern auch unverletzt und das ist mehr, als man nach allem, was geschehen ist, erwarten kann.

Er tastet nach der kleinen Kugel in seiner Hosentasche, die er seit gestern mit sich trägt. Sie ist ganz leicht, kaum größer als eine Haselnuss, und war mal Georgs Brief. Der Fluss hatte das Papier in seiner Hose durchweicht. Jacob drückte es aus, quetschte das Wasser heraus, knetete und drehte schließlich aus dem Papiermatsch eine Kugel. Die Sonne hat sie getrocknet, nun ist sie steinhart und sieht auch aus wie ein Kiesel. Sie wiegt fast nichts.

Der Weg macht einen scharfen Knick nach links und windet sich eine kleine Anhöhe hinauf, die oben mit Wald bewachsen ist. Weil der Weg sie vom Fluss wegführt, schlägt Jacob vor, querfeldein zu gehen. Aber Amie weigert sich. Ein Weg führe immer irgendwann zu einer Siedlung, einem Dorf, einer Stadt, sagt sie. Und da müsse sie hin, sie brauche doch dringend etwas zum Anziehen. Frauensachen, Männersachen, ganz egal was. Irgendwas. Jacob aber meint, dass sie sich nicht vom Fluss entfernen dürften, sonst gingen sie womöglich in die falsche Richtung. Sie schreit ihn an, führt sich auf. Er sieht es ein, hat es dann begriffen: Amie kann nicht ewig nur in eine Decke gehüllt herumlaufen. Also nehmen sie den Weg zum Wald. Er ist nicht steil, aber er zieht sich lang, und weil die Sonne mit Kraft scheint, schwitzen sie bald. Als sie oben ankommen, sitzt da jemand am schattigen Waldrand. Jacob meint erst, dass es ein Mann sei, aber als sie näher kommen, erkennt er eine Frau mit breitem, flachem Gesicht und kurzen, gelockten Haaren. Sie trägt einen dunklen Mantel, ihre Schuhe haben dicke Sohlen. Den rechten hat sie sich über die eine Hand gestreift, mit der anderen tunkt sie einen Lumpen in ein Stück Schmalz, das sie in einem Kohlblatt auf ihrem breiten Schenkel balanciert. Beinahe zärtlich reibt sie das Fett ins dunkle Leder. Als Jacob und Amie fast bei ihr sind, unterbricht sie ihre Arbeit.

»Endlich kommt wer«, sagt sie vorwurfsvoll und mit tiefer, brüchiger Stimme. »Schon ewig hocke ich hier, ohne dass jemand kommt.« Sie verschließt das Schmalz im Kohlblatt, umwickelt es mit einer Schnur und lässt das Päckchen in ihrer Manteltasche verschwinden. Dann zieht sie ihren löchrigen Strumpf hoch und zwängt den Fuß in den Schuh. Erleichtert sieht sie auf. »Wir können«, sagt sie.

Jacob versteht nicht, was sie meint. »Was können wir?«

»Na weiter«, antwortet die Frau und schielt zum Schwein, das sie neugierig umkreist. »Ich geh mit euch, weil, durch den Wald geh ich nicht allein. Da lauert viel Schlechtes, auch der Tod.« Während sie das sagt, hat sie mit ihrem Oberkörper vor und zurück schaukelnd Schwung genommen und erhebt sich nun langsam und mit einem lauten Stöhnen, bis sie endlich auf ihren Beinen steht. Die Frau ist hoch und breit und erst, als sie sich einen Schritt zur Seite bewegt, sehen sie, dass sie auf einem prallen, zerschlissenen Sack gesessen hat, hinter dem sich noch weitere Taschen und Beutel befinden. Die sind vollgepackt mit Wäsche und alten Kleidern, mit Gefäßen und Gerätschaften. Getauscht, geklaut, sonst wo herausgefischt.

»Ich brauch was zum Anziehen«, sagt Amie schnell und bestimmt. »Wir nehmen dich mit, wenn du mir was zum Anziehen gibst.«

Die Frau überlegt, mustert Amie von oben bis unten, willigt dann ein. Mit beiden Händen greift sie den Sack und stellt ihn auf. Verschwindet mit dem Kopf darin, wühlt sich durch die Sachen. Als sie wiederauftaucht, wirft sie Amie ein paar fleckige Kleidungsstücke vor die Füße. »Nimm das.« Es sind ein Rock, ein Hemd, ein Unterkleid. Amie schlüpft hinein und sieht überrascht an sich hinab. Es passt. Der Rock sogar noch besser als der alte. Jacob nickt anerkennend. Die Frau murmelt etwas Unverständliches, schließt den Sack und wuchtet ihn auf ihren gebeugten Rücken. Dann hängt sie sich einige der Taschen und Beutel um, an die wiederum die noch übrigen Taschen und Beutel mit Seilen geknotet sind. Als sie sich nun schwerfällig wie ein kaputtes Gefährt in Bewegung setzt, klappern und scheppern die Dinge in einer Wolke aus Staub hinter ihr her und verströmen den süßlich strengen Geruch von kaltem Erbseneintopf und nassem Hundefell. Jacob geht neben der Frau. Sein Angebot, ihr etwas abzunehmen, lehnt sie barsch ab und presst den Beutel, der um ihren Hals hängt, noch fester an ihren Bauch.

Der Weg durch den Wald ist eben und breit und führt zwischen den hohen Bäumen hindurch. Karren und Fuhrwerke fahren wohl sonst auch hier lang, man sieht ihre Spuren im Boden. Der Fußmarsch ist kurz, beschwerlich ist er auch nicht, zumindest nicht mit leichtem Gepäck, und doch ist Jacob froh, als sie aus dem Dunkel wieder heraus sind. Denn die Frau redet ohne Unterlass auf ihn ein, redet von hellsichtigen Hexen, giftigen Schnecken, Horden von Räubern und verdreht dabei dauernd ihre Augen, dass man nur noch das Weiße darin sieht und es Jacob ganz anders wird. Erst als sie wieder ins Helle treten, erst da hält sie endlich den

Mund. Sie bleibt stehen, reibt sich mit der einen Hand kräftig die Hüfte und mit der anderen die Augen. Auch Jacob muss sich wieder an das Sonnenlicht gewöhnen, sieht dann aber die Landschaft in allen möglichen grünen und braunen Schattierungen und in sanften Hügeln vor sich liegen. Weinreben, Äcker, Felder, Wiesen und in der Ferne dunkelgrün, fast schwarz, ein kleiner Wald.

Ihr Weg führt durch Wiesen, auf denen verstreut Obstbäume stehen, Äpfel und Birnen sind aber noch nicht reif. An die Wiesen schließt sich ein Getreidefeld an, über dem Insekten in kleinen, gelben Wolken surren. Als der Weg sich hinter dem Feld gabelt, und Jacob meint, in der Ferne zwischen zwei Hügeln das Blau des Flusses aufblitzen zu sehen, bleibt er stehen und fragt die Frau, ob der Abzweig zu einem Dorf führe.

»Nein«, sagt sie. »Der führt nach Mainz.«

»Mainz?«

»Die Stadt am Fluss.«

Während die Frau dem Weg weiter folgt, nehmen sie den Abzweig. Einige Male noch dreht Jacob sich nach der Frau um. Je weiter sie sich voneinander entfernen, desto mehr scheint sie ihm mit ihren Dingen verwachsen. Es ist ihr Hab und Gut, das sie trägt. Küche, Schlaf- und Wohnraum. Es ist ihr Haus, ihr ganzes schwankendes Haus.

FLUSS

Es klappern die Mühlen im rauschenden Fluss,
klipp, klapp.
Bei Mainz, ja, da schwimmen die Mühlen im Fluss,
klipp, klapp.
Flink laufen die Räder, sie drehen den Stein,
Müller pass auf und schlaf bloß nicht ein.
Klipp, klapp, klipp, klapp, klipp, klapp.

Die Mühle mahlt Korn, aus dem Mehl wird dann Brot,
klipp, klapp.
Und haben wir solches, dann gibt's keine Not,
klipp, klapp.
Doch fällt dem Müller ein Sack in den Fluss,
sind Mehl oder Körner mit einem Mal futsch.
Klipp, klapp, klipp, klapp, klipp, klapp.

JACOB

Hinter ihnen erhebt sich die Stadtmauer von Mainz, Glocken-
geläut klingt vom Dom oder von einer der anderen Kirchen
zu ihnen her. Vor ihnen liegt eine Brücke im Fluss, ein Stück
talwärts schwimmen Getreidemühlen in einer langen Reihe.

»Und wie weiter?«, fragt Amie.

»Weiß nicht«, antwortet Jacob abwesend und beobachtet
fasziniert das geschäftige Hin und Her von Kutschen, Fuhr-
werken und Menschen über die Brücke. So eine Brücke hat

er noch nie gesehen. Ein schwimmendes Bauwerk, gezimmert aus ganzen Schiffen, die nebeneinander im Wasser liegen und mit hölzernen Bohlen und einem Geländer an beiden Seiten untereinander verbunden sind. Mit der Strömung des Wassers spannt sie sich in einem weiten Bogen ans gegenüberliegende Ufer. Plötzlich stoppt der Verkehr. Ein Stück Brücke hebt sich weit hoch, damit ein Segelschiff passieren kann. Danach geht das Rumpeln, Klappern, Rattern und Trappeln weiter.

»Hast du das gesehen?« Jacob dreht sich zu Amie.

Die zeigt jetzt aufgeregt zur Brücke. »Da! Das Schwein!«

Er blickt hinter sich, sieht das Schwein auf der Brücke, ruft es, pfeift nach ihm, aber es reagiert nicht. Es rennt auf zwei Damen zu, die erschrocken zur Seite springen. Dann ist es verschwunden. Jacob flucht und läuft los. Aber er kommt nicht weit. Ein Mann ist ihm schreiend nachgesetzt, hat ihn am Kragen erwischt und ihn dann wie ein Kaninchen im Genick gepackt. Der Mann zerrt ihn zurück zum Anfang der Brücke und ohne ihn loszulassen, verlangt er einen Kreuzer Brückenzoll von ihm. Jacob versucht sich aus dem Griff zu winden.

»Ich wollte nicht über die Brücke. Ich wollte nur mein Schwein zurückholen!«

»Hab kein Schwein gesehen«, zischt der Mann. »Du warst auf der Brücke. Nur das zählt. Und das kostet.« Er hält ihn immer noch fest.

»Ich war gar nicht bis drüben!«

»Macht keinen Unterschied, du Wurm.«

Vor der Brücke hat sich eine Schlange gebildet. Die Leute werden unruhig, sie wollen hinüber ans andere Ufer. Der Mann beschimpft Jacob, schüttelt ihn, schnauzt, er solle das Geld endlich rausrücken, sonst setze es was. Jacob hat aber kein Geld, er sieht zu Amie, die nur ihre Hände in die Rocktaschen stopft.

›Wieso kommt sie nicht her? Sie könnte mich auslösen, sie hat doch immer Münzen in den Taschen‹, denkt er noch, als zwei gut gekleidete Herren hervortreten, Männer von hohem Stand.

»Was ist hier los?«, fragt der ältere der beiden mit ruhiger Stimme. Er trägt die Haare fein frisiert und im Nacken von einer Spange zusammengehalten.

»Einen Kreuzer Brückenzoll ist der Gauner mir schuldig!«, behauptet der Mann.

»Ich wollte nur mein Schwein zurückholen«, ruft Jacob aufgebracht dazwischen. »Und bis drüben war ich auch nicht!«

»Lasst den Jungen los«, verlangt der Herr.

»Der Kerl lügt«, schnauzt der Mann. »Da ist kein Schwein. Und da war auch keins.«

»Aber da kommt eins!«, ruft der andere Herr von hinten und zeigt zur Brücke. Tatsächlich kommt da das Schwein. Es fegt heran, seine Pfoten trommeln über die Holzbohlen. Es schießt auf sie zu und dann zwischen dem Brückenwärter und Jacob hindurch. Der Mann muss Jacob loslassen, um nicht zu stürzen. Das Schwein grunzt und reibt seine Schnauze an Jacobs Beinen. Jacob hebt eine Hand. Sofort steht es still und fixiert die Finger, mit denen Jacob es nun dirigiert. Er lässt das Schwein sich im Kreis drehen, linksherum, rechtsherum, er bringt es dazu, sich hinzusetzen und wieder aufzustehen. Und als Jacob mit zwei Fingern schnipst, lässt es sich zur Seite fallen und stellt sich tot. Die Leute, die sich in einer Traube um Jacob und die Männer herum versammelt und das ganze Schauspiel verfolgt haben, applaudieren. »Gute Vorstellung!«, ruft jemand. Die beiden Herren lachen. Der Brückenwärter, rot vor Wut, wendet sich ab und wedelt die Leute in eine ordentliche Reihe zurück.

Der feine Herr hat ungewöhnlich schlechte Zähne für einen Mann von seinem Stand, fällt Jacob auf. Und sein Gesicht ist zwar fein geschnitten, aber mit hässlichen, grauen Pockennarben übersät. Dafür hat er freundliche Augen und er lächelt die ganze Zeit, während er höflich mit ihnen spricht. Er möchte wissen, wie sie heißen, woher sie kommen, er scheint wirklich interessiert. Jacob nennt den Namen seines Dorfes, worauf der Mann bedauernd den Kopf schüttelt und nach einer Stadt in der Nähe fragt. Woher soll Jacob das wissen? Er kennt nur sein Dorf, er ist nie woanders gewesen als dort. Er winkt Amie heran. Sie hat die Frage gehört.

»Ettenheim im Westen, Freiburg im Süden, Lahr im Norden«, leiert sie herunter.

Der Mann hebt überrascht die Augenbrauen. »Lahr im Schwarzwald?«

Sie nickt. Und nimmt Jacob am Arm, flüstert: »Lass uns gehen.«

»Südlich von Offenburg?«, fragt der Mann. Wieder nickt sie.

»Aber das ist doch weit!« Der Mann sieht Jacob fragend an.

»Ja, ist schon weit«, erwidert der.

Amie fasst seine Hand. Er zieht sie weg.

»Wie seid ihr so weit gekommen?«

»Mit meinem Fischerkahn.«

Der Mann lacht schallend. »Du machst mir Spaß!«

»Kein Spaß. Mit dem Kahn sind wir hergekommen.«

Der Mann verstummt. Jacob kann sehen, wie in seinem Gesicht Erstaunen und Interesse wachsen. »Du bist mutig, du gefällst mir!«, sagt er.

Sein Begleiter, der die ganze Zeit schon nervös auf und ab geht, tritt neben ihn. Er ist sehr jung, sicher nur wenige Jahre älter als Jacob. Sein hellbraunes Haar ist kurz geschnitten, nur vorne wächst es länger und hängt unordentlich in die Stirn. »Das Schiff, unser Gepäck …« Erschrocken springt er zur Seite, denn das Schwein hat sich ihm von hinten genähert und versucht nun energisch, die Schnauze in eine seiner sich weit ausbeulenden Rocktaschen zu stecken. Den anderen Herrn kümmert das nicht, er hat sich schon wieder Jacob zugewandt.

»Wollt ihr noch weiter?«, fragt er ihn.

»Ja, ans Meer erst mal.«

»Ist aber noch gar nicht ausgemacht!«, wirft Amie ein und sieht Jacob giftig an.

»Ans Meer?« Ungläubig blickt der Mann von einem zum anderen. »Da wollt ihr hin? Ans Meer? Von hier mit einem Kahn? Das geht nicht. Das überlebt ihr nicht! Niemals! Da sind Untiefen, Stromschnellen wie nirgendwo sonst.« Er räuspert sich und klopft mit der flachen Hand auf seine Brust, als müsse er darin etwas lösen. »Kommt mit uns. Es kostet euch nichts. Seid meine Gäste!« Er neigt sich zu seinem Begleiter, sagt halblaut: »Das können sie doch, uns begleiten? Wir haben denselben Weg. Wollen auch ans Meer.«

»Wie bitte?« Der Mann hebt verwirrt den Blick, lächelt verkrampft, er hat immer noch mit dem Schwein zu tun, das von seinen Taschen einfach nicht lassen will.

»Ich lade sie ein, diese zwei«, sagt der Mann noch einmal, zeigt auf Jacob, dann auf Amie, fängt an zu lachen, zeigt auf das Schwein. »Diese drei, meine ich. Das Schwein ist selbstverständlich auch eingeladen.«

Sie sind spät dran, als sie das Schiff erreichen, und die Letzten, die an Bord gehen. Es ist ein recht großes Personenschiff mit langem, spitzem Rumpf und zwei Segeln. Es verfüge über Kabinen unter Deck und verkehre regelmäßig zwischen Mainz und Köln, hat ihnen der ältere der beiden Herren auf dem Weg erklärt. Auch gebe es einen Gastraum und ein herrliches Sonnendeck mit Bänken. Der Schiffsjunge ruft ihnen zu, sie sollten sich sputen. Kurz bevor sie den kleinen Steg aufs Schiff betreten, dreht sich der Herr, der sie eingeladen hat, noch einmal zu ihnen um.

»Da fällt mir ein«, sagt er vergnügt. »Wir haben uns noch gar nicht vorgestellt. Mein Name ist Forster. Georg Forster. Und dieser junge Herr an meiner Seite, mein guter Freund, heißt Alexander von Humboldt. Er war auch noch nie am Meer.«

FLUSS

Bei Mainz mündet der Main in den Rhein. Aber der Rhein mag sich erst nicht mit ihm vereinen, er sträubt sich geradezu. Was soll er mit dem Fremden, was macht er in seinem Bett? Ein sehr langes Stück, mehrere Stunden, lässt er ihn wie eine dunkle, schmutzige Nymphe nebenherlaufen. Währenddessen ziehen die sanften Hügel des Rheingaus mit seinen baum- und weinrebenbewachsenen Terrassen langsam vorüber. Das Wasser ist hier weniger ein Strom, so breit, wie es sich ausdehnen kann. Eher gleicht es einem grünen See, in dem kleine und große Inseln liegen. Inselrhein. Sechs Stunden weiter flussabwärts aber verliert der Fluss seine ruhige, beschauliche Natur. Ein Felsenriff liegt im Wasser verborgen, die Fluten rauschen und schäumen darüber hinweg. Das Riff bringt das Wasser zum Brodeln, man könnte meinen, es kocht. Manche behaupten, dass sich ganz unten ein Schlund befindet, welcher das Wasser zum Teil verschlingt und erst bei Sankt Goar, mit allem, was es gepackt hat, wieder ausspeit. Binger Loch haben sie die Stelle genannt. Immer ist die Fahrt über die Stromschnellen eine Gefahr, nicht wenige Reisende machen zuvor ihr Testament. Bei Bingen beginnt eine andere Welt. Hier endet die sanfte Ebene und eine schaurig finstere Felsenschlucht mit Klippen und Riffen tut sich auf. Sie zwingt die Wassermassen in ein enges, gewundenes Bett. Die Waldberge am linken Ufer werfen ihre Schatten auf den Mäuseturm, der wie eine Geisterresidenz düster, einsam und von Wellen umbraust mitten im Wasser auf einer kleinen Insel steht.

JACOB

Es sei doch ein großes Glück, wie sie es getroffen haben, brüllt Jacob gegen den tosenden Fluss an. »Hier oben sind wir sicher!«, schreit er aus voller Kehle, obwohl Amie direkt neben ihm steht. Sie bleibt stumm, starrt aufs Wasser und klammert sich mit beiden Händen an die Reling, während sich das Schiff durch die Stromschnellen kämpft. Mehrere Männer gleichzeitig müssen das Steuerruder halten, die Gischt spritzt bis zu ihnen hoch. Jacob streicht sich die nassen, zerzausten Haare aus dem Gesicht. »Stell es dir vor: Wir jetzt im Kahn!«

Endlich sieht sie auf, sieht ihn aber nur ausdruckslos an und dann gleich wieder aufs Wasser. Seit sie an Bord gegangen sind, verhält sie sich seltsam, ungewohnt ernst und still, geradezu abweisend. Hat auch mit ihm kaum mehr ein Wort gewechselt, bleibt auf Abstand zu den beiden Herren. Und sind sie in ihrer Nähe, beobachtet sie die zwei wie ein Tier auf der Hut, bereit wegzulaufen, bereit zuzuschnappen, als gehe eine Gefahr von ihnen aus. Jacob versteht es nicht. Die beiden beachten sie doch kaum, sind meist mit sich und anderen Dingen beschäftigt. Ständig notieren sie etwas, lesen in Büchern und Heften, reden in langen Sätzen, auch in fremden Sprachen, ohne Atem, ohne Mühe. Und während sie reden, scherzen und lachen sie noch.

Als Jacob sich jetzt zur Seite dreht, ist der Platz neben ihm leer. Gerade noch sieht er Amie davoneilen. Mit kleinen, schnellen Schritten und ausgebreiteten Armen läuft sie über das schwankende Deck, zieht dann die Tür zum Gastraum auf und verschwindet darin. Was ist los mit ihr? Sie dürfen sorglos reisen, es fehlt ihnen an nichts. So etwas geschieht sonst nur in Märchen oder in Träumen. Jacob lässt seinen Blick über die anderen Passagiere streifen, die links und rechts von ihm ebenfalls das Spektakel am Riff beobachten. Es seien vor allem Kaufleute und englische Reisende, hat ihnen Forster zu Beginn der Reise erklärt. Überhaupt, wo ist Forster? Jacob beugt sich vor, kann am Bug aber nur Humboldt entdecken. Aber was um Himmels willen tut der Mann da? Brenzlig weit streckt er seinen Oberkörper übers Wasser, mitten hinein in den feuchten Nebel der Gischt, in den Händen irgendein Gerät. Dann schwingt Humboldt auch noch ein Bein über die Brüstung, stemmt seinen Fuß von außen gegen den Schiffsrumpf und schiebt sich noch weiter hinaus. Ein Mann springt von hinten auf ihn zu, brüllt etwas, reißt ihn zurück. Aber kaum ist er verschwunden, hat Humboldt gleich wieder den Fuß über der Brüstung und setzt seine lebensgefährliche Beschäftigung fort. Hat er denn gar keine Angst? Noch sind sie über die Stromschnellen nicht hinweg, das Schiff schaukelt weiterhin sehr.

Und dann ruckt es so heftig, als laufe es auf Grund. Ein paar Reisende schreien auf, ein Mann hinter Jacob verliert das Gleichgewicht und fällt hin. Jacob hilft ihm hoch, sieht dann sogleich wieder nach Humboldt. Und atmet auf. Der Mann steht an der Reling und winkt ihm zu. Mit Schwung gleitet das Schiff jetzt aus den schäumenden Fluten. Sie haben die Stromschnellen passiert. Die Passagiere applaudieren und rufen »Bravo!«, gleich darauf werden die Segel gehisst.

Wenn alle Anspannung fort ist, lässt sich wieder herrlich flanieren oder in der Sonne sitzen, ein Weinglas oder eine Zigarre in der Hand. Jacob geht übers Deck, er sucht Amie. Sein Blick bleibt am Hund einer Dame hängen, die auf einer Bank sitzt. Der Hund hat sich in ihrem Schoß aufgerichtet, er ist kaum größer als ein Eichhörnchen. Als Jacob mit dem Schwein näher kommt, beginnt er wie irr zu kläffen. Die Dame packt seine Schnauze und drückt sie zu. Das Tier wehrt sich, es sieht aus, als springe ein halber Hund auf ihrem Schoß herum, weil es nur das Hinterteil ist, das hin und her hüpft. Jacob lacht, woraufhin sich die Dame verärgert zur Seite dreht. Die lange Feder auf ihrem gelben Hut wippt energisch. Einige Schritte weiter findet er endlich Amie. Sie spricht mit dem Schiffer, der am Steuerrad steht.

»Wieso Hatto? So heißt kein Mensch«, hört Jacob sie sagen.

»Sei still, hör zu«, fährt der Mann sie an. »Also Hatto hieß er und war der Erzbischof von Mainz. Er war böse und geizig. Und als eine schwere Hungersnot übers Land zog, gab er nichts von seinen Vorräten an die armen Leute ab.« Der Mann spricht undeutlich und viel zu schnell, es ist nicht leicht, der Geschichte zu folgen. Soweit Jacob es versteht, lässt der Bischof die hungernden Leute in eine Scheune einsperren und diese in Brand stecken. Als die Schreie zum Schloss dringen, fragt er seine Gäste: »Hört ihr die Kornmäuslein pfeifen?« Endlich macht der Schiffer eine Pause, wischt sich den Speichel aus den Mundwinkeln.

»Ja, und?«, fragt Amie gelangweilt.

»Wart's halt ab.« Der Schiffer schnauft. »Da geschah es. Aus allen Winkeln. Aus allen Spalten und Ritzen, zu den Fenstern herein und von der Decke herab, von überallher liefen Scharen von Mäusen, vermehrten sich unter Tritten und Steinwürfen und überschwemmten den Palast. Entsetzt verließ Hatto Mainz und flüchtete sich mit dem Schiff nach Bingen, wo er sich hinter den hohen Mauern einschloss. Aber wie eine graue Schleppe verfolgten die Mäuse ihn, erklommen die Mauern und drangen in Bingen ein. Daraufhin ließ Hatto einen Turm mitten im Rhein bauen und floh mit seinem ...«

»Diesen Turm da?«, unterbricht ihn Amie und zeigt auf das dunkle Gemäuer, an dem sie gerade vorbeigefahren sind. Der Turm ist verfallen, eine Ruine.

»Ja, diesen Turm.«

»Das geht nicht.«

»Was?«

»So schnell ist ein Turm nicht gebaut. Das dauert.«

»Ja, und?«

»Die Mäuse hätten ihn doch längst erwischt.«

Im Kopf des Mannes arbeitet es. Was das Mädchen da sagt, ist ihm wohl selbst noch nie in den Sinn gekommen. Der Mann bemerkt Jacobs Grinsen. »Es ist eine Sage!«, entgegnet er ärgerlich.

»Er hätte den Turm zaubern lassen können«, meint Amie. »Aber bauen, nein, das geht nicht so schnell.«

Der Mann stöhnt auf.

»Erzähl weiter«, bittet sie.

Der Mann muss überlegen, er hat den Faden verloren. Dann sagt er: »Jedenfalls floh Hatto zum Turm, als dieser fertig war. Aber die Mäuse ließen sich nicht abschütteln. Sie schwammen durch den Fluss und fielen über den Turm her, zernagten alles. Türen, Fenster, Fußböden, Decken, auch das Dach. Sie fanden Hatto und fraßen ihn auf.« Der Mann hat noch hastiger gesprochen, er will die Sache endlich zu Ende bringen.

»Sie fraßen ihn ganz auf?«, fragt Amie.

»Ratzeputz.«

»Wirklich alles von ihm?«

Der Mann nickt schnell.

»Aber nicht seine Knochen, die nicht«, sagt Amie.

»Doch, die auch.«

»Mäuse fressen keine Knochen. Sie nagen sie nur ab.«

Der Mann starrt sie an.

Amie sieht zu Jacob. »Oder?«

»Sie hat recht«, sagt Jacob. Er hat Mühe nicht loszuprusten. Amie verzieht keine Miene. Der Mann blickt mit verkniffenem Gesicht zum Turm, der nun schon ein ganzes Stück hinter ihnen liegt. Er hat keine Lust mehr – Schluss, aus – also schweigen sie eine Zeit lang.

Aber dann fängt Amie wieder an. »Mit oder ohne Knochen. Es ist eine grausige Geschichte.«

»Was glaubst du denn«, knurrt der Mann.

»Und warum erzählst du so was?«

»Weil ich diese Geschichte immer an dieser Stelle irgendjemandem erzähle!« Die Stimme des Mannes überschlägt sich fast. »Weil es dazugehört. Herrgott! Mäuseturm. Burg Reichenstein, Sooneck, Stahleck, Burg Katz, Burg Maus. Eine Burg nach der anderen, eine Geschichte nach der anderen. Die Leute wollen sie hören. Die sind verrückt danach! Von weit her kommen sie deswegen.« Er macht eine Pause. »Und manchmal applaudieren sie sogar.«

»Mir gefällt die Geschichte ganz und gar nicht«, erwidert Amie und nimmt Jacob am Arm.

›Wenigstens spricht sie wieder‹, denkt er, während sie ihn lachend fortzieht. Als aber Forster und Humboldt ihnen entgegenkommen, lässt sie ihn sofort los, macht ohne ein Wort kehrt und ist schon verschwunden.

Ein großes Schiff fährt an ihnen vorbei und zieht alle Aufmerksamkeit auf sich. Es ist deutlich größer als ihres, die Masten sind höher, die Segel breiter. Vor allem befinden sich viel mehr Passagiere an Bord. Sie stehen in dichten Trauben. Männer, Frauen, Kinder. Manche winken zu ihnen herüber. Jacob und andere winken fröhlich zurück. Drüben fangen einige an zu singen und immer mehr stimmen ein. Jacob kennt das Lied nicht, er versteht auch nicht die Worte.

»Wo wollen die bloß alle hin?«, fragt Humboldt, greift in seine Tasche und wirft dem Schwein ganz nebenbei etwas ins Maul. Es ist offensichtlich: Die beiden haben sich angefreundet.

»Amerika«, antwortet Forster nur und sofort ergreift Humboldt wieder das Wort: »Oh, Amerika muss ja beeindruckend sein! Unendliche, unerforschte Weiten. Was gäbe es da nicht

alles zu entdecken? Allein die immense Vielfalt der Vögel!«
Er sieht verzückt drein. »Da gibt es wohl gelbe mit schwarzen Fittichen, blaue mit roten Fittichen, aber auch rote mit
schwarzen Fittichen, und dann ganz blaue und welche, die
allerhand Farben haben. Und von tiefroten mit Büscheln
auf den Köpfen habe ich auch gehört. Und dann gibt es eine
Gattung, die ist schwarz-weiß gescheckt und singt und pfeift
allen anderen Arten nach. In weniger als nur einer halben
Stunde vermag ein solcher Vogel mehr als dreißig andere
Arten nachzupfeifen! Dreißig Arten!« Humboldt hat rasend
schnell gesprochen, ist vor Begeisterung ganz außer Atem.
Aber Forster hat ihm gar nicht zugehört. Er blickt immer
noch dem Schiff hinterher.

»Arme Seelen, diese Auswanderer«, sagt er dann. »Und der
Fluss ist erst der Anfang! Danach die Überfahrt übers Meer,
die dauert Wochen. Die Zustände auf den Schiffen sollen er-
bärmlich sein. Viele überleben es nicht.« Er sieht von Jacob zu
Humboldt. »Sagt, wie verzweifelt muss man sein?«

Jacob schiebt seine Hand in die Hosentasche, tastet nach
der kleinen Papierkugel und umschließt sie fest. ›Der Georg
hat's überlebt‹, sagt er sich. ›Der hat's bis Amerika geschafft.
Ja, man kann es schaffen.‹ Auf Forsters Frage antwortet Jacob
nicht und auch Humboldt bleibt stumm. Mit ernstem Blick
tritt Forster bis vor an die Reling, der Fahrtwind verwirbelt
seine Nackenlocken.

Humboldt folgt ihm und wiederholt mit gerunzelter Stirn:
»Ja, das muss man wohl fragen. Wie verzweifelt muss man sein?«

Mit einem Ruck wendet Forster sich ihm zu, er wirkt betroffen und ist erregt. »Sagen wir es so: Wie verzweifelt muss man sein, dass man sämtliche Unmöglichkeiten glaubt, die einem zwielichtige Fremde versprechen? Dass zum Beispiel jenseits der atlantischen See die Berge von reinstem Gold und Silber wären. Diejenigen, die so etwas behaupten, werden sogar bezahlt für ihre Lügen! Bekommen von den Schiffseignern Geld für jeden, der so ein Schiff betritt. Nur die Wenigsten haben Geld für die Überfahrt. Die meisten sind arm, können sie selbst nicht bezahlen. Und wenn sie dann endlich in Amerika angekommen sind, kaufen neue Herren sie von den Schiffen herunter. Jahrelang müssen sie danach schuften, müssen im Dreck wühlen ohne Lohn. Es ist ein hoher Preis für die Freiheit. Und sie haben wirklich geglaubt, es würde ihnen alles geschenkt. Es sind doch üble Seelenverkäufer, die so etwas versprechen.«

FLUSS

Sie singen im Chor: »*Wir ziehen nach Amerika, Adieu! Mit Weib und Kindern ziehen wir. Adieu, Adieu, Adieu!*« Sie winken den Fischern am Ufer zu, manche mit weißen Zetteln. *Wer mitgehet als Knecht, der wird ein Herr,* steht darauf. *Wer mitgehet als Magd, der wird eine gnädige Frau. Der Bauer wird ein Edelmann. Bürger und Handwerksmann werden Baron. Ein jeder kann, wenn er nur will, ruhig, vergnügt und glückselig leben.* Der Fluss hat es schon oft gehört. Er trägt das Schiff durch die starke Strömung, windet sich im tiefen Schatten der steilen Felsenufer vorbei an Klöstern, Kirchen, Kapellen, vorbei an grauen Burgruinen. Düstere, verfallene Städtchen stehen mit den Rücken an den senkrechten Felswänden und haben die Fußspitzen schon fast im Wasser. Ernst und Schwermut liegen in der Landschaft, es ist eine schauerlich ergreifende Kulisse.

Da hört der Fluss, wie ein Mann zu einem anderen sagt: »Ich hatte sechs Viertel Weinberg. Hab alles verkauft. Die Abgaben zu Hause sind gar zu groß. In einem Jahr hätte ich nichts mehr.« Für ein kurzes Stück werden die Berge sanfter, die Ufer flacher, dann aber rücken die Felsen wieder näher heran. Viele Klippen ragen daraus hervor.

»Dem König möchten wir dienen«, sagt eine Frau und nimmt ihr Kind von der Brust, »aber es rupft noch ein Fürst an uns. Seine Wildsäue haben unsere Äcker kaputtgemacht, wir haben nichts mehr zu essen. Noch nicht einmal das Laub dürfen wir aus seinem Wald holen, aus dem die Säue gekommen sind.« Der Fluss ist aufgewühlt. Unter der Glut des Abends schlägt die Brandung laut an die Felsen. Früher heulten zu dieser Tageszeit auch noch die Wölfe von den Hängen, aber Wölfe gibt es hier nicht mehr. Und so klingt es an diesem Tag aus vollen Kehlen vom Schiff: »*Wir fürchten nicht den Wasserschwall und denken: Gott ist überall! Adieu.*«

Der hohe Fels wirft das Echo fünffach zurück. Der Schiffer betätigt die Schiffsglocke. Alle schweigen. Manche beten. Der Schiffer hat zum Gebet geraten, denn nicht wenige haben hier am Loreleyfelsen ihr Leben verloren.

JACOB

Es ist ein winziges Pflänzchen, das in einer Ritze zwischen Mauersteinen wächst. Vorsichtig zieht Humboldt es mit zwei Fingern heraus. Ein flaches, rundes Zauberglas, das er darüber hält, lässt den haardünnen Stängel, die an den Rändern gezackten Blättchen, die feinen Wurzeln und die zartgelbe Blüte viel größer erscheinen, als sie eigentlich sind. »Fantastisch«, flüstert er und scheint sehr bewegt. Nachdem auch Forster und Jacob das Pflänzchen begutachtet haben, legt er es zum Schutz zwischen die Seiten eines Büchleins, in dem er schon andere Pflanzen verwahrt. Und ist dann gleich wieder zwanzig Schritte voraus, obwohl der Weg durch den Weinberg sehr steil bergan führt.

Jacob und Forster folgen ihm langsam, das Schwein streift neben ihnen her. Amie ist im Tal geblieben, wo sie die Nacht verbringen werden. Sie wollten eigentlich im besten Wirtshaus unterkommen, aber alle Zimmer waren belegt. Im nächsten waren die Fenster eingeworfen, und das dritte war so unreinlich, dass man dort ebenfalls nicht bleiben konnte. Also zogen sie im vierten ein. Es ist ein schlichtes Haus mit gemeinschaftlichen Lagern. Jacob hat vergessen, wie die Ortschaft heißt. Jetzt zeigt er lachend zu Humboldt, der sich gerade schon wieder bückt. Dauernd hebt er Dinge auf – Steine, Pflanzen, kleine, tote Tiere – und stopft sich damit die Taschen voll. So geht es jeden Tag. Und wenn sie am frühen Abend am Ufer sitzen, trocknet er manche seiner Schätze über dem Feuer.

»Er sammelt die ganze Zeit. Wozu?«, fragt Jacob.

Forster muss eben stehen bleiben, um zu verschnaufen, er ist ganz außer Atem. »Er sammelt, um zu wissen«, sagt er dann. »Er sammelt, um die Welt zu begreifen.«

»Aber man sammelt, um zu essen oder um Feuer zu machen«, entgegnet Jacob, woraufhin Forster nachsichtig lächelt.

»Jaja. Aber wer wie Humboldt sammelt, entdeckt die Welt. Mit den eigenen Augen musst du die Dinge begreifen. Ansehen. Anfassen. Erforschen!« Forsters ausgestreckte Zeigefinger schießen auf Jacobs Augen zu, als wollte er sie ihm ausstechen. Erschrocken weicht Jacob zurück, aber Forster spricht einfach weiter: »Denn am Ende hat man nicht mehr, als was einem durch diese zwei kleinen Öffnungen fällt und das Gehirn erregt. Und ich sage dir: Alles ist wichtig! Das kleinste Insekt, die unscheinbarste Pflanze. An jedem Stück gibt es etwas zu lernen. So vieles wissen wir nicht! Dabei ist die Kenntnis der Natur für die Bildung von Geist und Herz erforderlich.« Er hat sich in Rage geredet, spricht mit lauter Stimme und seine Gedanken tragen ihn schnell noch weiter fort. Jacob kann ihnen nicht folgen. »Ist es doch der Geist, der uns vom Tier unterscheidet. Und wo Geist ist, da ist Freiheit! Freiheit steht allen Menschen zu. Freiheit und Gleichheit sind daher nicht zu trennen. Freiheit gehört zur Natur aller Menschen. Und wenn sie jetzt in Frankreich revoltieren, ist auch das natürlich. Die Revolution ist ein Orkan, wer kann ihn hemmen?« Die Frage hängt in der Luft, Forsters Augen rollen aufgebracht hin und her, aber Jacob bleibt stumm. Er wagt nicht, etwas zu sagen, ihm schwirrt der Kopf. Freundschaftlich legt Forster ihm die Hand auf die Schulter. »Viele glauben, dass es Freiheit nur in Amerika gibt. Aber, mein Junge, sie irren. Nicht nur auf der anderen Seite des Atlantiks, auch hierzulande wird die Welt bald schon eine freiere sein. Daran glaube ich fest. Dazu will ich beitragen. Dafür kämpfen! Freiheit ist nie leicht zu haben.«

Forsters Hand gleitet von Jacobs Schulter, mit zusammengekniffenen Augen sieht er zu Humboldt hinauf, der vor dem kleinen Wald auf sie wartet. Mit beiden Armen winkt er ihnen zu und ruft etwas. Humboldt ist immer in Bewegung, ist von Unruhe getrieben. Nur eines, hat Jacob festgestellt, lässt ihn zur Ruhe kommen: wenn Forster erzählt. Wenn er von den Weiten der Ozeane, der flirrenden Schönheit tropischer Inseln, von fremden Volksstämmen, exotischen Tieren und davon erzählt, wie er die Welt umsegelt und ein Land ganz aus Eis gesehen hat. Es wäre aber auch absolut unmöglich, Forster nicht zuzuhören, denn er trägt seine Berichte so anschaulich und selbstverständlich vor, dass man meinen könnte, er hätte sich nichts davon ausgedacht, sondern das Eis wirklich angefasst und auf sämtlichen Inseln gelebt. Wenn Forster erzählt, lauscht Humboldt gebannt, dann hängt er an seinen Lippen und sieht ihn auf eine stille und konzentrierte Weise an, wie er sonst nur seine Fundstücke betrachtet.

»Dieser sehr junge Mann dort oben ist nicht einfach nur klug und begabt«, sagt Forster und nickt zu Humboldt, der schon wieder etwas ruft. »Er ist scharfsinnig. Unglaublich scharfsinnig. Genial. Er wird der Welt noch viel zu sagen haben.

Ich bin mir sicher.« Forster öffnet den obersten Knopf an seinem Hemd, richtet sich auf und atmet tief durch. »Also weiter. Gehen wir zu ihm.«

Sie durchqueren den kleinen Wald, ausnahmsweise bleibt Humboldt an ihrer Seite, aber kaum sind sie aus dem Wald heraus, läuft er wieder los. Mit flatternden Rockschößen rennt er über das Feld zu den Klippen und das Schwein setzt ihm nach.

Hier oben ist der Wind stark, er bläst einem ins Gesicht und treibt Tränen aus den Augen. Aber es ist nicht der Wind, der Jacob wenig später an der Kante der steilen Felswände den Atem raubt. Es ist die Aussicht. Weit unter ihnen strömt der Rhein durchs enge Tal. Ein breites, gewundenes und blaugrün schillerndes Band im dunklen, zerklüfteten Gestein. Nichts meint Jacob besser zu kennen als diesen Fluss. Er schwimmt im Fluss, er wäscht sich im Fluss, er angelt und fischt darin, er trinkt sein Wasser. Er kann mit geschlossenen Augen sagen, ob es über Kiesel strömt oder über Sand. Er weiß, dass es wieder anders klingt, wenn Wind dazukommt oder Regen. Er weiß den Fluss zu lesen, weiß ihn zu nehmen, er hat ihn überlebt. Er ist mit ihm verbunden und der Fluss mit ihm. Bei seinem Dorf aber gibt es keinen Berg, noch nicht mal einen Hügel, auf den er je hätte steigen können, um ihn von oben zu betrachten. So wie hier hat er ihn noch nie gesehen. Nicht aus dieser Entfernung. Noch nie so schön. Ihm ist ganz feierlich zumute.

»Manchmal packt die Natur unser Innerstes, nicht wahr?«
Jacob zuckt zusammen, als er Forsters Stimme hinter sich hört.
Gerade stand er noch mit Humboldt zusammen, er hat ihn
nicht kommen hören. Kann der Mann Gedanken lesen? Jacob
dreht sich zu ihm. Er möchte etwas sagen, etwas, das ihn schon
die ganze Zeit bewegt. Aber es ist nicht leicht, vor einem gebil-
deten Mann wie Forster die richtigen Worte zu finden.

»Das Meer ... der Ozean«, beginnt er zögerlich.

Forster tritt noch einen Schritt auf ihn zu. »Ja?«

»Wie ist es, auf dem Meer zu sein?«

Forster antwortet nicht gleich. Als er dann anfängt zu sprechen, geht sein Blick an Jacob vorbei. »Nirgends ist die Natur
furchtbarer als auf hoher See. Stürme, Nebel, berghohe Wellen.
Einmal schlug eine Welle übers Schiff, eine Sintflut von Wasser. Es ging durch alle Öffnungen über uns herein, dass wir
meinten, wir gingen zugrunde.« Er macht eine lange Pause,
knetet seine Finger. »Und das Essen auf dem Schiff ist auch
fürchterlich. Oft hatten wir nur noch verwestes Pökelfleisch
und verschimmelten Zwieback. Ich war krank, hatte Schmerzen, blaue Flecke, faules Zahnfleisch und geschwollene Beine.«
Forster ist aufgewühlt, seine Stimme bebt. »Und dann ist es
eng auf so einem Schiff, schrecklich eng! Gleichzeitig droht
man verloren zu gehen in der Weite des Ozeans. Die ist ja
endlos.« Jetzt erst blickt er Jacob an. Angst flackert in seinen
geweiteten Augen. Das verwirrt Jacob. Forster kam ihm die
ganze Zeit grenzenlos mutig vor.

»Und die Fahrt nach Amerika?«

Jacobs Frage scheint Forster zu überraschen. »Amerika? Wieso Amerika? Da war ich nie.« Er zeigt zu Humboldt, der gerade mit dem Schwein spricht. »Der da träumt von Amerika!«

›So wie ich‹, denkt Jacob. Er will noch etwas sagen, aber Forster kommt ihm zuvor.

»Und nie wieder«, ruft er ungehalten. »Nie wieder werde ich auf ein Schiff gehen! In meinem ganzen Leben nicht.« Er legt eine Hand in den Nacken und verzieht sein Gesicht, als habe er Schmerzen. Dann wischt er sich noch ein paar Mal über die Augen und sieht mit entrücktem Blick wieder hinunter zum Fluss.

In dieser Nacht rollt ein Gewitter durchs Tal, wie Jacob noch keines erlebt hat. Zwischen den hohen Felswänden kracht und hallt der Donner entsetzlich, der Sturm heult unter den Dachziegeln und um die Häuser herum, der Regen klatscht gegen die Fenster, in der Nachbarschaft schlägt der Blitz ein. Sie flüchten aus den Schlafstuben, deren Wände beben, und versammeln sich mit den anderen Gästen in der Wirtsstube. Aber Humboldt rennt nach draußen, stürmt hinaus in den prasselnden Regen und streckt irgendwelche Messinstrumente zum Himmel, an dem die Blitze immer noch zucken. Später sitzt er glückselig lächelnd allein an einem Tisch und schreibt eifrig in ein Heft, während ein paar Gassen weiter die Flammen lichterloh aus einem Dachstuhl schlagen. Die nasse Kleidung klebt an ihm, das Wasser tropft aus seinen Haaren. Es stört ihn nicht im Geringsten. ›Vielleicht ist er ja wahnsinnig geworden‹, denkt Jacob. ›Und deshalb bemerkt er es nicht.‹

FLUSS

Es war einmal ein schlimmer Winter, die Eisschicht auf dem Wasser war so dick, dass der Fluss von der Katastrophe an seinen Ufern kaum etwas mitbekam. Durch das Eis hindurch nahm er alles nur noch gedämpft und schemenhaft wahr, wie aus weiter, nebliger Ferne. *Großer Winter. Großer Frost. Grausame Kälte. Jahrtausendwinter.* So nannten sie später den Winter 1708/1709. Er dauerte viele Monate und hatte ganz Europa im Griff. Erst als das Eis getaut, der Schnee geschmolzen war, sah der Fluss, was geschehen war, hörte die grausamen Geschichten. Wintersaat, Reben und Obstbäume waren in der sibirischen Kälte zugrunde gegangen. Der Wein war in den Fässern gefroren, die Vögel waren im Flug erstarrt und wie Steine vom Himmel gefallen. Das Vieh lag tot in den Ställen. Viele Menschen waren gestorben. Und die, die überlebt hatten, hungerten im folgenden Frühjahr und auch Sommer weiter. Das weiß der Fluss noch genau. Und wie plötzlich die Nachricht die Runde machte, in der »Engelländischen Kolonie America« warte das große Glück. Die Königin von England werde jedem Auswanderer, ja, wirklich jedem, die Überfahrt bezahlen und jeden mit Land beschenken.

War es wahr, war es ein Gerücht?

Abertausende verließen die Heimat. Kamen vom Oberrhein, aus der Pfalz, aus Rheinhessen, aus dem Hunsrück und dem Westerwald. Der Fluss trug sie bis Rotterdam. Sie kampierten auf den matschigen Feldern, den durchweichten Deichen, kauerten krank und zerlumpt auf ihren gepackten

Hoffnungen, verschnürten Träumen. Die meisten von ihnen erreichten Amerika nicht. Viele wurden nach Irland geschickt, noch mehr siedelten sich in kargen Gegenden Englands an. Nur die wenigsten gelangten auf die Schiffe, die im darauffolgenden Jahr von London nach New York ablegten. Viele, so hörte man später, hatten die Überfahrt nicht überlebt.

JACOB

An diesem Morgen steht die feuchte Kälte lange überm Wasser, Wind zieht durch den Nebel, der nur langsam zum grau bewölkten Himmel aufsteigt. Jacob versteht nicht, weshalb Forster sie ausgerechnet bei diesem Wetter aus dem geschützten Gastraum des Schiffes treibt. Sie sind die Einzigen hier draußen. Sie frieren.

Forster selbst hat den Kragen hochgeschlagen, den Kopf eingezogen, kann aber nicht verbergen, dass auch ihm kalt ist. Trotzdem ist er von der Natur begeistert. »Seht nur die Berge, die Waldungen, den Reichtum der Natur! In diesem Grau. Wie wunderbar melancholisch!«

Verstohlen sieht Jacob zu Amie. Aber ihr Gesicht verrät nicht, was sie denkt. Und auch Humboldt bleibt ausnahmsweise stumm. Vielleicht ist er aber einfach nur müde, er schläft oft nicht genug. Jetzt hat er die Hände in den Taschen vergraben, seine Nase ist von der Kälte gerötet. Wenig später verlassen sie das Schiff.

Forster und Humboldt wollen hoch zur alten Festung, die auf einem Berg über dem Wasser thront. Von dort oben, verspricht Forster, habe man einen fantastischen Blick auf die Stelle, wo ein anderer Fluss, die Mosel nämlich, in den Rhein mündet. Und auch die Festung selbst sei ja sehenswert. Sie sollten aufhören solche Gesichter zu machen, vom Gehen werde ihnen gleich schon wieder warm. Jacob ist überrascht, dass Amie sie heute begleiten will. Der Weg windet sich steil bergauf, Jacob ist froh, in die Höhe zu kommen, er mag das Tal nicht. Es ist ihm zu düster, viel zu eng. Schweigend geht Amie neben ihm her, weit vor ihnen spazieren Forster und Humboldt, ins Gespräch vertieft wie meist, das Schwein geht dicht hinter Humboldt. Jacob bückt sich nach einem leeren Schneckenhaus, pustet und reibt es sauber, hält es Amie hin.

»Fängst du jetzt auch damit an?«, sagt sie gereizt und dreht den Kopf weg.

Mit einem lauten Seufzen steckt Jacob das Schneckenhaus ein. Was ist los mit ihr? Seit sie mit Forster und Humboldt unterwegs sind, geht das so. Als er sie einmal zur Rede stellte, hat sie ihn einfach stehen lassen. ›Wäre sie heute mal bloß im Tal geblieben‹, denkt Jacob verärgert.

Hinter der nächsten Wegbiegung bleibt er verblüfft stehen, denn der Weg vor ihnen ist leer, Forster und Humboldt sind nirgends zu sehen. Dass auch das Schwein nicht mehr da ist, überrascht ihn nicht, bleibt es doch zu gerne in der Nähe von Humboldts Wundertaschen. Jacob beschleunigt seinen Schritt, aber Amie bleibt zurück, trottet absichtlich langsam hinterher.

»Beeil dich mal!«, ruft er ihr über die Schulter zu.

»Wozu? Ich lauf denen nicht nach. Mach ich nicht!«

Er bleibt stehen. Wartet. »Was ist los?«, fährt er sie an, als sie bei ihm ist.

»Du bist ein Trottel! Ein Idiot!«, braust sie auf. »Ein Depp! Kapierst nichts!« Sie macht eine Kopfbewegung den Hügel hinauf. »Die da, Höhergestellte sind das.«

»Ja, und?«

»Leute wie die entscheiden über Leute wie uns. Leute wie die machen einmal so.« Sie schnipst mit den Fingern vor Jacobs Augen. »Nur einmal. So schnell kannst du gar nicht gucken. Einmal schnipsen die und schon hockst du im Zuchthaus. Und du weißt noch nicht mal, weshalb.«

Jacob lacht. »Was redest du? Forster hat uns eingeladen!«

»Warum hat er das wohl?«, fragt sie scharf.

Jacob muss überlegen, die Frage ist ihm bisher noch nicht in den Sinn gekommen. »Einfach so«, sagt er dann.

»Einfach so«, wiederholt sie leise. »Das glaubst du im Ernst? Nichts ist umsonst bei solchen Leuten. Gar nichts. Von denen bekommst du nur was, wenn du ihnen auch was gibst.«

»Und was, meinst du, wollen die von uns?«

»Werden wir sehen. Umsonst ist jedenfalls nichts.«

»Du täuschst dich!«

»Ich hoffe, dass du schnell genug rennen kannst.«

Kurz bevor sie die Festung erreichen, reißt der Himmel auf und gleich ist es wärmer. Als sie oben ankommen, warten da

Forster und Humboldt auf sie. Die beiden lehnen an einer Mauer, Forster hat sein Gesicht in die Sonne gedreht, vor Humboldt sitzt das Schwein. »Passt mal jetzt gut auf!«, ruft Humboldt ihnen zu, kniet sich vor das Tier, das jede seiner Bewegungen aufmerksam verfolgt. Humboldt schiebt nun die linke Hand in die Rocktasche, die rechte streckt er dem Schwein hin. Da hebt es eine Pfote und legt sie in Humboldts Hand. »Guten Tag, Schwein«, sagt er und wirft etwas in die Luft, was es geschickt auffängt und verschlingt. Forster applaudiert, Amie muss lachen. Jacob lacht nicht. Ihm gefällt nicht, was er sieht. Es ist sein Schwein. Nur er darf es dressieren. Er pfeift es zu sich.

Die Festung ist eine Wehranlage auf einem weitläufigen Gelände und war früher eine herrschaftliche Burg. Hier oben bekommen sie unglaubliche Dinge zu sehen. Im Zeughaus und auf den Wällen sind Waffen und Kriegsgerät ausgestellt, auch eine ungeheure Kanone, mit der man Schwarzpulver oder eine Kugel von 160 Pfund sehr weit schießen kann. Krieg hat Jacob noch keinen erlebt, im Dorf haben sie nur immer wieder davon erzählt. Als Forster berichtet, dass dieses Riesending von Kanone zwar berühmt, aber noch nie benutzt worden sei, hört Jacob aber gar nicht richtig hin, er ist überhaupt nicht bei der Sache. Was Amie eben gesagt hat, geht ihm nicht aus dem Kopf. Warum hat Forster sie eingeladen? Er grübelt, aber ihm fällt keine Erklärung ein.

Sie gehen an einer fensterlosen Wand entlang, Forster und Humboldt vorneweg. *Höhergestellte.* Beim Essen ab und zu den

Mund mit einem Tuch abtupfen, den Mund keinesfalls mit Hand oder Ärmel abwischen. Den Teller nicht mit der Zunge blank schlecken, auch nicht mit den Fingern ausstreichen. Nicht schmatzen, nicht schlürfen. Und wenn doch mal schlürfen, dann nur Suppe. Und leise. Bitte. Danke. Nicht rülpsen. Aufrecht sitzen. Beim Aufstehen vom Tisch den Stuhl etwas anheben. In Anwesenheit anderer nicht in die Hand rotzen. Verdeckt in ein Taschentuch schnäuzen. Bitte. Danke. »Bilde dir bloß nichts ein!«, hat Amie ihn angefahren, als er versuchte, es ihnen gleichzutun.

Sie sind am Ende des lang gestreckten Gebäudes angelangt, treten aus seinem Schatten und biegen nach rechts ab. Jacob ist noch so sehr in Gedanken, dass er das dunkle Grollen, das von vorn zu ihnen dringt, erst gar nicht wahrnimmt. Aber dann hört er es und hält es für Tiergeräusche. Als sie weitergehen, bemerkt er, dass es ein Durcheinander von menschlichen Stimmen ist. Ein Rufen und Raunen, Heulen und Wimmern, das von metallenem Scheppern und Klappern begleitet wird. Es scheint aus den vergitterten Fenstern knapp über dem Boden zu kommen. Es klingt schauerlich. Nach wenigen weiteren Schritten recken sich ihnen zig Löffel in schmutzigen Händen entgegen.

Entsetzt weicht Humboldt zurück.

»Himmel, Allmächtiger!«, ruft Forster.

Jacob braucht einen Moment, bis er begreift. Es sind Gefangene, die da halb unter der Erde aus ihren dunklen Verliesen um ein Almosen betteln. Als sie bemerken, dass jemand vor ihren Fenstern stehen geblieben ist, wird das Rasseln ihrer Ketten noch lauter, es hebt an zu einem schrecklichen, ohrenbetäubenden Brausen. Aus dem Dunkel tauchen kahle Köpfe auf, ausgezehrte Gesichter, sie verschwinden wieder und andere erscheinen. Zwei trübe Augen über hohlen Wangen packen Jacobs Blick. Es graust ihn, er muss sich abwenden. Hinter ihm steht Amie wie erstarrt. Er streckt die Hand nach ihr aus, aber sie sieht nur auf die tanzenden, im Sonnenlicht blitzenden Löffel. Eine Sekunde später schießt sie davon.

Amie flieht wie ein Tier, blitzschnell. Es ist aussichtslos, sie einholen zu wollen, trotzdem läuft Jacob ihr mit dem Schwein nach. Sie rennt über das riesige Gelände, rennt um Hecken und Gebäude, springt Stufen hinab und hinauf, fliegt über Zäune, Mauern, über alle Hindernisse hinweg. Als er sie aus dem Blick verliert, gibt Jacob nicht auf. Er läuft durch das hohe Tor der Festungsanlage, den Berg hinunter in Richtung Tal. Noch lange glaubt er das Klirren der Löffel an den Gitterstäben zu hören.

Am Rand der kleinen Ortschaft im Tal spürt das Schwein sie später auf. Amie kauert unter einem hohen Busch, die Beine vor der Brust, das Kinn auf den Knien. Sie hat eine große Schürfwunde am linken Bein. Ein paar Armlängen vor ihr ist Jacob stehen geblieben, er geht in die Hocke, flüstert ihren Namen. Sie sieht nur kurz auf, sieht ihn an mit wundem Blick und starrt dann mit versteinerter Miene wieder vor sich hin. Jacob wagt sich nicht näher heran, auch das Schwein hält Abstand.

Nach einer Weile landen ein paar Spatzen vor ihnen, geraten in Streit und verschwinden dann wieder. Später schleicht eine alte, struppige Katze vorüber und in der Ferne bellt ein Hund. Die Sonne wandert, bald scheint sie nur noch oben auf den Felsen. Im engen Tal ist es schattig und kühl geworden. Das Schwein schläft. Große, weiße Wolken ziehen auf. Über dem verfallenen Burgturm am gegenüberliegenden Hang kreisen schwarze Rabenvögel. Sonst geschieht nichts. Jacob lässt Amie nicht aus den Augen. Irgendwann dreht sie sich zu ihm. Ihr Blick ist leer, als sie flüstert: »Hast du gewusst, dass sie es da drin so schlimm haben? So schlimm. Ich hab's nicht gewusst.«

»Ich weiß nicht«, meint Jacob. »Ich hab nie drüber nachgedacht.«

»Ich schon«, sagt Amie.

An diesem Tag weicht sie nicht mehr von Jacobs Seite und besteht darauf, dass sie die Nacht draußen verbringen. Als es dunkel wird, sitzen sie am Feuer, nur Jacob und sie, windgeschützt hinter einer niedrigen Mauer nahe am Fluss. Das Schwein spaziert am Wasser entlang, dann und wann hören sie sein Schnaufen. Amie spricht zwar nicht viel mehr als an den vorigen Tagen, aber es ist eine andere Stille, mehr eine Ruhe, die sie beide umgibt, und Jacob spürt wieder die gewohnte Vertrautheit zwischen ihnen. Unvermittelt fängt sie von Rosina an.

»Einen dummen Fehler hat sie gemacht, weißt du. Und weg war sie. Sie hatte getrunken und ist raus. Darf man nicht machen, rausgehen, wenn man betrunken ist. Oder? Darf man doch nicht?«

»Besser nicht«, antwortet Jacob.

»Die anderen haben auch gesagt: ›Bist du verrückt, so gehst du nicht raus.‹ Und ich hab zu ihr gesagt: ›Geh schlafen, schlaf deinen Rausch aus, Rosina.‹ Wir hätten sie einsperren sollen, festhalten, aber mach das mal mit einer wie der. Jedenfalls hat sie drauf gepfiffen, ist lachend raus auf den vollen Markt. Ihr Mann, der Fritz, ist ihr noch nach, aber umsonst. Die Silberkette, die sie gerade aus einem Beutel gefischt hatte, die hatte sie noch in der Hand, da haben sie die beiden geschnappt. Und sofort eingesperrt.« Amies Mund zuckt, aber sie fängt sich wieder. »Und von dort hat sie auch die verstümmelte Nase. Hast sie gesehen?«

»Ja, hab ich.«

»Da fehlt ein Stück.« Sie zuckt mit den Schultern. »Nun ja. Wächst nicht mehr nach, kann man nichts machen. Wenigstens ist sie am Leben geblieben. Konnte fliehen. Meine Mutter.« Ein Lächeln huscht über Amies Gesicht. »Gerissenes Weib. Ist ja nicht umsonst berühmt, die Bande der Alten Rosina. Von nichts kommt nichts.« Stolz liegt in ihrer Stimme.

»Vermisst du sie?«, fragt Jacob leise. Amie sieht zu Boden, als sie kaum merklich nickt. »Und der Fritz?«, fragt er weiter. »Hat's der mit ihr rausgeschafft, raus aus dem Zuchthaus?«

Sie atmet tief. »Ach, der Fritz. Nein, der nicht, weil, der konnte ja nicht mehr fliehen. Den hatten sie da schon gehängt.« Einen Augenblick kann Jacob nichts sagen. Er steht auf und legt Holz nach. Sieht zu, wie die kleinen Funken in die Dunkelheit fliegen. Dann setzt er sich wieder neben Amie.

»Rosina wäre die Nächste gewesen?«, fragt er vorsichtig.

»Ja.« Mehr sagt sie nicht. Sie neigt sich nur leicht zur Seite, dass ihre Arme sich gerade berühren.

Jacob sieht zum Mond, der zur Hälfte hinter einer Wolke verborgen liegt. Dann wendet er den Blick zu Amie. Kann er sie fragen? Er zögert. Aber dann fragt er doch. Behutsam. »Und du?« Der Schreck fährt in sie hinein, sie schüttelt abwehrend den Kopf, ihre Lippen sind schmal, sie will nichts sagen. Oder kann sie es nicht? Er hört, wie sie schluckt. Und dann fängt sie doch leise zu sprechen an.

»Mich, mich haben sie ja auch gekriegt. Zu fremden Leuten haben sie mich gesteckt. Weil, fürs Zuchthaus war ich zu jung.« Mit dem Finger fährt sie um die blutig verkrusteten Stellen an ihrem Bein. Spricht stockend weiter: »Ich kam zu einem Schneider in die Kost. Ist nicht schlecht, hab ich erst gedacht. Ist sogar gut. Aber sie waren nicht … nicht gut zu mir. Gar nicht gut.« Sie zieht die Beine an, stützt die Stirn auf die Fäuste, spricht stoßweise weiter, als müsse sie mit ihren Worten Pfähle in die Erde treiben. »Mich kriegen die nicht noch mal, nicht noch mal, weil …« Ihr Atem zittert. Jacob muss an die Narben auf ihren Rippen denken. Sie hebt ihren Kopf, sieht aber nicht ihn an, sondern geradeaus ins Feuer. »Weil, das überlebe ich nicht.« Jetzt dreht sie ihm ihr Gesicht zu. Es ist dicht vor seinem. Ihr linkes Augenlid zuckt. »Die Frau, Jacob, die Frau vom Schneider, die war schlimm. So schlimm. Hat mich so schlimm geschlagen, halb tot hat die mich geschlagen.« Amies Stimme hat sich verloren, die letzten Worte hat sie nur noch gewispert, jetzt liegt ihre Stirn auf den Knien, die Arme hat sie eng um ihre Beine geschlungen. Es ist eine Naturgewalt, die sie dann packt. Schmerz und Wut und Angst, alles auf einmal entlädt sich in ihr, überwältigt und schüttelt sie so heftig, dass Jacob ganz bange wird. Erschrocken legt er eine Hand auf ihren Rücken, etwas anderes fällt ihm nicht ein. Aber eine reglose Hand kann nicht viel ausrichten, eine reglose Hand ist machtlos gegen diesen Orkan. Da schnappt er sie. Jacob zieht, drückt Amie ungelenk an sich, irgendwie, umschließt sie mit beiden Armen, damit es sie nicht zerreißt. Und hält sie. Hält sie lange. Ihr lautes Weinen an seiner Brust. Spürt, wie sein Hemd nass wird, spürt, wie sie zusammensinkt, kleiner und kleiner wird. Fragt sich, wie von diesem zarten, zerbrechlichen Körper so viel Wärme ausgehen kann, die wunderbar und ihm ganz und gar unbegreiflich ist.

Das Schluchzen hat endlich aufgehört, Amie atmet wieder ruhig, sie hebt ihren Kopf, sieht ihn mit verquollenen Augen an, ihr Gesicht ist nass und rot gefleckt. Sie wirkt erleichtert. Jacob lächelt auf sie hinab, traut sich aber noch nicht, sie loszulassen.

»Eines Tages, stell dir vor«, beginnt Amie mit brüchiger Stimme. »Eines Tages, da kamen sie dann. Meine Rosina und die anderen. Zogen durchs Dorf, da, wo ich war. Durchs Fenster hab ich sie kommen sehen. Da bin ich raus und weg. Noch mit der Küchenschürze um den Bauch bin ich weg.«

»Ja, gibt's denn so was!«

Sie lächelt nun auch. »Ja, gibt es. Weil, irgendwann kommt die Bande wieder zusammen, egal, wo du steckst. Aber frag nicht, warum, frag nicht, wie das geht.« Sie zieht die Nase hoch, richtet sich auf, reibt mit der Hand über Mund und Nase, erwischt aber nicht alles vom Rotz. Ein Rest bleibt zurück, ein kleiner, durchsichtiger Schnurrbart. Mit seinem Ärmel wischt Jacob ihn weg.

Am nächsten Tag nehmen sie eines der ersten Schiffe nach Köln. Der Nebel hat sich heute gleich verzogen, die Sonne scheint hell. Und so sitzen sie an Deck. Mit leisem Seufzen legt Amie ihren Kopf an Jacobs Schulter. Jacob schreckt hoch, kurz war er eingenickt. »Kaffee?« Es ist Forster, der das fragt und ihm einen dampfenden Becher unter die Nase hält. Dankbar nimmt er ihn, Amie greift nach dem anderen Becher, den Humboldt ihr reicht. Während Forster und Humboldt wie immer in einem Gasthaus unterkamen, hatten sie versucht in einem der Fischerboote, die am Ufer lagen, zu schlafen. Aber die Nacht war kurz, denn natürlich kamen lange vor Sonnenaufgang die Fischer und jagten sie fort. Forster nimmt einen kräftigen Schluck aus seinem Becher und nickt Humboldt zu, der mit dem Rücken an der Reling lehnt.

»Abscheulich war das gestern dort oben, einfach grauenhaft. Dieses Elend. Zum Gotterbarmen! Ist es denn nicht genug, dass man ihnen das Menschenrecht der Freiheit nimmt? Ist das nicht schon Strafe genug, für welche Tat auch immer?«

Humboldt tritt einen Schritt näher und Forster fährt aufgebracht fort: »Muss man sie in diese stinkenden Löcher stecken? Fordert die strenge Gerechtigkeit auch diese Qual?« Nervös sieht Jacob zu Amie. Aber sie sitzt ganz ruhig und hört Forster aufmerksam zu. »Ich meine, jeder, wirklich jeder, der Menschen zum Gefängnis verurteilt, müsste wenigstens einen Tag im Jahr dieses Gewinsel hören. Und dann nicht nur nach dem Gesetz entscheiden, sondern auch nach eigenem Gefühl und Gewissen. Muss man nicht auch Mitleid haben? Stattdessen legt man sie in Ketten!« Er schlägt sich an die Stirn.

»Ketten an Händen und Füßen«, sagt Amie da mit klarer Stimme. Verblüfft sieht Forster sie an. »Und die Nase verstümmelt und die Finger verbrannt. Und …« Sie ringt um Fassung. »Dabei sind nicht alle Mörder, längst nicht alle.«

»Kind, lass es gut sein«, sagt Forster sanft und lässt seinen Blick auf ihr ruhen.

Kein einziges Mal mehr sprechen sie von den Gefangenen auf der Festung. Nicht an diesem Tag, nicht an den folgenden. Und doch, Jacob spürt es, immer noch denken sie daran, jeder für sich, jeder auf seine Weise. Es verfolgt, es bewegt sie. Und auf eine stille, geheimnisvolle Art hält es sie miteinander verbunden.

Zwei Tage später erreichen sie Köln. Alle Passagiere drängen an Deck, niemand will sich den Blick auf die Stadt entgehen lassen, der eindrucksvoll ist. Wie ein halber Mond liegt Köln am breiten Fluss, der ganz mit Segeln bedeckt ist. Masten säumen den Uferstrand, die Brücke ist voller Fußgänger und

Wagen. Zur Landseite hin erhebt sich ringsum die hohe, rote Stadtmauer. Und der Blick klettert an einem der Türme empor und springt dann von Turmspitze zu Turmspitze, von denen es hier unzählige gibt. Die ganze Stadt, so scheint es, strebt dem Himmel zu. Und mittendrin, hoch oben, dreht sich ein hölzernes Ungetüm im Wind. Wer genau hinsieht, erkennt, dass es ein Baukran auf einem Turmstumpf ist.

»Wenn der Dom fertig ist, geht die Welt unter!«, tut sich einer der Reisenden lautstark hervor.

»Also hoffen wir, dass er nie fertig wird!«, brüllt Humboldt schlagfertig zurück, woraufhin Forster schallend lacht.

FLUSS

Der Fluss ist ihnen alles.

Ohne den Fluss wären sie nichts.

Er bringt sie in die Welt und die Welt zu ihnen. Und alles trägt er für sie. Steine, Holz, Tuche, Leder, Pelze, Metalle und Wein. Neuigkeiten und Ideen. Er hat sie reich gemacht und groß. Und nicht nur einmal haben sie zu Karneval auf seinem Eis getanzt.

Der Fluss ist ihnen alles.

Ohne den Fluss wären sie nichts.

Kein Wunder, dass es ihr größter Albtraum ist, dass er ihnen abhandenkommt. Und wirklich: Eine Zeit lang schien es so. Da teilte der Rhein sich bei Hochwasser in zwei Arme. Der eine blieb im alten Bett, der andere machte sich davon. Suchte sich noch einen zweiten Weg, flutete und schürfte über die flachen Wiesen, rührte das kleine Städtchen am gegenüberliegenden Ufer aber nicht an. Erst dahinter vereinte er sich wieder mit dem anderen Flussarm. Was also regten sie sich auf? Sie sagten, er sei wetterwendisch, sagten, er sei boshaft. Und eine große Sorge trieb sie um: Was, wenn der Fluss nicht nur ab und zu dieses Spielchen trieb? Was, wenn er sich endgültig für einen anderen Lauf entschied? Er hätte dann zu einem anderen Herzogtum gehört und sie hätten buchstäblich auf dem Trockenen gesessen.

Der Fluss spielte aber kein Spiel. Es war sein Wesen: Der ständige Wechsel von Überfluten und Trockenfallen. Sie wussten es. Aber der Mensch mag keine Veränderung, er will, dass alles so bleibt, wie und wo es ist. Seine Äcker, seine Wiesen und Weiden, seine Häuser. Sein Besitz! Und so bestanden sie in Köln darauf, dass der Fluss gehorchte. Verfüllten Hunderte Schiffe mit Kies, ließen sie untergehen, legten sie auf Grund, bauten dazu noch Dämme aus Eichenstämmen und Basalt, die sich bald mehrere Mannshoch aus dem Wasser hoben. Argwöhnisch beobachtete der Fluss das Ganze. Es gefiel ihm nicht. Aber sie zwangen ihn in das eine Bett, machten an dieser Stelle einen Kanal aus ihm und meinten, sie hätten ihn gezähmt. Oh, sie täuschten sich! Denn die Strömung und damit der Druck auf das Stadtufer verstärkten sich bei jedem Hochwasser, was neue Probleme entstehen ließ. So war es doch immer. Hatten sie es vergessen? Als sie in das Binger Loch eine Scharte sprengten, um die Durchfahrt für die Schiffe zu erleichtern, senkte das den Wasserspiegel flussaufwärts so sehr, dass die Eichenpfähle, auf denen der Mainzer Dom ruht, nicht mehr im Grundwasser standen und zu faulen anfingen. Hatten sie es wirklich vergessen? Oder stellten sie sich dumm? Immer noch sind sie in Mainz dabei, die Fundamte zu retten. Er hätte es ihnen gleich sagen können. Aber das hatten sie nun davon.

Der Fluss ist ihnen alles.

Ohne den Fluss wären sie nichts.

JACOB

Sie verlassen das Schiff mit allen anderen Passagieren, gehen erst ein Stück an der Kaimauer entlang, vorbei an den großen, hölzernen Ladekränen, die sich wie riesige Schnäbel zum Himmel strecken und die von Menschen in knarrenden Treträdern hoch- und runterbewegt werden. Dann tauchen sie ein in das Wirrwarr aus Gesichtern, Sprachen und Waren und müssen dabei dauernd den gierigen Händen der Bettler ausweichen, die wie die Pilger in dieser Stadt allgegenwärtig sind. Nachdem sie nicht weit vom Hafen ein Gasthaus bezogen haben, will Humboldt gleich die Kathedrale sehen.

Es ist eine eigentümliche Stadt. Je tiefer sie in sie eindringen, desto dunkler wird es. Die Häuser wachsen zum Himmel, die Gassen schrumpfen zu Gossen, der Lärm, das Gewimmel nehmen zu. Am schlimmsten aber ist der Gestank. Köln stinkt fürchterlich. Nach Fischmarkt, nach Schlachthof, nach

Gerbereien, Färbereien, Siedereien, nach Unmengen an Abfall. Sie stinkt nach Urin und Kot, nach Krankheit und Tod. Und wer beim Warnruf aus einem Fenster nicht schnell zur Seite tritt, bekommt Festes oder Flüssiges auf den Kopf. Jacob ist von alldem überwältigt. Das Schwein kann sein Glück kaum fassen. Auf einmal ist das Leben eine einzige, herrliche Suhle. Noch nie ist es auf so viele Artgenossen getroffen wie hier. Und wenn es jetzt noch regnen würde, wäre der Spaß noch größer. Humboldt zaubert einen Strick aus dem Rock, den Jacob dem Schwein um den Hals legt, damit es sich nicht davonmacht.

Um den Dom zu erreichen, müssen sie zuletzt über einen Hof voller baufälliger Hütten, die von Armen und Bettlern umlagert sind. Verirren sich danach in eine dunkle Halle, die vollgestopft ist mit Leitern, Rollen und Seilwerk, Hebeblöcken, Winden und Flaschenzügen. Über all dem liegt eine dicke Schicht Staub. Forster regt sich fürchterlich auf. Seit über einem Vierteljahrhundert ruhe die Baustelle des Doms, seit einem Vierteljahrhundert! Er ist schon die ganze Zeit übelster Laune. Seit sie in Köln angekommen sind, schimpft er über den Dreck, flucht über die Horden von unsittlichen Bettlern, über die Pilger, die bleiche Knochen verehrten, die sich überall fänden in dieser verkommenen, rückständigen Stadt. Sie verlassen die Halle wieder, finden endlich den richtigen Eingang zur Kirche und treten dann ein.

Ein Wald aus Pfeilern und Säulen tut sich vor ihnen auf. Ein stiller Urwald aus Stein. Dass nur wenige Besucher sich gerade hier aufhalten, scheint Forster zu gefallen, denn ein zufriedenes Lächeln liegt auf seinem Gesicht. Andächtig gehen sie zwischen den schwindelerregend hohen Säulen umher, die sich an ihren Enden zu Kronen aus Ästen spalten. Ihre Blicke fliegen hinweg über die Figuren, Statuen und Grabmäler, über all die Schätze aus Bronze, Silber und Marmor, aus Holz und Gold. Über feinste Verzierungen, prachtvolle Gemälde, über die Fenster, die wie leichte, bunte Tücher von der Decke zu fallen scheinen. Einmal streckt Jacob seine Hand nach einer goldenen Blütenranke aus, aber ein Haarbreit davor, zieht er sie schnell wieder zurück. Denn die Ranke führt hinauf zu einem Heiligen, der lebensgroß vom hohen Sockel und mit tadelnder Miene auf ihn herabblickt.

Den Kopf im Nacken schreitet Humboldt wie ein staunendes Kind im Kreis herum, während Forster, der nicht zum ersten Mal hier ist, sich mehr für das interessiert, was sich unter den steinernen Bodenplatten befindet.

»Die Fundamente sind gigantisch. Aus Basalt!«, flüstert er ihnen zu. Neun Jahre hätten sie allein für die Fundamente gebraucht, mit Hacke und Schaufel sich ins Erdreich gegraben. »So tief hinunter, dass sie schon meinten, sie hätten den Himmel der Hölle durchstoßen!« Forster lacht leise und nimmt dann Humboldt am Arm, weil er ihm unbedingt noch etwas zeigen will. Rasch entfernen sich die beiden und tauchen ein in die düstere Tiefe der Kathedrale.

Verloren sieht Jacob sich um. Ist überhaupt noch jemand in seiner Nähe? Er horcht. Wo ist Amie? Gerade hat er sie hinter einer der Säulen verschwinden sehen, aber in diesem schummerigen Licht ist er sich plötzlich nicht mehr sicher, ob sie es wirklich gewesen ist. Mit dem Schwein am kurzen Strick geht er weiter. Und etwas ganz anderes als all der Reichtum und die ungeheuerlichen Kostbarkeiten fesselt mit einem Mal seine Aufmerksamkeit. Es ist der Geruch. Der Geruch von kaltem Stein und Weihrauch, der alles umfängt. Es ist ein Geruch, den er kennt. Hier riecht es nicht anders als in der kleinen Kirche in seinem Dorf. Hier, in dieser gewaltigen Kathedrale, in dieser verstörenden Stadt, riecht es nach Zuhause! Es trifft Jacob ins Herz. Und als dann mit einem Mal eine leise Musik zu spielen beginnt, so fein und süß und zart, wie er es im Leben noch nie gehört hat, auch schwebend irgendwie, und er weiß nicht woher, da muss er sich setzen. Am äußersten Ende einer ellenlangen Kirchenbank lässt er sich nieder.

Er denkt an das Dorf zurück. Wie alles war. Wie er jeden Sonntag in der kleinen Kirche saß, jeden Sonntag neben Georg, und als der nicht mehr da war, neben dem Vater. Und er sieht auch die anderen Fischer mit ihren Familien vor sich. Die Haare gekämmt, die Jacken gebürstet. Nie hielten alle durch bis zum Ende, immer hörte man jemanden schnarchen. Er sieht den Schmied vor sich. Und den Bäcker. Und den Pfarrer natürlich, der ein freundlicher Mann war und während der Messe immer mal wieder den Faden verlor, was aber nichts machte, weil eh alle wussten, was kam. Er denkt an die Lieder, die sie sangen. *Gott der Vater, steh uns bei und lass uns nicht verderben, mach uns aller Sünden frei und hilf uns selig sterben.* Roh und klobig klangen ihre Stimmen gegen diese Musik. Und doch schön. Und an die kleine, freche Sofie muss er denken, die meist kurz vor dem Segen sich nur deshalb umdrehte, um ihm die Zunge herauszustrecken. Und an Friedrich denkt er, seinen Freund. Und an die alte Hanne. Und an den Vater. Jacob schluckt schwer. Ja, an den auch. Ob der Vater ihn vermisst? Jacob kann die Tränen nun nicht zurückhalten. Er hat Heimweh. Das tut weh. *Oh Gott, streck aus die milde Hand und segne gnädig Leut und Land, gnädig Leut und Land.* Er wischt sich übers Gesicht, aber es hilft nichts, die Tränen laufen einfach weiter.

Das Schwein steht die ganze Zeit aufrecht und regungslos neben der Bank. Nur seine Ohren bewegen sich. Es lauscht. Und reckt nun die Schnauze empor, als verfolge es die Töne in alle Richtungen. Die Musik wird lauter, umspielt die Säulen, steigt auf. Schwillt an, ebbt ab, bringt in Jacobs Innerem alles erneut und noch mehr in Aufruhr. Fast fängt er wieder an zu weinen. Was ist das nur für eine Musik, was stellt sie mit einem an? Und wo überhaupt sind die Instrumente? Er kann keine entdecken, aber es müssen viele sein. Das Schwein sinkt mit einem Schnaufen zu Boden, schließt die Augen, gibt sich dem Klang ganz hin. Da muss Jacob lächeln. Sonnenstrahlen fallen durch eines der hohen Fenster und lassen bunte Farbflecke durchs Dunkel tanzen. Jacob dreht seinen Kopf ins Licht, das warm ist und so hell, dass er blinzeln muss. Auf einmal ist ihm ganz wundersam zumute.

Aber dann zuckt er zusammen, denn die Töne schneiden plötzlich scharf durch den Raum, es klingt, als würden lauter

Vorhänge zerrissen. Und die Orgel hebt an zu einem gewaltigen Brausen, die Musik rauscht durch den Dom. Blitz und Donner, eine Schar schwarze Engel unterm Gewölbe. Dem Schwein scheint es immer noch zu gefallen, immer noch liegt es seelenruhig da. Von vorn kommt jemand auf sie zu. Es ist Amie. Die Hände auf den Ohren, läuft sie zum Ausgang. Jacob springt auf, zerrt am Strick. Schwerfällig erhebt sich das Schwein und lässt sich nur widerwillig hinausziehen.

Auf dem Platz vor der Kirche kann er Amie zwischen den vielen Bettlern erst nicht finden. Aber dann sieht er sie auf einem großen Steinblock an der Kirchenwand hocken.

»Was war das da drin?«, fragt sie unmutig, als er sich neben sie setzt. »Wollen die mit dem Krach die Leute erschrecken?«

»Du hast dich erschreckt?«

»Nein. Wieso?«

»Du bist rausgerannt.«

»Und du hast rote Flecken im Gesicht. Hast du geheult?« Sie sieht ihm in die Augen, ein winziges, spöttisches Lächeln im Mundwinkel.

Eine Frau in Lumpen eilt auf sie zu. »Das ist mein Platz, mein Platz!«, zetert sie. »Weg da! Mein Platz! Schert euch weg!« Sie packt Amie am Arm. »Herrgott, bewegt euch! Fort mit euch! Mein Platz. Niemand außer mir bettelt hier.«

Jacob hebt beschwichtigend beide Hände, sie murmeln eine Entschuldigung und stolpern davon. Jacob geht zurück zur Kirchentür und winkt Amie zu sich. »Lass uns wieder reingehen.«

»Wir haben doch alles gesehen«, erwidert Amie.

»Aber die beiden anderen sind noch drin.«

»Wir können doch hier auf sie warten.«

Also warten sie. Sie warten lange und geduldig, aber Forster und Humboldt kommen nicht durch diese Tür.

»Die sind froh, dass sie uns los sind«, meint Amie irgendwann. »Blödsinn.« Jacob geht nun doch wieder hinein, geht mit kleinen, schnellen Schritten, begegnet wieder nur wenigen Menschen. Forster und Humboldt findet er nicht. Und dann fällt ihm auf, dass es mehrere ähnliche Türen nach draußen gibt. Dass ihnen das entgangen ist. Er läuft wieder hinaus zu Amie und dann mit ihr zusammen um das mächtige Gebäude herum. Und noch ein zweites Mal. Vergeblich. Forster und Humboldt bleiben verschwunden.

Jacob schlägt vor, zum Gasthaus zu gehen, um dort auf die beiden zu warten. Aber dann gerät ihnen alles durcheinander, sie irren umher, meinen, auf diesem Platz, vor jener Kirche gerade schon gestanden zu haben, aber wahrscheinlich täuschen sie sich. Denn wahrscheinlich sehen die Gassen einander zum Verwechseln ähnlich und sind zu einem Labyrinth verbunden, das sich ein verrückter Magier ausgedacht hat. Und es gibt niemanden, den sie fragen, niemanden, den sie um Hilfe bitten können, denn sie wissen weder den Namen der Gasse noch wie das Gasthaus heißt. Hungrig und erschöpft ziehen sie sich in einen kleinen Innenhof zurück. Aber kaum haben sie sich dort auf ein paar Holzkisten niedergelassen, tritt eine gebeugte, kahlköpfige Gestalt aus dem Dunkel und kommt mit wackligem Gang auf sie zu. Jacob macht dem Alten gleich deutlich, dass sie nicht gestört werden wollen, er wedelt mit der Hand, er dreht sich weg. Aber der Mann lässt sich nicht abwimmeln. Er will ihnen unbedingt etwas verkaufen. Soweit sie das Gerede aus dem zahnlosen Mund verstehen, handelt es sich um eine Medizin, um ein selbst gebrautes Wunderextrakt, das gegen alle Menschen- und Pferdekrankheiten wirken soll. Der Alte hält ein kleines Fläschchen mit einer klumpigen Flüssigkeit darin zittrig gegen das Licht und selbst als er schweigt, bewegt er weiter seinen Mund, als kaue er auf seiner Zunge.

Da verliert Jacob die Fassung. »Verpiss dich!«, brüllt er ihn an, springt auf ihn zu. »Lass uns in Ruhe! Hau ab! Wir wollen dein Teufelszeug nicht!« Er packt den erschrockenen Alten. Das Schwein trippelt aufgeregt hin und her.

»Jacob, nicht!« Amie ist herbeigeeilt und zieht Jacob aus dem Hof. »Der war doch uralt und selbst krank«, sagt sie leise, als sie wieder in der Gasse stehen. »Der muss doch auch leben, irgendwie.«

Jacob lehnt sich mit dem Rücken an eine Hauswand, wendet das Gesicht zum Himmel und schließt die Augen. Er atmet tief ein und aus, ein und aus. Es wirkt, die Wut lässt nach. Er weiß nicht, was gerade in ihn gefahren war. Beinahe hätte er den Greis verprügelt. Amie streicht sanft über Jacobs Arm. Er sieht sie an. »Gehen wir zum Fluss?«

»Ja, zum Fluss«, sagt Amie.

Viele Gassen in dieser Stadt führen zum Fluss. Und so erreichen sie bald die sandigen Uferwiesen, hocken sich ins magere
Gras und sehen den Treidlern zu, wie die Schiffezieher heißen,
die mit Flüchen und Peitschenhieben ihre Pferde flussaufwärts
treiben, denen das Gewicht des Schiffes, das sie zu ziehen verdammt sind, im Kreuz hängt. Später legt Jacob sich hin, sofort
schläft er ein. Und das monotone Hämmern der Schiffsbauer,
die auf der kleinen, vorgelagerten Insel arbeiten, mischt sich in
seinen Traum.

Als es anfängt zu dämmern, gehen sie am Wasser entlang zum
Hafen zurück. Um diese Zeit ist hier deutlich weniger los als am
Mittag. Nur wenige Schiffe laufen noch ein, aber keines verlässt
Köln heute mehr. Amie treibt etwas zu essen für sie auf, aber
Jacob hat keinen Hunger. Die ganze Zeit muss er an Forster und
Humboldt denken. Als die Nacht hereinbricht, wird es ruhig
im Hafen, und sie ziehen sich zum Schlafen nahe der Kaimauer
zwischen ein paar Fässer zurück. Sanft schlägt das Wasser an
die steinerne Wand, Jacob hört es von unten glucksen, aber er
hört noch etwas anderes. Er hebt einen Finger.

»Hörst du das?«

Amie setzt sich auf. Horcht. »Was denn?«

»Ach, nichts«, sagt Jacob, Amie rutscht wieder tiefer und
das Schwein drängelt sich zwischen sie beide. Jacob bleibt sitzen, blickt hoch zu den funkelnden Sternen und lauscht weiter
den Engeln und Heiligen, den Teufeln und Dämonen, die die
Türmchen und Türme, Gesimse und Galerien der Kathedrale

bevölkern und deren Murmeln und Plappern, Säuseln und Summen bis in den Hafen dringt. Ihnen gehört die Nacht. Und in den halbrunden Nestern, die in großer Zahl dort oben kleben, fiepen die jungen Schwalben.

FLUSS

Von Köln ist das Meer nicht mehr weit. Oft kommen Seeschiffe bis nach Köln hinauf. Und einmal, nein zweimal sogar, hat sich ein Seemonster hierherverirrt. Wobei das zweite Mal vielleicht gar kein Versehen war. Vielleicht hatte es sich nach dem herrlichen Klang der vielen Glocken gesehnt. Der Fluss weiß es nicht. Woher auch soll ein Fluss wissen, was Seemonster lieben? Jedenfalls pflügte es beide Male mit Gebrüll und Brausen gegen den Strom, was den Fluss belustigte, die Stadt dagegen fürchterlich schreckte. Beim ersten Mal verschwand es nach kurzem Besuch gleich wieder, als es aber ein Jahr später erneut auftauchte, waren sie vorbereitet und erlegten es mit mehreren Schüssen. Später hängten sie seine Knochen über einen Beichtstuhl in einer der Kirchen. *Das Meer ist nicht weit*, flüstert seitdem das Skelett jedem zu, der es dort oben hängen sieht. *Die ferne Welt, die weite Welt, sie ist schon nah!*

V. So fern, so nah

JACOB

Sie heuern auf einem Lastkahn an. Er liefere Wein nach Holland, besten Rheinwein, den besten am ganzen Strom, hatte der Schiffer seine Fracht angepriesen, und ja, er fahre bis Rotterdam, ja, er bezahle auch gut. Und dann klopfte er erst mal umständlich seine Pfeife aus, bevor er auf Jacobs Frage antwortete, ob das Schwein auch mitdürfe. »Wenn es denn sein muss«, brummte er schließlich in seinen roten Bart.

Mit sechs Leuten sind sie an Bord. Schiffer, Bootsmann und vier Schiffsjungen, wovon der eine nun ein Mädchen ist. Die wichtigsten Dinge lernen sie schnell: Schiffer und Bootsmann verlassen *nie* ihre Plätze. Der Bootsmann hat am Anker zu bleiben, denn wenn es darauf ankommt, muss er das Schiff sofort zum Halten bringen. Der Schiffer steht am Steuer, solange er stehen kann oder solange das Licht reicht. Er lenkt das Schiff, beobachtet Wasser und Himmel, liest so den Fluss und sieht bis zum nächsten Tag. Jacob weiß auch das Wasser zu lesen, aber hier brauchen sie nicht noch so einen. Sie brauchen einen zum Anpacken, zum Putzen, Scheuern, Schrubben, Polieren, Pinseln, zum Wäschewaschen und Kochen. Jacob ist Arbeiten wie diese gewöhnt, aber zu Hause war er immer viel schneller fertig damit als hier. Wenigstens ist die Stimmung freundlich und die Verpflegung ordentlich. Sie schlafen in Hängematten unter Deck, nur Schiffer und Bootsmann haben eigene Kabinen. Wenn es Nacht ist und Jacob nicht gleich Ruhe findet, wandern seine Gedanken hinaus aus der engen, stickigen Kajüte. Und immer wieder hakt sich in ihm die Frage fest, ob es richtig war, Köln so schnell zu verlassen. Hätten sie nicht noch weiter nach Forster und Humboldt suchen sollen? Man darf nicht zu schnell aufgeben. Wer zu schnell aufgibt, wird nie erfahren, was alles möglich ist. Hat Humboldt gesagt. Oder war es Forster? Amie jedenfalls hatte noch am Abend im Kölner Hafen darauf gedrungen, aufzubrechen. Und fast scheint es ihm jetzt, als sei sie froh, die beiden Herren endlich los zu sein, so unbeschwert, wie sie sich trotz der schweren Arbeit wieder verhält. Meint sie immer noch, Forster habe von ihnen eine Gegenleistung für seine Großzügigkeit erwartet? Er wird sie nicht danach fragen. Denn ihre Antwort würde nichts, rein gar nichts daran ändern, was geschehen war: Sie hatten einander verloren.

Als Jacob an diesem Tag die Augen schließt, stellt er sich vor, dass sie nicht vor Anker liegen, sondern weiterfahren durch die Nacht. Und Forster und Humboldt, so denkt er bei sich, sind wie sie auf dem Wasser, hinter ihnen, ganz in ihrer Nähe, nur auf einem anderen Schiff.

FLUSS

Es ist gar nicht mehr weit bis dorthin, wo der Rhein anfängt sich aufzufächern, wo das Flussdelta, das letzte Stück Fluss zum Meer beginnt. Hier, am Niederrhein, spürt der Fluss das Meer aber schon, spürt seine Gezeiten, Ebbe und Flut. Da singt der Wind ihm schon ein anderes Lied, lässt ihn das Salz schmecken, die Gischt hören, da schon ahnt der Fluss die

Unendlichkeit der See. Und Möwen, hier wie dort, füllen mit ihrem Geschrei die Luft. Ähnlich wie beim Dorf des Jungen, fließt der Fluss in einer weiten Ebene. Nicht nur sein Wasser ist dauernd in Bewegung, sein Grund, seine Sohle, ist es auch. In Wellenbewegungen ähnlich denen des Wassers bewegt sich die Sohle stromabwärts. Unablässig schiebt, schleppt, verlegt der Fluss Geröll, Kies, Fels, Sand und Schlick. Und sortiert es auch. In die Bucht hier den Sand, gegenüber nur Kiesel. Oder andersherum.

Am Niederrhein hat er die Bögen in großen Schlingen in den Boden gestemmt und er schiebt und stemmt sich immer noch weiter durch die Wildnis der Auen. Ist eine Schlinge so eng geworden, dass es das Wasser nicht mehr um die Kurve herum schafft, bricht die Schlinge. Der Fluss schießt dann aus dem Bett, reißt mit, was da liegt oder steht, und alles beginnt von vorn. Und in den ausgewaschenen Mulden, wo das Restwasser stehen bleibt, bilden sich Tümpel, in denen es von Insekten und Amphibien nur so wimmelt und an denen Enten und Gänse sich sammeln.

JACOB

Und so sind sie schon seit drei Tagen auf dem Schiff. Dass Jacob hervorragend klettern kann, besser als alle anderen auf diesem Kahn, hat der Schiffer bald erkannt und ihn heute wieder hoch in die Takelage geschickt. Jacob soll das Segel flicken, bevor der Wind das kleine Loch noch größer reißt. An den dicken Seilen klettert er wie an den Lianen im Auwald flink empor, im Nu ist er oben. Nachdem er das Loch geschlossen und das Garn fest verknotet hat, hängt er sich erst mal mit den Knien ein und dreht sein Gesicht in den Wind. Schließt die Augen. Der Wind nimmt ihm den Atem, drückt sich an ihn, schwer und weich zugleich. Jacob mag das.

›Wie fühlt sich Wind auf einem Ozeansegler an?‹, denkt er und öffnet die Augen wieder. In dieser weitverzweigten Flusslandschaft glitzert überall zwischen den Bäumen das Wasser, aber leider kann er nicht über die Baumkronen hinwegsehen, so hoch hinauf reicht der Mast eines Flusskahnes nicht. Ein Schatten fliegt lautlos über Jacob dahin. Jacob sieht nach oben, sieht einen Seeadler über sich. Denkt an den Adler im Siegel auf Georgs Brief. Adler aus Amerika. Der Vogel über ihm zieht weite Kreise, seine Schwingen liegen wie dunkle Bretter in der Luft, nur an den Rändern scheint das Licht durch die Federn. Erhaben gleitet der Adler im Blau des Himmels dahin, nur sein Kopf bewegt sich ab und zu ruckartig.

»Deine Beute bin ich aber nicht«, sagt Jacob leise. »Bin ein Vogel wie du.« Er streckt beide Arme zur Seite aus. Die Spannweite des Seeadlers erreicht er nicht, aber als der Wind unter seine Arme fährt, hat er für einen Moment das Gefühl wirklich zu fliegen. Der Adler schlägt zweimal kräftig mit den Flügeln, dreht dann ab und segelt flussaufwärts. ›Würde der Vogel in diese Richtung weiterfliegen‹, überlegt Jacob, ›einfach immer weiter flussaufwärts und ohne Pause, nach wie vielen Tagen wohl erreichte er das Dorf?‹

Bilder steigen in ihm auf. Bilder vom Wald. Auwald wie hier. Feuchter Nebel am frühen Morgen. Das Dorf. Er sieht den Vater, den Bruder. Sie tragen ihn zum Boot. Er ist noch ein kleiner Junge, vielleicht drei Jahre alt, er ist wach, aber kneift die Augen fest zu. Sie legen ihn vorn ins Boot, decken ihn zu, ziehen die Decke fest, sagen, dass er schlafen soll. »Schlaf weiter«, sagen sie, »sei still und rühr dich nicht.« Das weiß er alles und rührt sich fast nie. Denn wenn sie arbeiten, darf er sie nicht stören. Und wenn er sich doch mal rührt oder gar zu plappern beginnt, fängt der Vater auf eine Art an zu brummen, die ihn beruhigt. Und das Geräusch der aneinanderschlagenden Fischleiber auf dem Boden des Kahnes beruhigt ihn auch, genau wie das Glucksen des Wassers unterm Boot.

Später darf er sich aus der Decke strampeln, sich aufsetzen und wie Vater und Bruder vom Brot essen und vom dünnen Bier trinken. Und er stopft das Brot in sich hinein und trinkt hastig vom Bier, weil er sich wie ein richtiger Fischer vorkommt, der gerade die Netze eingeholt hat. Als er älter ist, macht er das jeden Tag. Und als Georg fort ist, fährt er allein mit dem Vater hinaus. Oft sitzen sie danach noch am Ufer, flicken die Netze oder braten Fisch, sehen zu, wie die Fischhaut sich dunkel färbt überm Feuer und fest und faltig wird. Sie teilen den Fisch und das Schweigen. Es ist aber kein schweres, vielmehr ein gutes, ein vertrautes Schweigen, das ihn und den Vater beieinander hält.

›Auf dem Fluss‹, geht es Jacob jetzt durch den Kopf, ›da hab ich immer dazugehört. Auf dem Fluss war ich einer von ihnen.‹

Nur im Haus blickte ihn der Vater manchmal an, als sehe er ihn zum ersten Mal, als frage er sich, warum dieser fremde Junge an seinem Tisch sitzt. Die Erinnerung trifft Jacob mit Wucht. Und sie schmerzt und hallt in ihm wider, wie neulich das laute Echo in der Schlucht beim Loreleyfelsen. Jacob stellt seine Füße wieder auf die Seile, zieht sich hoch und streckt sich lang. Wie weit ist es noch bis Rotterdam?

Ein gellender Schrei dringt zu ihm hoch. Jacob beugt sich aus der Takelage. Der Bootsmann steht direkt unter ihm und pfeift ihn herunter. »Dreckspudel!«, brüllt der Mann ihm entgegen, als er fast unten ist. »Wird's bald, runter mit dir!« Jacob lässt sich fallen und kracht auf den Schiffsboden. Das Schwein kommt freudig gelaufen und schleckt an seinen Zehen. »Weg, weg mit der Bestie!«, schreit der Mann. »Das Sauschwein hat mich gebissen!«

Jacob richtet sich auf, starrt auf das entblößte Bein, das der Mann ihm hinstreckt. Und für einen Wimpernschlag scheint ihm das, was er sieht, bloße Einbildung zu sein. An der haarigen Wade klafft eine Wunde und aus der Wunde läuft dunkelrot das Blut. ›Das ist nicht wahr‹, denkt Jacob. »Das kann nicht sein«, sagt er laut.

»Du! Reiß dein Maul mal nicht so auf!«, schreit der Mann. »Ich verdresch dich, schlag dir die Zähne aus!« Er macht einen Schritt auf Jacob zu, reckt drohend die Faust. Bestürzt sieht Jacob zu Amie, die mit den anderen Schiffsjungen hinter dem Bootsmann steht und betreten nickt. War sie dabei? Hat sie es gesehen? Sein Schwein ist ein freundliches Tier, noch nie hat es jemanden gebissen. Allerdings ist ihm aufgefallen, dass es sich seit ein paar Tagen merkwürdig abweisend verhält. Und als er es gestern kräftig gekrault hat, da hat es ihn feindselig angeknurrt. Er hat nicht gewusst, dass Schweine auch knurren. Aber es hat geknurrt wie ein Hund, dunkel und drohend. Und dann ist es aufgesprungen und weggerannt.

»Das Schwein wird sofort geschlachtet!«, kreischt der Bootsmann völlig außer sich. Jacobs hilflos gestammelte Versuche, ihn zu beschwichtigen, steigern nur den Zorn des Mannes und er schickt einen der anderen Schiffsjungen los, das größte Messer zu holen, das sie an Bord haben.

Jacob reißt den Jungen zurück, ruft entschlossen: »Wir gehen von Bord!« Mit einem Mal ist es still auf dem Schiff, man hört nur das knatternde Segel im Wind. Amie eilt zu Jacob, zischt, dass er verrückt sei, hier das Schiff zu verlassen, ohne ein eigenes Boot. Sie tippt sich an die Stirn. Das Schwein sei ja wohl auch verrückt geworden, aber wegen eines verrückten Schweines werde sie nicht verrecken. »Bist du blöd, was redest du?«, schreit Jacob sie an. Warum hält sie nicht zu ihm? Sie streiten, bis der Schiffer eingreift. Erst weist er den Schiffsjungen an, das Steuer zu halten. Dann geht er ruhigen Schrittes auf Jacob zu, zieht beim Gehen den Schirm seiner Kappe tief in die Stirn, um dann mit wenigen Worten und in einem Ton, der keinen Widerspruch duldet, zu erklären, dass es wahrlich das einzig Richtige sei, ein bissiges Schwein zu töten. Ganz gleich, ob es verrückt, verhext oder tollwütig sei.

FLUSS

Der Fluss beobachtet die Trauerseeschwalbe schon den ganzen Tag. Und sie wiederum hat die drei längst bemerkt. Das Mädchen, den Jungen, das Schwein. Seit geraumer Zeit trampeln sie durch die Gegend und sind nun ihrem Nest gefährlich nah. Sie hat es auf einem Seerosenblatt gebaut. Gras, ein paar Stöckchen, Algen. Federleicht. Es ist ein schmales Wasser, auf dem es schwimmt, und von Schilf und Röhricht eng umgeben. Hoch oben in der Luft steht die Trauerseeschwalbe fast auf der Stelle, lässt die Eindringlinge nicht aus dem Blick. Als der Junge einen Schritt ins Wasser setzt, stürzt sie auf ihn herab. Er reißt die Arme hoch, schlägt nach ihr, sie lässt sich nicht abschütteln. Natürlich nicht. Heute Morgen erst hat sie einem Fuchs den Schädel blutig gekratzt, da wird sie auch mit diesem Jungen fertig. Es ist früher Sommer, Anfang Juli. In vielen Armen fließt der Fluss hier durch sein Delta. Er hat sich geteilt, heißt nicht mehr Rhein, sondern Waal, Nederrijn und IJssel und wird bis zum Meer noch mehrfach seinen Namen ändern. Seine Geschwindigkeit hat er gedrosselt, träge fließt er auf die Mündung zu. Der Junge flüchtet. Und im Nest der Seeschwalbe sitzen ihre Jungen und warten auf Futter.

JACOB

Mehrere Stunden sind sie schon zu Fuß unterwegs. Sie müssen das Flussgebiet hinter sich lassen, um irgendein Dorf, irgendeine Stadt zu erreichen. Von dort können sie weiter nach Rotterdam. Mit dicken Stecken schlagen sie eine Schneise durch Gestrüpp und Brennnesseln. Immer wieder bleibt Jacob stehen und wischt sich den Schweiß aus dem Gesicht. Er kann es nicht glauben, dass das Schwein den Bootsmann gebissen haben soll. Und je länger es her ist, desto unwahrscheinlicher kommt es ihm vor. Amie ist immer noch wütend, dass sie das Schiff verlassen haben. Aber allein, ohne Jacob, wollte sie nicht weiterfahren. Vor Jacob taucht das Schwein aus dem Gebüsch auf. Treuherzig sieht es ihn an. Schlingpflanzen haben sich zwischen seinen Ohren verfangen und wie meist kaut es auf irgendetwas herum.

Als sie endlich aus der Flusszone heraustreten, schlägt das Wetter um. Grauer Himmel, graues Land. Wind. Urplötzlich. Der feine Nieselregen benetzt ihre Gesichter. Welche Richtung sollen sie einschlagen? Ratlos blicken sie um sich. Das Land ist topfeben und wirkt wie leergeräumt. Hier trennen keine Hecken, keine Zäune die Felder voneinander, sondern tiefe, mit Wasser gefüllte Gräben. Über die Gräben führen vereinzelt kleine Brücken, auf deren Mitte sich ein Tor befindet, wohl um Fremde davon abzuhalten, ein Grundstück zu betreten. Schmal liegt das Land unterm mächtigen Horizont. In dieser Gegend gibt es viel mehr Himmel als Land. Zwei einsame Windmühlen stehen auf dem Feld. Und ein paar Pappeln. Die sehen aus wie große Vogelfedern. Kühe liegen wie dunkle Hügel auf den Wiesen, und möglicherweise ist das, was sie weit in der Ferne erahnen, ein Dorf. »Hier lang«, sagt Jacob und streckt entschlossen seinen Arm nach rechts aus. Aber eigentlich ist es egal, wohin sie gehen, wohin sie sich wenden, denn die Sonne liegt verborgen hinter Wolken, und so können sie noch nicht mal an ihrem Stand die Himmelsrichtungen bestimmen. Jacob hat bald das Gefühl, auf der Stelle zu treten, denn sie kommen an nichts vorüber, lassen nichts hinter sich, an nichts kann sich das Auge festhalten. Es regnet stärker, der Wind bläst von vorn. Und es gibt nichts, unter das sie sich hocken könnten, um sich zu schützen.

In den tiefen Rillen, die Fuhrwerke im Boden hinterlassen haben, sammelt sich das Regenwasser. Sie kommen nur langsam voran, glitschen durch den Matsch. Das Schwein trabt fröhlich voraus. »Wir hätten es schlachten sollen«, sagt Amie plötzlich.

»Hör auf!«

»Wieso?«

»Du bist herzlos!«

»Für das Schwein ist es doch gleich, ob es lebendig ist oder tot. Für uns aber nicht. Hätten wir es geschlachtet, wären wir noch auf dem Schiff. Oder vielleicht schon in … wie heißt es noch?«

»Was?«

»Wo wir hinwollen.«

»Hättest du nicht den Stein geworfen, wäre ich noch zu Hause!«

»Welchen Stein?«

»Den Kiesel. Nur deshalb ist der Schlüssel …« Jacob stolpert, rudert mit den Armen, fast fällt er hin.

»Welcher Schlüssel?«, fragt Amie.

»Vergiss es.«

»Welcher ...«

»Vergiss es!«, schreit er sie an.

Sie versperrt ihm den Weg, die Arme vor der Brust verschränkt. »Wieso zu Hause?«, fragt sie mit festem Blick. »Die ganze Zeit redest du nur von Amerika. Dass du da hinmusst. Nach Amerika! Und auf einmal willst du zu Hause sein?« Er antwortet nicht, schiebt sie beiseite, geht weiter. »Wieso?«, ruft sie ihm nach. »Jacob, wieso?« Sie holt ihn ein. Schweigend gehen sie nebeneinanderher.

›Wenigstens könnte es mal aufhören zu regnen‹, denkt Jacob. Der Leinenstoff ihrer Kleider hat sich mit Wasser vollgesogen, kalt und schwer hängt alles an ihnen. Die ganze Zeit muss er blinzeln, weil das Regenwasser über seine Augen läuft.

»Es hätte gar nichts gespürt«, sagt Amie.

Jacob stöhnt auf. Wieso kann sie nicht einfach still sein?

»Das Messer muss nur scharf sein«, fährt sie fort, »richtig scharf, dann spüren sie nichts. Ein glatter Schnitt durch die Kehle. Ratsch. Mehr nicht.«

»Halt den Mund!«

Amie stürmt vorwärts, weg von Jacob, vorbei am Schwein, und wirft ihre Arme in die Luft. »Wo sind wir hier?«, schreit sie zum Himmel und dreht sich im Kreis. »Nichts! Hier ist nichts!« Dann läuft sie wieder auf Jacob zu, rutscht aus und fällt der Länge nach hin. Fluchend rappelt sie sich hoch, der Matsch klebt an ihr, an ihren Kleidern, ihren Händen. Ihr nasses Gesicht ist voll mit braunen Sprenkeln, die sich aber im Regen sofort auflösen und in Schlieren hinablaufen. »Und wir haben auch nichts! Wo willst du hier was zu essen auftreiben? Wo?« Sie streckt ihm ihre schmutzigen Hände entgegen. Er packt sie bei den Schultern. »Lass mich!«, schreit sie. »Lass mich!«

Er schüttelt sie, schreit auch: »Ohne das Schwein wärst du nicht mehr am Leben! Du wärst im Strudel ertrunken. Es hat dich gerettet. Hast du das vergessen?«

Sie stößt ihn von sich. »Wieso das Schwein? Ich dachte, du hast mich rausgeholt.«

»Ja, hab ich. Aber allein hätte ich's nicht geschafft.«

»Hab ich nicht gewusst. Woher denn auch?«, sagt sie und stapft davon.

»Dann weißt du es jetzt!«, ruft Jacob ihr nach.

»Ja. Ist gut!«

»Das Schwein! Hörst du, das Schwein hat dich ans Ufer getragen!«

»Ist ja gut!«

Jacob fängt an zu rennen, holt sie ein. Legt versöhnlich einen Arm um sie. Amie schüttelt ihn nicht ab, geht aber immer noch schnell. Da wird es vor ihnen ganz hell. Es ist, als habe sich am Himmel eine Luke aufgetan, die sich allmählich weiter öffnet. Ein Streifen Blau zieht sich quer durchs Grau. Genau darunter, und nur dort, leuchten die Felder sattgrün, während Jacob und Amie noch im Regen gehen. Sie bleiben stehen und staunen. »Wer als Erster in der Sonne ist!«, ruft Jacob. Dann rennen sie los.

Von hinten zockelt ein Gefährt heran. Das Pferd geht mit nickendem Kopf schnurgeradeaus, aber der offene Wagen, den es zieht, schwankt quietschend und ächzend so heftig von der einen zur anderen Seite, dass sie meinen, gleich kippt er um. Amie und Jacob bleiben stehen, machen Platz. Aber als das Pferd fast auf ihrer Höhe ist, zieht der Mann auf dem Wagen die Zügel an. Es ist ein großes, kräftiges Tier, das jetzt ganz ruhig vor ihnen steht. Es kaut nur geräuschvoll auf seinem Zaumzeug herum, Speichel tropft aus seinem Maul. Der Mann ruft etwas zu ihnen hinunter, aber in einem fremden Dialekt oder einer fremden Sprache, so genau lässt sich das nicht sagen. Jacob schüttelt den Kopf, ruft, dass sie ihn nicht verstehen, woraufhin der Mann einfach weiterredet.

Irgendwann verstehen sie aber doch, was er meint. Zumindest ungefähr. Sie sollen auf den Wagen steigen. Ja, aufsteigen! Sie beide. Ja! Und auch das Schwein. Hopp und hoch. Und klapp mal die Kiste auf. Und hol die Säcke raus. Doch nicht nur einen Sack! Nimm drei, besser vier, erst auf mehreren sitzt man bequem. Der Mann nickt zufrieden, als sie es endlich kapiert haben, endlich nebeneinanderhocken, jeder auf einem Stapel gefalteter Säcke, auf dem sonst leeren Wagen. Er nimmt die Zügel wieder zur Hand, sieht noch einmal über seine Schulter. Ja, er nimmt sie mit. Herzlich gern nimmt er sie mit, sagt dieses runde, freundliche Gesicht.

Es hat nicht wieder angefangen zu regnen, das Grau ist verschwunden und auch die Wolken haben sich fast alle verzogen.

Was sie für ein Dorf gehalten haben, ist ein stattlicher Bauernhof aus rotem Backstein mit weißen Fenstern und hohen Bäumen drum herum. Langsam nähern sie sich dem Hof. Vom dauernden Schaukeln und Schwanken des Wagens ist Jacob flau geworden, sein Körper ist starr vor nasser Kälte. Er ist erleichtert, als wenigstens am Ende dieser Fahrt der Weg fest und eben ist. Selbst die große Pfütze, durch die sie gerade hindurchfahren, ist so flach, dass es kaum zu spüren ist. Jacob lehnt sich aus dem Wagen und ruft Amie zu, dass sie doch wieder aufsteigen soll, aber sie schüttelt den Kopf. Ihr ist die holprige Fahrt noch weniger bekommen als ihm. Als sie sich das zweite Mal übergeben musste, war sie vom Wagen gesprungen und geht seither zu Fuß hinterher. Mit großen Schritten und weit schwingenden Armen, wie immer, und als könne sie noch ewig so gehen. Jacob denkt: ›Sie hätte beim Hans und der Mutter bleiben können. Sie hätte auf dem Frachtkahn ...‹ Da hebt Amie ihren Kopf, sieht ihn erschöpft an. Aber sie lächelt auch.

Die Bäuerin ist eine freundliche Frau. Sie holt eine Schüssel Wasser und saubere, trockene Kleidung für die beiden klitschnassen, verdreckten Gestalten. Und als Jacob einfach nicht warm werden will, bringt sie noch eine Decke und er darf die schweren Holzpantinen des Bauern überziehen, die der Mann mit seinen Füßen vorab für ihn wärmt. Das Schwein haben sie draußen bei den Hühnern und einem alten Hund gelassen. Schweine gibt es keine auf diesem Hof, dafür um so mehr Kühe, deren Muhen durch die offenen Fenster dringt. Später dürfen Jacob und Amie mit der Bauernfamilie und den Knechten und Mägden am großen Tisch sitzen und essen. Es gibt dicke Suppe aus Kartoffeln und grauen Erbsen, hartes Brot und Käse, ungewohnt viel Käse. Dazu trinken sie frische Milch und dünnes Bier.

»Was glotzen die so?«, raunt Amie irgendwann Jacob zu und meint die Kinder – ein Junge und drei Mädchen –, die ihre Augen nicht von ihnen lassen können, die jede ihrer Bewegungen gebannt und stumm verfolgen, als seien sie exotische Tiere. Aber statt zu antworten, tritt Jacob Amie nur auf den Fuß und lächelt weiter in die Runde. Eigentlich will er die ganze Zeit selbst schon etwas fragen, aber er weiß nicht, wie er es anstellen soll. Dann endlich fasst er sich ein Herz.

»Rotterdam?«, fragt er. Nur dieses eine Wort schickt er über den Tisch und erschrickt, als sich alle Köpfe zu ihm drehen, die Löffel sinken und es ganz still wird im Raum. Nur das jüngste Mädchen presst eine Hand auf den Mund und kichert.

»Rotterdam«, wiederholt die Bäuerin mit gerunzelter Stirn, schüttelt bedauernd den Kopf und schlägt dann mit der flachen Hand leicht auf den Tisch. »Rotterdam. Nee, nee.«

»Rotterdam«, wiederholt auch der Bauer, gewichtig nickt er zu Jacob hinüber, tippt auf die eigene Brust und dann ans Fenster hinter sich. »Rotterdam.« Danach isst er schweigend weiter, als sei damit alles gesagt und erklärt. Erst nach einer ganzen Weile geht ihm ein Licht auf. »Ah, Rotterdam?« Er zeigt mit dem Löffel auf Jacob, der eifrig nickt. Der Mann lacht, freut sich, dass er Jacobs Frage endlich verstanden hat. »Jaja, Rotterdam.«

Zwinkert ihnen fröhlich zu und streckt seine Hand über den Tisch. »Rotterdam!«

Jacob schlägt ein.

»Rotterdam!«, ist dann auch das Erste, was Jacob am nächsten Morgen, noch halb in der Nacht, an seinem Ohr leise hört. Der Bauer hat sie geweckt. Ganz viel Käse muss vom Hof in die Stadt. Und so schleppen sie die schweren, runden Laibe erst zum Wagen und nach kurzer Fahrt zum kleinen Kahn, der sie zunächst auf schmalem Wasser und dann auf dem breiten Strom nach Rotterdam bringt. Als der Tag anbricht, sehen sie eine Stadt vor ihnen liegen. Ist es wahr? Haben sie Rotterdam erreicht? Sie sitzen aufrecht und voller Erwartung im Boot, sitzen auf den großen, gelben Käselaiben wie auf gestapelten Sonnen.

FLUSS

Heute schenkt der Himmel dem Fluss sein prächtigstes Blau, auf dem das Silber der kleinen Wellen flirrend tanzt. Auf und ab, hin und her geht das Segeln und Rudern der Schiffe und Kähne, was ihnen gegen den Strom nur langsam, mit Wind und Flut aber pfeilschnell gelingt. Und Hunderte Masten schwanken himmelwärts. Auf dem Damm, der das Ufer begrenzt, wachsen hohe Linden. Dort erhebt sich die Stadt. Der mächtige Turm einer Kirche. Herrschaftliche Backsteingebäude, an denen grüne Fensterläden glänzen. Schiffsmasten ragen auch zwischen den Häusern empor, weil Wasserkanäle die Stadt durchziehen. Und unzählige Windmühlen, zum Teil auf turmähnlichen Unterbauten errichtet, fangen den Wind.

Da ist er ja, der kleine Kahn!

Im Gewirr der Boote und Schiffe hatte der Fluss ihn für einen Moment aus dem Blick verloren. Aber nun sieht er zu, wie der Bauer gleich den ersten Kanal ansteuert und der Kahn dann ganz oben am Kai zwischen zwei Häuserreihen schaukelnd verschwindet.

JACOB

Wie ein Seiltänzer nicht hinabsehen darf, wenn er übers Seil geht, darf Jacob nicht hinabsehen, wenn er übers Wasser geht. Denn sieht einer wie der andere hinab, verliert er schnell das Gleichgewicht und stürzt ab. Jacob hat es noch schwerer als ein Seiltänzer, denn der volle Sack, das schwere Fass auf dem gebeugten Rücken zwingt den Blick hinunter. Jacob aber hat gelernt, den Kopf oben zu halten, fest in den Nacken zu drücken, wenn man über die schmalen, schwankenden Bohlen geht, auch wenn es noch so sehr schmerzt. Und dem Vordermann sollte man auf den Hintern, besser noch höher, auf dessen Last starren, um so Schritt um Schritt Schiff oder Land unbeschadet zu erreichen.

Im Schneidersitz, mit nacktem Oberkörper hockt er jetzt im Gras auf der Uferwiese, beißt die Zähne zusammen, aber schreit dann doch wieder auf, als Amie mit einem kalten, nassen Lumpen über die wunden Stellen an seinem Rücken tupft. »Halt still«, ermahnt sie ihn.

»Es tut aber weh!«

»Es hilft«, sagt sie sanft.

Heute ist es Pfeffer gewesen, gestern Zucker und morgen wird es vielleicht Kaffee oder etwas ganz anderes sein. Mit irgendwas muss man schließlich sein Geld verdienen. So haben sie es sich in dieser Stadt erst mal eingerichtet: Jacob schleppt Waren von Schiffen, die aus fernen Erdteilen hier anlanden, Amie spült Geschirr in einer Hafenschänke und das Schwein treibt sich herum. Aber nie entfernt es sich weit. Nach getaner Arbeit braucht Jacob nur nach ihm zu pfeifen, schon kommt es angelaufen. Nur heute zum ersten Mal nicht.

Bald zwei Wochen sind sie schon hier, in wenigen Tagen soll der große Segler, der im Hafen vor Anker liegt, nach Amerika auslaufen. Noch gebe es freie Plätze, hört man.

»Hast du heute denn mal gefragt, was es kostet?«, will Jacob wissen.

»Ja, hab ich.«

Er wendet sich um, sieht zu, wie Amie den Lumpen in die kleine Schüssel mit Wasser tunkt und ihn auswringt. Sie blickt auf.

»Da waren zwei Männer. Und der eine, Jacob, das glaubst du nicht. Der eine, das war der Mann aus dem Dorf zu Pfingsten. Weißt du noch, der feine Mann auf dem Pferd. Der mit Zetteln geworfen und die ganze Zeit so ein Zeug geredet hat. Der war auch da. Ich bin mir ganz sicher, dass er es war.«

»Ja, und? Was hat er gesagt?«

»Nichts. Gar nichts hat er gesagt. Er saß am Fenster. Nur der am Tisch hat geredet.« Sie drückt wieder den Lumpen auf seinen Rücken, Jacob schreit. »Das Zimmer war überall mit Holz, sogar an der Decke. Und an der Wand, da war ein bunter Teppich. Der Tisch, an dem er saß, so einen Tisch, Jacob, hab ich noch nie gesehen, da waren Sachen reingeschnitzt. Und …«

»Was kostet ein Platz?«, presst Jacob zwischen den Zähnen hervor.

»Ich bin mir nicht sicher.«

»Wie?«

»Ich hab's vielleicht nicht richtig verstanden?«

»Was?«

»Nichts.«

»Was nichts?«

»Beug dich vor.«

»Aua!«

»Er hat gesagt, es kostet nichts.«

»Was? Die Überfahrt?«

»Ja. Hat er gesagt. Habe ich so verstanden. Dass die Überfahrt nichts kostet.«

Jacob schiebt ihre Hand weg. »Auch für das Schwein?«

»Das Schwein willst du mitnehmen?«

»Ja! Und wenn's doch nichts kostet.«

»Aber es kostet was! Es kann nicht sein, dass es nichts kostet!« Sie klatscht den Lumpen in die Schüssel. »Wo ist es überhaupt, das Schwein?«

FLUSS

Im Gewühl am Hafen trifft und findet sich alles. Wagen, Schubkarren, rollende Fässer, Lärm, Düfte, Gestank. Neuigkeiten und Gerüchte. Ratten, Katzen, Mäuse, toter Fisch. Der Fluss hat vorhin auch das Schwein gesehen. Es stand mit gereckter Schnauze ganz vorn an der Kaimauer, hoch überm Wasser, weil Ebbe ist. Jetzt ist es fort. Kaufleute und Schiffsleute sind immer da. Und immer stopft irgendwo ein Kapitän seine Pfeife. Ballen von Waren gibt es, Körbe, Kisten, Möwengeschrei. Was müssen Möwen eigentlich immer, immer so schreien? Bettler, Diebe. Reisende. Warten, spazieren, lungern, eilen. Fremde von überallher, Fremde nach überallhin. Kommen. Gehen. Segel knallen im Wind. Manche gehen für immer. Geschenktes Land, geschenktes Glück? Von ihrer Angst, ihren Tränen lassen sie etwas im Hafen zurück. Es nistet in den gerollten Tauen der Schiffe.

JACOB

Um diese Zeit sitzen sie sonst draußen am Feuer, schlafen später auf den Uferwiesen, Nieselregen halten sie aus. Aber dieser Regen an diesem Abend, er rauscht vom Himmel. Kein Wunder, dass der kleine Raum in der lausigen Herberge voll ist mit Leuten. Es ist warm und stickig. Die feuchte Luft, die durch das geöffnete Fenster hereindringt, macht es kaum besser. Kleine Lämpchen flackern. Sie liegen nebeneinander auf bloßer Erde. Die Plätze auf Stroh waren schon vergeben, als sie kamen. Sogar auf den Tischen und Bänken haben die halb nackten Menschen sich ausgestreckt. Männer, Frauen, Kinder. Überall hängen ihre nassen Kleider zum Trocknen.

»Ich frag mich, wo das Schwein ist«, sagt Jacob zu Amie.

»Hier drinnen hätte es eh keinen Platz.«

»Ich will aber wissen, wo es ist.«

»Wird ihm schon gut gehen.«

»Weiß nicht.«

Als Amie darauf nichts sagt, knufft Jacob sie. »Heute ist der vierte Tag, dass es fort ist!«

»Mach dir mal keine Sorgen,« sagt sie und gähnt zugleich.

»Doch, mach ich. Ich mach mir Sorgen.« Das Schwein kommt ihm schon länger merkwürdig vor, merkwürdig abweisend. Besser man fasste es gar nicht an. Als er ihm ein paar Nackenhaare ausgerissen hatte, war da aber weder Blut noch Eiter gewesen. Es war also nicht krank.

Amie gähnt schon wieder.

»Ich kann jetzt nicht schlafen«, sagt Jacob. »Sobald es aufhört zu regnen, geh ich wieder los, es suchen.«

»Ja, mach das.«

»Kommst du nicht mit?«

»Doch, aber erst …«

Zwei Kinder fangen laut an zu streiten. Amie wirft sich genervt auf die Seite. Jacob erschrickt, als der Mann neben ihm sich aufrichtet. Ein breitschultriger Kerl mit einem viereckigen Kopf auf einem kurzen, kräftigen Nacken. Sein Bauch wölbt sich über seine Schenkel. Es könnte Ärger geben. Die Kinder verstummen, starren den Mann an. Warten wie Jacob, dass er sich wieder hinlegt. Aber er bleibt sitzen, will noch reden.

»Wir sind ja auf dem Weg nach Amerika«, fängt er zu Jacob gewandt halblaut an.

»Was?«

»Amerika. Jaja. Gehen wir hin.« Er tätschelt ein Bein neben sich, woraufhin der Kopf einer Frau mit wüsten Haaren und winzigen Augen erscheint.

Sie nickt. »Amerika, jaja, Amerika.«

Jacob setzt sich nun auch auf. »In drei Tagen legen wir ab«, sagt der Mann.

Und die Frau: »In drei Tagen!«

»Ist gar nicht mehr lang«, sagt Jacob.

»Nicht mehr lang!«, wiederholt die Frau.

»Manche gehen ja an Bord, ohne drüben wen zu haben«, sagt der Mann. »Würde ich nie machen. An Bord gehen, ohne dass man wen hat.«

»Nein, nein«, meint sie. »Ohne dass man wen hat.«

»Wen habt ihr denn?«, fragt Jacob.

»Ihren Bruder.« Wieder tätschelt der Mann das Bein seiner Frau. »Hat auch geschrieben, ihr Bruder. Dass wir nachkommen sollen.«

Jacob horcht auf.

»Jaja, nachkommen.« Die Frau kramt aus ihrem Beutel ein Stück Papier, gibt es ihrem Mann.

Der faltet es auf, schlägt mit dem Handrücken darauf. »Hat er uns alles aufgeschrieben. Wie alles so geht, wie alles ist.«

Verblüfft beugt sich Jacob über den Brief. Er hat das Siegel gesehen. Schiff, Pflug, Weizen, darüber der Adler, alles in einem Kreis. Georgs Brief sah so aus. Haargenau so. Oben das Siegel, darunter die Linien, die Bögen der Schrift. Er versteht es nicht. Sein Herz beginnt zu klopfen.

»*Meine Lieben in der fernen Heimat. Viel Zeit ist verflossen seit ich Abschied nahm*«, liest der Mann vor. Jacob stockt der Atem. »*Schon immer seit ich hier in Pennsylvanien bin, geht es mir gut. Die größte Zahl der Einwohner sind die Deutschen. Die Stadt, in der ich wohne, liegt an zwei Flüssen und heißt Philadelphia. Sie ist groß und schön.*« Der Mann liest etwas holprig, jetzt muss er Luft holen.

Jacob ist in Gedanken schon drei Zeilen weiter. Diese Worte. Georgs Sätze! Wie ist das möglich? Alles in Jacob beginnt sich zu drehen. Wie kann dieser Mann Georgs Brief vorlesen? Das geht doch nicht. Kann nicht sein. Georgs Brief ist in meiner Hosentasche!, will Jacob schreien. Eine Kugel aus Papier! In meiner Hosentasche! Kann nicht sein.

Die Stimme des Mannes erreicht ihn wieder: »*... so viele Landsleute die Heimat verlassen und sich in großer Menge in die Neue Welt begeben, die jetzt auch meine ist. Land wird einem hier geschenkt. Zehn Jahre darf man es zum eigenen Nutzen gebrauchen ohne die geringste Abgabe an die Regierung. Es ist ...*« Der Mann bricht ab, sieht Jacob verdutzt an. Jacob hat nicht gemerkt, dass er nicht nur die letzten Worte laut mitgesprochen hat, er hat den Mann auch überholt. Der klopft ihm nun anerkennend auf die Schulter. »Nie hätt ich

gedacht, dass *du* lesen kannst! Hätt ich nie im Leben gedacht.« Er lacht.

»Nie gedacht«, wiederholt die Frau und lacht auch.

Entsetzt schüttelt Jacob den Kopf, stößt die fremde Hand
von seiner Schulter. Springt auf. »Ich kann gar nicht lesen!«,
brüllt er in die erschrockenen Gesichter. Dann rennt er hinaus
in den Regen.

Eine unendlich lange Reihe Laternen beleuchtet das Ufer. Ja-
cob rennt im gelben Licht. Seine Schritte knallen durch die
Pfützen wie Schüsse. Es hört auf zu regnen, aber er bemerkt
es nicht. Er rennt. Rennt und rennt. Dann kann er nicht mehr.
Keuchend bleibt er stehen, beugt sich vornüber, stützt die
Hände auf die Beine. Sie zittern. Alles in ihm ist noch in Be-
wegung, alles in ihm stürmt vorwärts. Wohin? Ihm ist übel,
er muss sich setzen. Starrt aufs Wasser, keucht immer noch.
Meine Lieben in der fernen Heimat. Es gibt keinen Brief. *Meine
Lieben ...* Keinen Brief von Georg. Nicht von Georg. Von dem
nicht. *Ihr glaubt nicht, wie sehr ich mich auf den Augenblick
freue, wenn ihr ...* Georg hat keinen Brief geschrieben. Nie.
Aber wer? *Macht euch keine großen Sorgen.* Sorgen. Sorgen.
Was ist mit Georg? Und wer hat den Brief geschrieben? Wer?
Wer hat ihn noch bekommen? Wer und wie viele? Hunderte?
Tausende? *Nehmt euren Mut und euer Vertrauen.* Vertrauen.
Mut und Vertrauen. Woher denn? Georg hat nie ... Nie! Georg
hat gar keinen Brief geschrieben.

Alles falsch. Alles Betrug.

Einen Brief von Georg gibt es nicht.

Amerika gibt es auch nicht.

Gibt es alles nicht.

Zu Ende.

Alles.

Die Welt.

Die Welt ist zu Ende hier.

Jacob springt auf.

Das hier ist schlimmer als sterben. Schlimmer als verhungern, als ersaufen, schlimmer, als erdrosselt zu werden. Weil es nicht vorbeigeht. Weil es bleibt.

Er wühlt mit der Hand in seiner Hosentasche. Greift die Kugel, schleudert sie aufs Wasser. Graues, wertloses Ding. Die Papierkugel ist leicht, fliegt nicht weit. Schwimmt.

»Neiiiiin!«, schallt es über den dunklen Fluss.

FLUSS

Ein früher Morgen im Sommer. Im Schilf nah beim Dorf schrie ein Silberreiher in der Dunkelheit, aber sie hörten den Vogel nicht. Denn der Junge weinte lauter als der Reiher schrie. Der Fluss weiß es noch genau. Der Junge war da noch ein kleines Kind, kaum älter als ein Jahr, war gerade dabei das Laufen zu lernen. Aber sie trugen ihn zum Wasser, Vater und Sohn, gingen mit eiligen Schritten durch den dichten Wald. Ja, an diesen Morgen im Sommer erinnert sich der Fluss. Wie sie das Bündel, den Jungen in der Decke, vorn in die Spitze des Bootes legen. Wie er nicht aufhört zu weinen, auch nicht, als das Boot zu fahren und wie eine Wiege sanft zu schaukeln beginnt.

»Still! Still soll er sein!«, verlangt der Vater, als sie draußen bei den Netzen sind. »Mach was«, sagt er zum Sohn. »Das geht so nicht.«

Da setzt der weinende Junge sich auf. Die kleinen Hände am Bootsrand hat der Fluss zuerst gesehen. Dann, wie der Junge sich hochzieht, kurz darauf wackelig steht, loslässt, rückwärtskippt, auf den Hintern fällt. Der Junge brüllt. Der Vater reißt dem Sohn das Paddel aus der Hand.

»Mach du, dass er Ruhe gibt.« Und der Sohn schnappt den Jungen, wiegt ihn auf seinen Knien, spricht beruhigend auf ihn ein. Aber der Junge hört nicht auf zu schreien. »Was ist mit dem? Was schreit der so?«, braust der Vater auf. »Hat sein Zeug gekriegt. Der ist doch satt. Was will er noch?«

»Die Mutter«, sagt der Sohn. »Er weint nach ihr. Er versteht nicht, dass sie nicht mehr kommt.«

»Ja, was? Mir fehlt sie auch. Und ich mach nicht so ein Geschrei.« Der Sohn drückt den Jungen an sich, streicht über sein Haar, sein nasses Gesicht. Es hilft nichts. Da hockt der Vater sich neben ihn. »Gib her!«

»Was?«

»Gib den Jungen her.«

»Nein, ich mach das. Es geht schon.«

Aber der Vater greift den Jungen, packt ihn mit beiden Händen. Der Junge windet sich.

»Du tust ihm weh!«

Der Vater presst ihn aufrecht an seine Brust. Der Junge schreit aus Leibeskräften, schreit über die Schulter des Vaters hinweg. Der Vater dreht den Kopf zur Seite, stiert aufs Wasser, das an dieser Stelle tief und kalt ist. Der Fluss fängt seinen Blick ein und erschrickt.

»Nein! Vater, nein!«

Denkt der Sohn, was der Fluss ahnt?

»Was?«, blafft der Vater.

»Tu es nicht«, erwidert der Sohn. »Im Dorf würden sie fragen, wo er ist.«

Der Vater fängt an, den Jungen zu schuckeln, hoch und runter schuckelt er ihn, kantig und hart, das Kind verschluckt sich, muss husten und schreit noch lauter. »Was, meinst du, soll ich nicht tun? Was denkst du denn?«, schreit der Mann gegen das Brüllen an und sein ganzer Oberkörper wippt und wippt. Hoch, runter, hoch, runter. Plötzlich hört das Schreien auf. Hat das Kind gelacht? Der Vater macht weiter – hoch und runter – und brummt auch noch was. Kein Wiegenlied, aber eine Art Melodie. Der Junge bleibt ruhig, blinzelt, horcht, macht kleine Geräusche. Nun wiegt der Vater ihn sacht. Da gähnt der Junge einmal laut, sein Kopf kippt nach vorn, sinkt auf die Vaterschulter. Der Junge schnauft und schmatzt, schläft ein. Schläft, als sie die Netze einholen, schläft neben dem Fang im Boot. Schläft, als sie ihn nach Hause tragen. Schläft, als wenn nichts einfacher als Schlafen wäre. Schläft.

JACOB

»Was ist passiert? Was machst du hier?« Sie rüttelt ihn sanft. Jacob presst die Finger an seine Schläfen. Wieso weckt sie ihn? Er dreht sich zur Seite. Sie soll weggehen, ihn in Ruhe lassen, aber sie rüttelt ihn weiter, und murrend setzt er sich auf. »Ich hab dich überall gesucht!«

Ihr vorwurfsvolles Gesicht dicht vor seinem. Er blinzelt, schiebt sie beiseite. Vor ihm der Fluss. Boote, Schiffe. In seinem Rücken ein Baum. Mit einem leisen Stöhnen lässt er sich nach hinten sinken, lehnt sich an den Stamm. Er fühlt sich, als sei er die ganze Nacht gerannt. Die Morgenröte erleuchtet den Himmel, ein orangeroter Streifen liegt auf dem Wasser, die Wolken darüber sind tiefviolett. Gleich geht die Sonne auf. Ihm ist flau.

»Jacob?«

Er dreht ihr sein Gesicht zu. Was soll er sagen?

»Jacob!«

Er zuckt mit den Schultern. Sie lächelt ihn unsicher an. Er dreht den Kopf weg, schließt die Augen wieder. Nach allem, was geschehen ist, ist er fast überrascht, dass es wieder Morgen geworden ist, dass ein neuer Tag beginnt, dass das Leben einfach weitergeht. Aber er findet sich nicht mehr zurecht, kennt sich nicht mehr aus. Es ist seltsam. Der Geruch von Brot an seiner Nase.

»Mund auf«, sagt Amie. Er öffnet den Mund. Sie steckt ihm ein kleines Stück weiches Brot zwischen die Zähne. »Kauen, Jacob.« Er kaut langsam. »Du musst was essen.« Sie schiebt noch ein Stück hinterher. Er kaut. Schluckt. Kommt sich vor wie ein kleines Kind. »Und was trinken, Jacob.« Ein Becher an seinem Mund. Er nippt daran. »Trinken, Jacob. Richtig trinken.« Er nimmt ein paar kräftige Schlucke, spürt das Wasser kalt in sich hinablaufen. »So ist gut. Ja, gut.«

Er sieht sie an, sagt: »Nichts ist gut. Amerika gibt es nicht.«

»Was redest du?«, erwidert sie mit glucksendem Lachen, wird aber gleich wieder ernst. »Jacob! Was ist mit dir?«

»Nichts«, sagt er tonlos und es ist noch nicht mal gelogen. Denn es ist nichts, was er fühlt. Nichts. Er fühlt nichts.

»Wir werden es schon finden«, sagt Amie.

»Was?«

»Na, das Schwein!«

Schwein. Ein Schwein hatte er auch mal. Etwas regt sich in ihm. Sein Schwein muss hier irgendwo sein. In dieser Stadt. Muss es sein! Er rappelt sich hoch, fährt sich durchs struppige Haar, streckt Amie eine Hand hin und zieht sie mit einem so kräftigen Ruck auf die Beine, dass sie einen Satz nach vorn macht und beinahe fällt.

So viele Schweine wie in Köln gibt es in Rotterdam längst nicht. Aber es gibt einige und jedes Mal, wenn eins auftaucht, setzt Jacobs Herzschlag kurz aus. Mit jedem falschen Schwein aber schrumpft die Hoffnung weiter, dass sie seines finden. Sie gehen durch eine stille Gasse, vom Hafen haben sie sich weit entfernt. Die Häuser sind auch hier aus rotem Backstein, nur viel kleiner als die im Hafen, aber mit erstaunlich großen

Fenstern. Eine schwarze, struppige Katze sitzt am linken Weges-
rand. *Kreuzt eine schwarze Katze von links nach rechts deinen Weg,
bringt das Unglück.* So heißt die Regel. Oder ist es andersherum?
Von rechts nach links? Die Katze maunzt leise und streckt die
Nase vor. Jacob wendet den Blick ab. Sie soll bloß hocken bleiben.
Solange sie dahockt, schadet sie nicht. Er sieht sie nicht an, als er
schnell an ihr vorübergeht, aber er hört sie maunzen.

»Jacob!« Er dreht sich um. Amie ist stehen geblieben, die
Katze verschwunden.

»Was ist?«, ruft er.

»Ich bin müde, mir ist warm, ich hab Hunger«, klagt sie,
die Hand über den Augen, weil die Sonne sie blendet. »Lass
uns aufhören zu suchen. Wir finden es nicht. Die Stadt ist zu
groß!«

Jacob ist auch müde, ihm tun die Füße weh, alles tut ihm
weh, er weiß, dass Amie recht hat, aber er ist wie besessen von
dem Gedanken, das Schwein zu finden. Wenn sie es nicht finden, stirbt er. So fühlt er sich. Er läuft zurück zu ihr. »Ich muss
es finden!«, schreit er sie an. »Ich muss!« Die Stimme versagt
ihm, Tränen schießen in seine Augen. Schnell dreht er sich um
und rennt davon.

»Warte!«, ruft Amie. Er hört sie hinter sich rennen, wischt
hektisch über seine Augen. Vom gefälschten Brief hat er ihr
noch gar nichts erzählt. Ihre Hand auf seiner Schulter. »Ist gut.
Wir suchen weiter«, sagt Amie ruhig. »Pfeif doch noch mal.«
Er steckt zwei Finger in den Mund und pfeift.

Als das Schwein um die Hausecke lugt, weiß Jacob sofort, dass es sein Schwein ist. Aber er kann sich nicht rühren. Er steht mitten in der Gasse, spürt sein Herz klopfen und starrt auf das Tier. Dass es plötzlich wieder da ist, kommt ihm unwirklich vor. Auch Amie tut nichts, sagt nichts. Das Schwein setzt eine Pfote nach vorn, dann die andere, tritt aus dem Häuserschatten und trippelt ganz selbstverständlich auf sie zu. Jacob bewegt sich immer noch nicht, nur seine Hände zittern leicht. Etwas ist anders mit dem Schwein, es begrüßt Jacob nicht wie sonst, reibt seine Schnauze nicht an seinem Bein, schnuppert nicht an ihm, berührt ihn nicht. Stattdessen umkreist es ihn nur einmal schnell und läuft dann gleich wieder fort, verschwindet zwischen den Häusern, woher es gekommen ist. Sie eilen ihm nach.

Die Häuser sind nur zwei Stockwerke hoch, stehen im Viereck um einen großen Hof, der jetzt von der Mittagssonne hell beschienen ist. In flachen Erdkuhlen liegen Hühner mit aufgeplustertem Gefieder. An den Rückseiten der Häuser kleben kleine Holzhütten, die, wie es aussieht, auch bewohnt sind. Alles wirkt reinlich und aufgeräumt. Das Schwein können sie nirgendwo entdecken. Dann aber hören sie ein tiefes Grunzen, auf das ein sehr helles Quieken folgt, und schon ist es wieder still. Jacob und Amie laufen dorthin, wo die Geräusche herkamen, zu einem niedrigen, umzäunten Unterstand zwischen zwei Hütten. Amie schlägt sich eine Hand vor den Mund, als sie das Schwein entdeckt. Das Tier liegt im Halbdunkel in der hinteren linken Ecke vor ein paar Kisten. Es liegt auf der Seite, auf Lumpen und Stroh. Und an seinen Zitzen hängen winzige Ferkel, acht an der Zahl, die aufgeregt schnaufen und schmatzen. Alle sind gestreift. Jacob lacht auf, reibt sich die Stirn, zeigt auf die Tiere, knufft Amie.

»Aber wieso denn gestreift?«, fragt Amie. Er grinst sie an. Sie schüttelt den Kopf. »Was?« Er knufft sie noch mal, wiegt seinen Kopf hin und her und hört nicht auf zu grinsen. Sie kapiert es nicht.

»Der Vater, Amie. Ein wilder Eber!«

»Wirklich?«

Er nickt.

»Und wann?« Sie sieht ihn immer noch verständnislos an.

»Vor der Reise muss es passiert sein. Bei meinem Dorf, im Wald, irgendwann.«

Jetzt lacht sie auch.

Da kommt ein Mann. Von hinten über den Hof kommt er auf sie zu, geht wie ein Schiffer auf breiten Beinen, fängt an zu reden, wohl ist es Niederländisch. Er stellt sich zu ihnen, verschränkt die Arme vor dem Bauch, nickt zu den Schweinen, lacht, redet weiter. Jacob sagt, dass sie ihn nicht verstehen, lächelt ihn an und hebt entschuldigend die Schultern. Der Mann kratzt sich am Bart, grinst, redet wieder weiter. Jacob zeigt zum Schwein.

»Mein Schwein«, sagt er und zeigt dann auf sich. »Mein Schwein, das ist mein Schwein!«

Der Mann zieht seine Stirn in Falten, hebt einen Finger. »Nee, nee«, erwidert er streng. Deutet nun selbst zum Schwein, dann auf sich und wieder zum Schwein. Lächelt nicht mehr. Mein Schwein, dein Schwein. Darum geht es, jetzt verstehen sie einander, haben's beide kapiert. Sie streiten. Der Mann schubst Jacob bis zum Ausgang des Hofes, will, dass sie verschwinden. Da taucht ein zweiter Mann auf. Mittelgroß, schlank, jünger als der andere, ein sehniger Kerl mit hellem, zotteligem Haar. Der Bärtige winkt ihn heran. Der Mann ruft ihm etwas zu. Aufgebracht reden sie durcheinander.

Jacob stutzt. Diese Stimme. Der Mann kommt näher. Nein, er kennt den Mann nicht. Wie sollte er auch? Der Mann steht nun direkt vor ihm. Jacob blickt in müde Augen in einem kantigen, verlebten Gesicht. Nein, das ist er nicht. Das kann er nicht sein. Jacob erinnert sich an Georgs muntere Augen, die vollen Wangen, erschrickt über diesen trüben, gleichgültigen Blick. Kann sich ein Mensch in so wenigen Jahren so sehr verändern? Der Mann fährt sich mit der Hand einmal übers Gesicht, vom Kinn über die Nase, über die Augen und wieder hinunter zum Kinn. Es geht blitzschnell und so kräftig, dass man fürchten muss, dass die Nase Schaden nimmt. Jacob starrt ihn an. Noch nie ist ihm jemand begegnet, der sich übers Gesicht wischt wie Georg. Der Mann sagt wieder was. Jacob versteht es nicht, aber er hat die Lücke zwischen den oberen Schneidezähnen gesehen. Georg hatte so eine Lücke. Der Mann ist verstummt, wartet darauf, dass Jacob etwas erwidert. Aber Jacob kann nicht sprechen, er spürt sein Herz in der Kehle, sein Mund ist trocken.

›Warum erkennt er mich nicht?‹, denkt er. ›Wenn es Georg wäre, müsste er mich erkennen.‹ Er versucht zu schlucken. »Georg?«, sagt er leise. Jacob kann sehen, wie der Mann zusammenfährt, aber der Mann erwidert nichts, rührt sich nicht, nur sein Blick tastet sekundenlang über Jacob hinweg. Dann streckt er langsam seine Hand nach ihm aus. Jacob weicht nicht zurück, wagt nicht zu atmen. Er hat sich ihr Wiedersehen so oft ausgemalt. Aber doch nicht hier und nicht so. Die Hand streicht ein paar Haare aus Jacobs Stirn. Jacob blinzelt. Ein Finger berührt die Narbe an seiner Braue.

»Die Linde im Dorf«, sagt sein Bruder mit rauer Stimme und für einen kleinen Moment wird sein Gesicht ganz weich. »Aus der großen Linde bist du gefallen.« Sein Gesicht verdüstert sich wieder, seine Kieferknochen mahlen, er schluckt und schluckt. Nicht nur das Unglück, auch das Glück hebt manchmal die Welt so schmerzhaft aus den Angeln, dass es kaum zum Aushalten ist. Als sich seine Augen mit Wasser füllen, packt Georg mit beiden Händen Jacob im Nacken. Jacob spürt einen heftigen Ruck. Sein Bruder drückt ihn fest an sich und hört nicht auf sich zu räuspern.

FLUSS

Kurz bevor der Fluss das Meer erreicht, lenkt ein breites Dünenstück ihn nach Südwesten ab. Weit verästelt fließt er zur Mündung hin, fließt in Armen und Rinnen durch sturmgepeitschte Landschaft, die sandhügelig, mager, salzüberkrustet ist. Leerer, weiter Horizont. Im Gegenlicht taucht ein Seeadler auf. Der Fluss kennt ihn lange, weiß, es ist sein fünfter Sommer und sein erster mit eigenem Nest. Aber die, die da unter ihm gehen, bemerken ihn nicht. Der Junge, sein Bruder, das Mädchen und das Schwein. Kämpfen sich vorwärts gegen den Wind. Ihre Fußabdrücke im weichen Boden. Das Schwein geht in Schlangenlinien. Mühelos zieht der Adler über sie hinweg, fliegt hinaus auf die offene See. Da hat der Junge ihn entdeckt, zeigt zu ihm hoch. Junge, diesen Adler hast du schon mal gesehen! Weißt du noch?

Vor ihnen die Mündung: In langen, dünnen Fingern ergießt sich der Rhein ins Meer, mag sich noch nicht mit ihm vereinen, fremdelt mit dem salzigen Wasser und hört sich selbst nicht mehr. Nicht mehr sein Plätschern, sein Gurgeln und Murmeln, sein sanftes Rauschen. Hört nur noch den schweren Atem der Wellen, Walzen aus Wasser. Eintöniger Rhythmus. Unerbittlich. Laute Stille. Und doch, darauf besteht er: Nicht das Meer nimmt *ihn* auf. *Er*, der Fluss, ist es, der das Meer speist.

Der Adler zieht heute nur ein paar wenige Kreise. Schon dreht er ab und fliegt flussaufwärts zurück zu seinem Horst.

JACOB

Mit Schaum an den Rändern schießt das Wasser in breiten Zungen über den brettharten Sand. Das Schwein flüchtet. Und sieht dann verwundert zu, wie das Wasser sich von ihm entfernt, sich zurückzieht, um es kurz darauf erneut zu verfolgen. Das Meer ist dem Schwein nicht geheuer. Jacob pfeift nach ihm, aber es dreht nur kurz seinen Kopf. Nein, in dieses Wasser setzt es keine Pfote. Jacob steht mit den Füßen drin. Die weiße Gischt schäumt um seine Waden, das Wasser saugt an seinen Fesseln. Mit jeder ablaufenden Welle sinkt er tiefer in den sandigen Grund. Er macht einen Schritt zur Seite, schüttelt den schweren Sand von den Zehen. Als die nächste Welle heranrollt, breitet er seine Arme aus, legt den Kopf in den Nacken, schließt die Augen, lauscht dem Rauschen, das Gesicht im starken Wind. Am ganzen Körper hat Jacob Gänsehaut, aber ihm ist nicht kalt. Er lässt die Arme sinken, blickt wieder aufs bewegte Wasser. Am Horizont ist ein Schiff aufgetaucht. Kommt es näher? Entfernt es sich? Man müsse nicht nach Amerika, hat Forster zu ihm gesagt. Freiheit gebe es auch anderswo.

›Was ist Freiheit?‹, denkt Jacob jetzt. Wäre Georg damals auf dem Amerikasegler geblieben und wäre er, Jacob, später auch an Bord gegangen, wer weiß, vielleicht wären sie beide längst dort. Aber hätten sie einander gefunden? Georg war vor Jahren tatsächlich schon auf einem Schiff nach Amerika gewesen, das Geld für die Überfahrt hatte er mühsam verdient. Aber dann, so hatte er Jacob erzählt, war es merkwürdig zugegangen. Als er an der Reling gestanden und hinabgesehen hatte auf die vielen Menschen am Kai, wie sie zum Abschied zu ihnen hoch winkten mit weißen Tüchern in den Händen, da habe sich alles in ihm umgekehrt. Das, was er die ganze Zeit für wahr gehalten hatte – das freie, sorglose Leben in der Neuen

Welt – war ihm mit einem Schlag wie ein leeres Gerücht vor-
gekommen. Und das, was er für Gerüchte gehalten hatte – die
erbärmlichen Zustände auf den Auswandererschiffen, die
falschen Versprechungen der Anwerber und Agenten, die gefälschten Briefe, die man den Familien nach Hause schickte,
um noch mehr Leute zu locken – all das war ihm plötzlich wie
Tatsachen erschienen. Im letzten Moment, bevor das Schiff ab-
legte, war er von Bord gerannt. Warum er nicht zurückgekom-
men sei, zurück zu ihnen ins Dorf, wollte Jacob wissen, worauf
Georg antwortete: »Weil ich mich geschämt habe.« Jacob muss
nun wieder an Forster denken. Und an seinen Begleiter. Wie
hieß er noch? Humboldt. Ja, Humboldt. War Humboldt schon
in Amerika? Er träumte doch davon.

In diesem Moment stürmen Amie und Georg an Jacob vorbei und stürzen sich lachend und kreischend ins tosende Wasser. Eine Welle begräbt Amie unter sich, hustend taucht sie auf
und verzieht angeekelt ihr Gesicht. Jacob lacht. Ja, Salzwasser
schmeckt scheußlich!

Zwei Jahre schon sind sie in Rotterdam, es geht ihnen nicht
schlecht als Hafenarbeiter und Kneipenmädchen. Das Meer
allerdings sehen sie heute zum ersten Mal. Rotterdam liegt
eben am Fluss und nicht am Meer. Aber wenigstens einmal
wollte Jacob es sehen, einmal am Meer gewesen sein, bevor
sie zurückgehen. Denn so ist es. So haben sie es entschieden.
Dass sie zurückgehen. In ihr Dorf. Erst war es nur Georgs
Wunsch, er drang darauf, Rotterdam zu verlassen. Er sei kein

Hafenarbeiter, er sei Fischer und wolle nichts anderes als Fischer sein. Zu Hause. Nirgendwo sonst. Die ganze Zeit habe er Heimweh gehabt, habe es immer noch, es gehe nicht fort, es sei schrecklich. Andere waren ja auch heimgekehrt, hatten den weiten, gefährlichen Weg zurück über die atlantische See gemacht. Er hatte sie in Rotterdam von Bord gehen sehen. Jacob war der Plan erst gar nicht geheuer. Seine Angst vor Strafe war größer als sein Heimweh. Er hatte den Schlüssel zur Zunftlade verloren! Aber doch nicht gestohlen, hielt Georg ihm entgegen. Er sei kein Dieb und der Vater kein Unmensch. Er solle Vertrauen haben. Und er, Georg, werde schon auf ihn achtgeben. Sie seien doch Brüder.

»Jacob!« Aufrecht steht Amie im Wasser und winkt. Sie war sofort einverstanden gewesen, zurückzukehren. Jetzt kommt sie gelaufen und zieht Jacob an den Händen ins tiefere Wasser.

FLUSS
Von fern kommt er her, aus fernen Bergen, aus fernen Zeiten. Da war der Mensch dem Fluss noch nicht mal im Traum erschienen. Scheinbar unendlich strömt er seither dahin. Und immer wieder neu spiegelt sich die Welt in seinem Wasser, verbinden sich die Zeiten. So lauscht er auch heute, an diesem sonnigen Tag im Frühling, dem Leben an seinem Ufer wie eh und je, lauscht den Stimmen der Menschen, die im sandigen Kies sitzen und auf den Sonnenuntergang warten, lauscht dem Rauschen der Straße, dem

Rauschen der großen Stadt. Eine Straßenbahn bimmelt, ein Auto hupt. Jemand steht auf, schnipst einen Zigarettenstummel aufs Wasser, sieht dem Frachtschiff nach, das mit Motorkraft flussaufwärts zieht. Und wie eh und je bewegt der Fluss Kies und Sand auf seinem Grund hin und her. Unablässig. Von früh bis spät. Trägt alles weiter flussabwärts. Hunderte Kilometer. Weiter, noch weiter. Tonschiefer, Basalt und Granit. Und Sandstein natürlich. Damit haben sie die Kirchen in Köln gebaut. Und den Dom zu Mainz. Weich geschliffene Glasscherben dazwischen, hellgrün und himmelblau. Muscheln. Ziegelsplitter. Holzstückchen. Kronkorken. Reste von Schiffstau.

Und ein Schlüssel.

Dieser Schlüssel ist kunstvoll gemacht. Zwei Fische bilden den Ring. Der Fluss erinnert sich, sinkt zurück in die Zeit, als seine Arme noch nicht beschnitten, sein Lauf nicht begradigt, er nicht kanalisiert, er noch ein Wildfluss gewesen war und seine Auen kilometerweit reichten. Es ist gar nicht lange her.

Kristallklares Wasser beim Dorf des Jungen. Unter der Oberfläche wogen bizarre, stumme Wälder. Und schimmernde Fische, kleine und große, gleiten hindurch. Die Strömung ist stark, der Junge streckt sich lang, lässt sich mitziehen, pendelt vom einen zum anderen Ufer. Stemmt dann die Füße in den weichen Grund, schiebt sich Schritt für Schritt gegen die Strömung, das Wasser reicht ihm bis zur Brust. Algen umschlingen seine Beine wie lange grüne Haare.

Der Junge, ach, der Junge.

Jahre später erst war er zurückgekehrt. Zusammen mit dem
Bruder, dem Mädchen und dem Schwein. Der Krieg hatte ihnen die Rückreise beschwerlich gemacht. Fast alle Monarchien
Europas kämpften gegen das revolutionäre Frankreich. Der
Fluss weiß es noch genau. Erinnert sich, wie sie dann endlich
heimkehrten. Glückselig die alte Hanne. Dass der Fluss den
Jungen ein zweites Mal gebracht hatte, dass sie flussaufwärts
gekommen waren, gegen den Strom, wie Neunauge, Lachs und
Stör, und von so weit her, das war selbst ihr etwas unheim-
lich. Und dann ging das Leben weiter und war wie immer. Und
doch war manches anders geworden.

Der Vater der Jungen war gestorben, die Rückkehr der Söhne
hatte er nicht mehr erlebt. Ein Mückenstich an seinem Bein
hatte sich böse entzündet und ihn das Leben gekostet. Und
Häuser standen leer, weil andere auch fortgegangen waren.
Und der Junge wurde ein richtiger Fischer, gleich nach seiner
Heimkehr nahmen ihn die Dorffischer auf in die Zunft. Und
wie sein Bruder bekam er sogar ein Stück Land geschenkt. Die
Zeiten hatten sich geändert. Sie waren froh um jeden, der da
war, um jeden, der blieb. Um jeden, der heimkehrte. Von einem verschwundenen Schlüssel sprach niemand mehr, wahrscheinlich konnte sich kaum noch einer daran erinnern.
Viel lieber und immer wieder wollten sie Geschichten von
seiner Reise hören. Noch Jacobs Kinder und Enkel lauschten
ihnen wie Märchen. Hielten die Luft an, wenn es um Räuber

Hannes ging, lachten, wenn der Junge die Suppe mit einem Tuch von den spitzen Lippen tupfte, verdrehten ihre Zungen, wenn sie versuchten nachzusprechen, was er ihnen auf Niederländisch vorsagte. Es waren Geschichten wie diese, Geschichten mit einem guten Ende, die ihnen das Leben erträglicher machten. Und obwohl sie es längst wussten, obwohl sie es so oft gehört hatten, fragten sie am Ende jedes Mal, was denn aus dem Schwein geworden war. Und der Junge erzählte wieder und wieder vom klugen, treuen, mutigen Schwein, das nie geschlachtet und so alt wie noch keines vor ihm geworden war. Nach dem Mädchen von damals aber fragte ihn keiner. Niemand wollte mehr wissen, was aus ihm geworden war. Eine Zeit lang waren sie ja ein Paar gewesen, der Junge und das Mädchen. Aber dann war das Mädchen plötzlich verschwunden. Die Frauen am Backhaus und auch die Waschfrauen am Fluss hatten es mit fremden Frauen fortgehen sehen. Wenn der Junge dann noch Jahre später allein am Ufer saß, konnte der Fluss in seinem Gesicht lesen, was er dachte, worauf er hoffte, nach wem er Ausschau hielt. Der Fluss sah das Mädchen immer wieder mal an anderer Stelle, mal hier, mal dort, gar nicht so weit vom Dorf. Aber irgendwann sah auch er es nicht mehr.

Nahe beim Dorf, an einem verlandeten Flussarm, steht in den Wiesen ein schlichtes, hölzernes Kreuz. Einsam. Meterhoch. Es soll an die Menschen erinnern, die einst von hier aufbrachen in die Neue Welt.

Und an die, die zurückkehrten.

In manchen Sommern, wenn es viel regnet und der Fluss reichlich Schmelzwasser aus den Alpen führt, reicht er wieder bis an das Kreuz heran. Dann sieht er sie wieder. Im Nebel, im Morgengrauen. Die Menschen in ihren Booten. Hört ihre gedämpften Stimmen. Verängstigt. Hoffnungsfroh. Es gibt viele solcher Kreuze in dieser Gegend am Rhein, fast bei jedem Dorf. Sie stehen an Orten, die still sind und unscheinbar. Und alle haben sie denselben, großen Namen: AMERIKA.

WIRKLICH WAHR

Im Frühling 1790, ein Jahr nach der großen Revolution in Frankreich, reist **Georg Forster** (1754–1794) begleitet von dem jungen **Alexander von Humboldt** (1769–1859) von Mainz aus den Rhein hinunter, durch die Niederlande, nach England und danach nach Frankreich. Mit eigenen Augen will Forster sehen, wie sich die Revolution auf die Nachbarländer auswirkt. Die politischen Umwälzungen, die Europa erfasst haben, passen zu seinen persönlichen Überzeugungen, denn Forster glaubt fest an die naturgegebene Gleichheit aller Menschen. Forster ist da schon ein hoch angesehener Naturforscher, Schriftsteller, Zeichner und Übersetzer. Mit nur siebzehn Jahren hat er den legendären Captain James Cook auf dessen zweiter Weltumsegelung begleitet, die drei Jahre und achtzehn Tage dauerte. Sein brillant verfasster Reisebericht »Reise um die Welt« machte ihn schlagartig berühmt. Alexander von Humboldt dagegen ist ein noch unerfahrener Forscher, ein wissbegieriger, rastloser Abenteurer. Er wird sich später zu einem der bedeutendsten Naturforscher und Universalgelehrten entwickeln, der wie kein anderer Wissenschaftler unser Verständnis von der Natur und dem Platz des Menschen darin geprägt hat – als ein Kosmos, in dem alles miteinander verbunden ist.

Auf ihrer Rheinreise im Jahr 1790 begegneten Georg Forster und Alexander von Humboldt vielen Menschen, vielleicht auch einem Jungen und einem Mädchen, die mit einem Schwein auf dem Weg nach Amerika waren. Dass der Menschenfreund Forster sie eingeladen hätte, ihn und Humboldt zu begleiten, ist mehr als wahrscheinlich.

DANKSAGUNG

Ich danke allen, die mich bei der Arbeit an diesem Buch begleitet haben.

Mein besonderer Dank gilt dem Fischer Alexander Koch, der mich in seinem Kahn durch die weitverzweigte Wasserlandschaft des Naturschutzgebietes »Taubergießen« geleitet, mir Augen und Ohren für diese einzigartige Landschaft am Oberrhein geöffnet hat. Auch danke ich dem Heimatverein Altrip für Materialien zur Ortsgeschichte und Landeskunde.

Herzlicher Dank meiner Lektorin Mareike Rheinfurth für die ausführlichen Gespräche, ihre wertvollen Hinweise und ihre Geduld.

Meinen Kindern und meiner Schwester danke ich sehr für die sorgfältige, intensive Vorablektüre und alle Anregungen.

Größter und innigster Dank gilt meinem Mann, selbst ein Kind des Seerheins, ohne dessen Begleitung es dieses Buch so nicht geben würde.

Petra Postert, geboren 1970 in Stuttgart, studierte Journalistik, Geschichte und Kunstgeschichte in Eichstätt und Ohio/USA. Danach arbeitete sie als Redakteurin und Autorin für den SWR-Hörfunk. Heute schreibt sie Kinder- und Jugendbücher für Verlage und Kindergeschichten fürs Radio. Einige ihrer Bücher sind in verschiedene Sprachen übersetzt und waren für Literaturpreise nominiert. Sie lebt nahe Düsseldorf.

Die Arbeit der Autorin am vorliegenden Buch wurde vom Deutschen Literaturfonds e. V. gefördert.

Quellenangabe für die Karte auf Vor- und Nachsatz:
Karte des Rheinlaufes von Basel bis zur Grosshessischen Grenze. Blatt 2
In: Honsell, Max: Die Korrektion des Oberrheines von der Schweizer bis zur Gr. Hessischen Grenze / Atlas, Karlsruhe: Braun, 1885
Digitalisierung des Originals: Badische Landesbibliothek Karlsruhe
Link: https://digbib.bibliothek.kit.edu/volltexte/digital/2/859.pdf
Bearbeitung: Tulipan Verlag München
Lizenz: Creative Commons-Lizenz CC-BY-SA 4.0

Besucht uns auf Facebook und Instagram!
TULIPAN-Newsletter: Tolle Lesetipps kostenlos per E-Mail!
www.tulipan-verlag.de

© **Tulipan Verlag GmbH, München 2023**
Alle Rechte vorbehalten
1. Auflage 2023
Text: Petra Postert
Covergestaltung: Stephanie Raubach, Tulipan Verlag
Bildnachweis: iStock-1313409203 (Fluss mit Boot),
iStock-450636357 (Schwein)
Druck: GGP Media GmbH, Pößneck
ISBN 978-3-86429-610-9